2度目の人生、と思ったら、実は3度目だった。

~歴史知識と内政努力で不幸な歴史の改変に挑みます~

Second time in my life, but it was actually the third time.

take4

illust. 桧野ひなこ

TOブックス

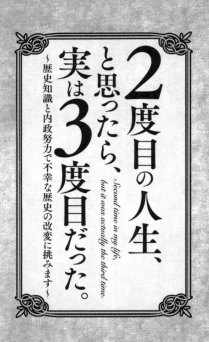

第一章　胎動

第二章　放たれ始めた矢

第三章　画策（決意のもとに）

イラスト：桧野ひなこ
デザイン：Pic/kel

第一章　胎動

プロローグ　終わりのはじまり（カイル歴五一三年　二十歳）

～～～～ソリス男爵領史　終章～～～～～～～～～～～～～～～～～～～～～～～～～～

カイル歴五一三年、グリフォニア帝国は大挙して国境を越え、カイル王国を侵攻する
帝国が誇る常勝将軍、疾風の黒い鷹は、軍団長として皇帝の意を受け、その才を発揮する
国境を守るカイル王国の盾、ハストブルグ辺境伯らの迎撃をたちどころに粉砕する
後退した敵軍に対し、敵味方を欺く左翼部隊の大規模な繞《じょう》回《かい》進撃を行い、直接王都を衝く
進路上にあったソリス男爵、テイグーンに拠り迎撃を試みるも、敢え無く敗退
帝国軍は内通したヒヨリミ子爵領を抜けた別動隊と合流、二万騎を以てエストール領を占領する
ソリス男爵はその一命を以って領民と残兵の安全の保障、略奪を禁じる約定を交わし帝国に下る
北方派遣軍団長ヴァイス将軍により、若き男爵は処刑され、ソリス男爵家の歴史は終焉を迎える

～～～

「これよりここエストール領の旧領主、ソリス・タクヒール男爵の処刑を開始する！

なお、この処刑はグリフォニア帝国北方派遣兵団、ヴァイス軍団長とソリス男爵との間で交わされた以下の約定に従い実施される。

ひとつ、ソリス男爵は全ての戦争責任を負い処刑とすること。

ひとつ、男爵は領内で収穫される実りの徴税権、全ての糧食、財産を帝国に引き渡すこと。

ひとつ、この約定により男爵領内全ての領民・兵士の生命、財産の安全を帝国軍が保証する。

以上、皇帝陛下の威に服さず、ここエストール領に数々の災厄を招いた責任者、ソリス男爵への公開処刑を行うことを、皇帝陛下の代理人たる我、ブラッドリー侯爵がここに宣言するなり！」


ん？　どこからか鐘の音が聞こえる。

俺は鐘の音で、傷の痛みで朦朧《もうろう》としていた意識をやっと取り戻すことができた。

ううっ、身体のあちこちが痛いな。また傷口が開いちゃったかな？

『ところで誰だ、あの偉そうな髭オヤジは？　俺は会ったことがないけど帝国の将軍のひとりか？　何か……、集まった領民たちに向かって演説しているけど、一体何があったんだっけ？』

澄み渡る夜空に、悲しげに鳴り響く鐘の音は、徐々に俺の意識を明瞭にしていった。

『そうか！　ここは……、エストの街の中央広場か？　さっき確か、公開処刑を行うと言っていた気がするけど、それってもちろん俺のことだよね？』

まるで他人事のように、俺はそんなことを考えていた。

『よかった。これでやっと俺は……、共に戦ってくれた皆のもとに、行くことができるのかな？』

ソリス男爵家当主だった俺が、侵略してきたグリフォニア帝国軍によって、今まさに公開処刑されようとしており、広場の中心部で両手と両足を縛られ磔《はりつけ》にされている。そしてその周囲には、中央広場を埋め尽くさんとばかりに領民たちが集まり、怒りに満ちた目でその成り行きを見守っているということか。段々と状況が分かってきた。


そう……、領民たちの怒りは侵略者に対してではなく、きっと俺に向けられているものだろう。

それは、とても悲しいことだが、無理もないと思う。エストール領と呼ばれるソリス男爵の領地は、かつては辺境の男爵領にしては驚くほど豊かだったし、優秀な父と母たちが十数年かけて発展させたものだ。ただ、豊かさ故に、隣国だけでなく、近隣の貴族からも疎まれていたが、両親を始め家臣たちは数々の戦役や陰謀、天災が訪れる中をなんとか乗り切り、この領地を守ってきた。

でも、どこかで運命の歯車が狂ってしまった。


俺が十歳を過ぎた頃から、天運に見放されたかのように、この地には次々と災厄が襲った。

大洪水、戦災、疫病の流行、干ばつによる大飢饉《だいききん》……。俺たちの必死の努力にもかかわらず、豊かな大地はやせ細り、ここに住まう人々の顔から笑顔は消え、領地は大きく衰退してしまった。

最初に起こった不幸は、大洪水で穀倉地帯が壊滅して、農業生産力が半減したことだったかな？

その三年後には、国境の戦いで優秀な将来を嘱望された、次期当主である兄を失ってしまい……。

それでも何とか領地は、父や母、それに次ぐ地位であった家宰の努力で支えられていた。

だが、その後さらに致命的な出来事が、兄を失った三年後に起こってしまった。俺が十六歳の冬に発生した疫病で、多くの領民と領主一家、父、母、妹を失い、内政面で男爵家の大黒柱であった優秀な家宰をも失い、この領地は率いるべき指導者を全て失ってしまった。

他に誰も該当者がいない、そんな理由だったかもしれないが、何の才覚もない俺が領地を継ぎ、それこそ立て直しを図るため、必死になって様々な施策を行い、寝る間も惜しんで努力をした。

だけど、才能もない俺の付け焼き刃が通じるほど甘くもなく、その後も領地は衰退し続け、俺が十九歳の時に発生した大飢饉は、致命的な痛手となり多くの領民を失ってしまった。この地に住まう者にとって不運と不幸の連続、そんな言葉では通じないほどの惨状が続いたからだ。

領民たちは、両親たちの喪失を嘆き、俺を無能と罵る怨嗟の声を上げていたことも知っている。

そして最後は、これまで幾度となく撃退してきた隣国が大挙して侵攻し、侵略軍を指揮した将軍が執った予想外の戦略に、俺たちは敢え無く敗退して、もうそれ以上戦う力も残っていなかった。

降伏にあたり、俺はなんとか敵将と交渉した結果、自分の命と僅かばかり残った財貨と糧食、加えてこの秋に得られる領内の収穫、その税収分全てを提供することと引き換えに、領民たちの命と財産を帝国側に保証してもらうこと、そんな約束を取り付けることができた。

これが俺の行った内政で、唯一、善政として結果の残ることだとは、皮肉でしかないが……。

領民たちが陰で俺のことを『権限《スキル》なし領主』、そう呼んでいることは知っている。

この世界で、貴族たちは『血統魔法』と呼ばれる魔法が使える。一般の領民は、そもそも魔法が使える者自体が非常に少なく、魔法は支配階級となる貴族の証として、尊敬の対象になっている。

そもそもこの血統魔法は、領地の当主が王都にて領主貴族に任命された証として現れる『権限《スキル》』によって生ずるものと言われている。権限を持つ領主が誕生すれば、家族や近親者などにもスキルとして血統魔法を行使する力が生まれるといわれ、貴族たちは権限によって、代々その権威と血統魔法を受け継いでいる。


その権限の影響は大きく、その有無は貴族としての存在価値に関わる重大事となる。加えて各領地に最低ひとつ以上存在する教会からは、権限から生ずる恵みについての報告がなされ、領地は祝福される。その恵みというのは、領地によって色々異なるらしいが……。

ある者は、大地からの祝福に恵まれ、領内により多く収穫をもたらす恵みを。

ある者は、商人が集まり、領内でより盛んに商取引が行われて商業が発展する恵みを。

ある者は、武に秀でた者たちが集まり、配下の兵たちがより精強になる恵みを。

もたらされる恵みの種類は様々だし、もちろんその恵みの効果は眉唾なものと思われていることもある。しかも、恵みが発生するには、領主貴族であることに加え、治める領地の発展度、領民の忠誠度などが一定値以上必要と言われ、全ての血統魔法や恵みに影響を及ぼす根本の要素、それが領主の権限だとも言われている。

それぞれの領主は、この権限による恩恵を受け、率いる家を、そして領地を発展させていくが、極まれに、その権限が生じない領主、すなわち血統魔法もなく、身内にも広がらず、領地に恵みがもたらされることもない者、領主として治める領地に未来の希望がない者が誕生することもある。

悲しいかな、それが正に俺だった。

それはむしろ当然といえば、当然のことだったかもしれない……。

剣技に長け兵たちからの人望も篤く、戦上手で将来を嘱望された、兄に比べ大きく劣っていた。

戦闘能力と、魔法を商取引に活用し、投機などで商才に長けた、父の足元にすら及ばなかった。

開発、開拓などの内政運営と、政治面での指揮運用能力に長けた、母とは比べ物にもならない。

俺は何の取り柄もない出涸《でがら》しの次男坊だった。災厄や戦災により家族を失い、なし崩しで領主になった後も災害で領地を荒廃させ、人口も生産力もどんどん衰退させてしまっていたのだから。

領民達が至る所で呟く陰口も、俺に対する怨嗟の声も、俺にとってはいつものことだった。無能な領主であった俺は、内政で成果をあげ、それを払拭することもできなかった。

この広場に集まった領民たちの殆どが、他国に占領された不満、これから敵兵に踏み荒らされるであろう、自分たちの生活に対する不安、領地を守り切れなかった、不甲斐ない領主への不満で、まさに爆発寸前の状態だったと思う。俺自身、最初はこの不満のはけ口として、磔にされている俺に対し、領民たちから石でも投げつけられるのではないかな……、そう思っていた。

そんなことを感じるぐらい緊迫した空気が充満していたけど、あの髭親父の口上によって、少しだけ空気が変わったのかもしれない。彼の言葉を聞いた領民たちは、俺が自らの命と財産を引き換えに、領民を守る取り決めをしていた事実を知ったため、少しは安心したのだろう。

「火をくべよ!」

髭親父の号令で、侵攻軍の兵士たちが、一斉に俺の足元に積まれていた柴に火を付けた。柴に火が灯り、最初は煙が、そして小さな火が徐々に大きくなっていく。


その時だった、遠巻きに周りを囲んでいた領民たちのうち、一人の女性が膝をつき祈り始めた。

『私は知っています。誰が何と言おうと、貴方が常に領民を大切になされていたことを』

よく見ると、以前は兄に、そして兄の没後は妹に仕えてくれていた、ソリス家メイドのアンだ。彼女は無事、屋敷を襲撃された混乱から脱出できたのだろう。良かった……。

別の場所でもう一人が膝をつく。

『私は知っています。貴方が領民のため、傾きかけていた領地を必死に、寝る間も惜しんで立て直そうとしていたことを』

今度もよく知る顔だった。彼女は俺が領主になった時、右腕として力になってくれた行政官だ。二人で共に、寝る間も惜しんで内政に取り組み、領地の未来を語り合ったミザリー……。

俺が密かに好意を抱いていた彼女も、無事に脱出できていたことが分かり、少しほっとした。

更にまた一人。

『私は知っています。貴方は疫病の時、感染の恐れも気にせず、領民のため奔走していたことを』

あの女性は確か、疫病の時に施療院で活躍し、救援のため一緒に走り回ってくれた人だ。

綺麗なプラチナブロンドの女性……、確か、ローザさんだっけ？

祈る人は次々と増えていった。

『私は知っています。災厄のたびに貴方が、私たちの為に粗末な食事や寝床で共に戦ったことを』

あの女性も、見覚えがある。飢饉の時、炊き出しを一緒に手伝ってくれた人、クレアさんだ。

『私は知っています。貴方は家を失った私たちに、土地と生きる糧を与えてくれたことを』

あの女性、エストの街で破産した商人の娘で、ミザリーに話して行政府で採用したのだっけ？

名前も忘れてしまったけど、凄く綺麗な黒髪の人だったよな。


ってか、彼女だけでなく、みんな綺麗な女性ばっかりだな……。

こんな状況でも、俺のために祈り、泣いてくれているのが、なんだか妙に嬉しかった。

俺って……、こんなにもてたことって無かったよな？　不謹慎にも苦笑してしまった。

彼女たちの祈りの声が、何故か離れた場所にいる俺の所にもはっきりと聞こえる。いや、俺だけではないだろう。恐らく広場を取り囲んでいる、街中の人たちにも聞こえているかのようだった。

それは、不思議な光景だった。

彼女たちの声が届くと、膝をつき祈り始める人が次々に増え、それと同時に祈る人たちの声が、まるで光の輪のようになって、やさしく俺を包み始めていった。

『私は知っています。貴方が……

災厄のたびに民を救うために走り回っていたことを、

復興のために日々、一生懸命汗を流していたことを、私達に住む場所と食事、仕事を与えてくれたことを、貴族でありながら、領民と共に歩んでくれたことを、今まさに、その命を差し出し、私達を守ってくれていることを……、貴方への感謝を……』

敵兵を除く全ての人が祈ってくれている、泣いている人もたくさんいる。権限なし領主と呼ばれて馬鹿にされても、必死に頑張って生きていたことが、無駄じゃなかったことが嬉しかった。

「みんな、ありがとう。本当に、ありがとう。そしてこれまで、ごめんね……」

小さく呟いた俺は、晴れ晴れとした気持ちで安らかな最期を迎えることができそうだと思った。

「テイグーンで共に戦ってくれたみんな、やっと今から……、そっちに行くよ。ちょっとだけ遅くなっちゃったけど、許してほしいなぁ。でも……、アン、ミザリー、ローザ、クレア……、この街のみんなも無事で本当に良かった」

その時、響き渡る鐘の音が一段と大きくなった気がした。そして、どこからともなく機械的で不思議な、しかし以前に聞いたことのあるような声が、天から降りてくるかのように聞こえてきた。

『スキルの発現に必要な要素が、定められた規定に到達しました。スキル発現に伴い、血統魔法として時空魔法が、恵みとして領地鑑定スキルがもたらされます』

「え、何？　今更なん？　この期に及んでもう、そんなのあってもどうしようもないじゃん！

ってていうか……、こんなオチ、要らないんですけど」

立ち上がる炎で身体全体が包まれ、薄れゆく意識の中で俺は、思わずツッコンでしまった。

そして俺、ソリス・フォン・タクヒールとして生きた世界は終わった。その……、はずだった。

第一話　やりなおしの世界（カイル歴四九三年　零歳）

～～～ソリス男爵領史　二世誕生～～～～～～～～～～～～～～～～～～～～～～～～～～～～～～
カイル歴四九三年、ソリス男爵家に次男としてタクヒール誕生す
後年、男爵家を継ぎ民主導の政を行うが、天の災い絶えることなく、領地は更に凋落《ちょうらく》の道を辿る
新しき領主となる彼には、天からの祝福も授けられること無く、統治者として目覚める力もなし
天運から見放された領主に対し、民大いに嘆き、貴族としての力無き領主を信奉することなし
ソリス男爵家最後の領主として、歴史から消えゆく定めを持つ者なり
～～

あれ？　ここはどこだ？

途切れた意識のあと、再び目を覚ますと、眩《まばゆ》い不思議な場所にいた。いや、ここに来る前に真っ

暗な光のない世界を漂ったあと、光の川に飲み込まれた気もする。そして今、起き上がろうとしたが、何故か自分の体が思うように動かない。声も……、思うように出ないようだ。おかしいな？

というか、言葉がちゃんと発音できず、出せた声はまるで赤ん坊みたいだった。

「っていうか、俺、赤ん坊じゃん！」

思わず叫んだその声も、全く言葉になっていなかった。

一体ここは？　どこだろう？　揺りかごのような物の中で寝かされている気がするけど。あの時俺の身に何が起こり、あの後で俺は一体どうなったんだろうか？

確か処刑される瞬間に権限が発現して。命が尽きる瞬間にダメ元で……、最後の最後にやっと使えるようになった、血統魔法を使ってみた気がしないでもない。

『時空魔法を限界使用し時空転送を行います。転送に際し、領地鑑定の情報はソリス男爵領史として書籍化しました。これより本人の魂と肉体、ソリス男爵領史を転送します。なお、転送魔法を限界使用した反動で、使用後は時空魔法及び転送前の肉体は消滅し、新しい器に置き換えられます。実行しても宜しいですか？（ＹＥＳ　ｏｒ　ＮＯ）
ＹＥＳが選択されましたので、これより時空転送を開始します』
燃え盛る炎のなか、俺が最後に聞こえた声だった。
俺は他の世界に生まれ変わったということだろうか？　ふと隣を見ると、『ソリス男爵領史』と書かれた、重厚で厚手の表紙に飾られたアンティーク調の、古めかしい分厚い本が置かれていた。

今の俺、赤ん坊の体では開くこともできないけれど……。

ということは……、成功したのか？

最後の最後、きっとみんなの祈りが力をくれたお陰に違いない。みんな、本当にありがとう！

もう一度、父や母、兄や妹に会える！　もう一度懐かしい人達に会える！

以前俺が居た世界で、悲しい別れをしてしまった、多くの人たちと再会できるのか？


俺は嬉しさのあまり涙が止まらず、大声で泣いていた。多分……、傍から見るとそれは、赤ん坊のギャン泣きにしか見えないのだろうけど。

そしていつのまにか、泣き声に気付いて飛んできた母が、ゆりかごから俺を抱き上げていた。俺が十六歳の時、三十五歳の若さで亡くなってしまった母。となると、今は十九歳かな？

うーん、母さま、めっちゃ若いんですけど……、まぁ、当たり前だけど。嬉しくて、懐かしくてまた泣いてしまった。

「あらあら、タクヒールちゃんはお腹が空いていたのね？　ごめんなさいねー」

俺を抱きかかえたまま、おもむろに母は衣服をはだけていった。

えっ？　これってまさか……、その……、授乳ですよね？

『いやっ！　ってか、母さま！　それはアカンやつです！　見た目は赤ん坊だけど、アラフィフのオッサンが二十歳未満の女性から授乳って……。そんなこと俺の中では完全に犯罪ですからね！

いや、そもそも恥ずかしすぎますって！』

必死になってまだ据わってもいない首を振り、俺は抵抗を試みた……。

「あれぇ？　タクヒールちゃんはお腹が空いてないのかなぁ？」

『いやいや、そういう問題じゃなく……、普通戸惑うでしょ！』

その、明るい金髪にあざと可愛い困り顔、俺的にはドストライクですが……。いやいや、そういう問題じゃない！　そんな顔されたら余計に困るんですけど。

結局、頭の中だけの抵抗もむなしく……、最後は赤ん坊の本能に勝てませんでした。


『あれ？　今俺は何て言った？　正確には、俺は何を言おうとしていた？』

俺は不思議な違和感に気付いてしまった。さっき俺はとっさに、アラフィフのおっさんが……、思わずそう心の中で叫んでいたと思う。それは明らかに違う！　だって俺が処刑されて死んだのは二十歳であったはずだし、アラフィフって言葉、初めて聞いた言葉なのにちゃんと意味が分かる。

俺は何でそう思ったのだろうか？

そう考えた瞬間、頭の中が真っ白になって押し寄せる洪水の如く、別の記憶が流れ込んできた。

ニシダタカヒロ、そんな名前だったな。タカヒロが転生してタクヒールって、発音の変換に失敗しました。そんな感じに思え笑ってしまう。そういえば昔、外人から自分の名前を発音された時、そんな感じの変な呼び方をされたことがあったかな？　俺の中で記憶が次々と再現され、様々な情景が脳裏に浮かんだ。

そっか、俺って、元はどこにでもいるごく普通の庶民だったんだよな。だからこっちの世界でもよく、『貴族らしくない風変りな次男坊』、そんなふうに呼ばれていた訳だ。一瞬では理解が追い付かないほどの、膨大な記憶の奔流にさらされ、溢れ返る懐かしくも悲しい記憶のなか、再び俺の意識は途絶えた。

◇◇◇

ニシダは日本生まれ、しがないサラリーマンとして人生を送っていた。

愛する奥さんがいるが、子供はおらず、ニシダ自身の感覚なら夫婦二人で仲良く過ごしていた。ただニシダには少し暗い過去があった。少年時代に虐めを受けた影響か、成長してもいつも周りの目を気にして、人の顔色ばかり窺う性格になっていた。それが災いしたのか、仕事もまじめにこなしていたが、自己主張が下手で、同僚に成果を奪われ、出世街道からも外れてしまっていた。

そして折からの不況でリストラにあい、その後の再就職もうまくいかず、悶々とした日々を過ごしていた。そして、唯一の楽しみであるラノベ、それも転生物にはまっていた。これまでの自身の人生を、できることならもう一度やりなおしたい、そんな思いを抱いていた。

そしていつしか、家で毎日ラノベを読み漁る典型的な中年ニート、そんな状態に陥っていた。

更に蘇ってきたのは、俺にとって思い出したくない、非常に情けなく悲しい記憶だった。

中年ニートと化した俺を、結婚してはや二十年の妻ユウコがずっと支えてくれていた。彼女は、働き手を失った家計を支えるため、自分から進んで仕事に出てくれていた。

『貴方はきっと凄いことができます。中途半端な仕事よりも大きなチャンスを掴んでくださいな』

そう笑って働く彼女に、いっぱい苦労を掛けたと思う。

そんな妻に甘える日々が続いたが、ついにある日、過労と心労で妻が倒れてしまった。昏睡状態になり病院のベッドで眠る妻を前に、俺は泣きじゃくった。そして自分を呪った。

これまでの、どうしようもない生活をしていた自分自身を！　いつも笑顔で、俺を信じ何一つ不満を漏らさなかった妻に、甘え続けていた自分自身を！　俺はやっとそこで目が覚めた。


暫《しば》くして妻は昏睡状態から無事回復した。

まだ病床でやつれた顔をしながら、それでも俺を気遣う妻の傍らで、大泣きした。それからというもの、ニシダは仕事を選り好みせず、収入になることは何でもやった。アラフィフにはキツイ肉体労働、凍てつく冬の外での夜間警備、同僚のアルバイトたちが短期間で次々と辞めていくような問題のある職場、昼と夜との仕事の掛け持ちなど。だがそれらを辛いと思うことはなかった。

不思議なことに、少しだけ収入が安定すると、本来やりたかった仕事の案件も、昔の仕事仲間や関係者から、ポツポツ舞い込むようになった。そして、自分にもやっと自信が持てた気がしたころになると、妻にも昔の明るい笑顔が戻ってきた。忙しいけど、とても充実した毎日だった。

ところがある日、今度は自分が倒れてしまった。

原因はアラフィフの年齢にも拘らず、色々と無理な仕事をし続けたことだった。仕事に没頭し、定期的な検査も受けていなかった俺は、自身の身体を蝕んでいた病魔にも気づいていなかった。

『何故だっ！　これからなのに！　やっと、やっと全てが順調に進み、妻を安心させてあげることができる、そう思ったところなのに！』

そんな無念の言葉を、病院のベッドの上で吐いたところで、俺の記憶は終わっていた……。

◇◇◇

タクヒールとして再び意識が戻った時、また涙が止まらなくなった。

あの後、妻はどうなったのだろうか？　俺が居なくなって、子供も身寄りもない妻の、その後の人生を考えると不安でたまらなくなった。また傍から見ると、赤ん坊がギャン泣きしているように見えたのかもしれない。この世界の母が飛んできて、俺を優しく抱きあげ背中をさすってくれる。

だが、俺は知っている。この世界でも、この家族が迎える悲しい結末を。このエストール領が迎える、涙と悲しみに暮れる未来のことを。

『今度もまた、あの悲しみと辛い経験を繰り返すのか……、いやだ！　それだけは絶対嫌だ！』

改めて俺は強く思った。今、俺の心にはニシダタカヒロとしての悲しみと、ソリス・タクヒールとしての悲しみ、この二つの悲しみが、等量の強さでしっかりと残っている。

『前回の歴史』で男爵家が辿った、悲しい未来を回避するのだ！　俺の武器は、前回の歴史知識とニシダが持つ現代知識だ。『今回の世界』で新しい歴史をつくり、家族を救うことに専念する。

そして歴史を変えてやる！

全てをやり遂げたあと俺は、前回の歴史とは違った形で領主となり、その領主の力『権限』を発現させ、再び時空魔法をこの手に得てやる！　そして俺は、新しい未来から最初の過去へと帰る。最初の過去で俺を待つ、ユウコの元へ！　ニシダタカヒロにもう一度戻り、妻のユウコと、ふたりで新しい未来を作る！


おおまかな方針はまとまった。

もちろん、まだ赤ん坊の俺にはまだ何もできないことばかりだけど、これから先、残された時間もまだ十分にあり、対策を整える猶予はある。

こうして、新しい未来を歩む俺の決意は固まった。

第二話　やりなおしの世界の考察（カイル歴四九六年　三歳）

俺が三歳になるぐらいまでは凄く大変だった。世間的にはまだ乳児、そう呼ばれる時期には既に自由に言葉を話し、文字を読むことも書くこともできた。だが、それを人前で見せることはできなかった。そんな子供など、存在したら不気味を通り越して化け物だ。

なので、怪しげな行動や言動を必死に取り繕い、考えたことは全て、頭の中で何度もシミュレーションを行って記憶に叩き込んだ。実際、考えた作戦や手順など、行うべきことや必要な現代知識については、もう何万回という程、頭の中で推敲したか分からないぐらいだった。

そして、三歳の頃になるとやっと、その空想ゲームから解放された。誰よりも早く文字を覚えたことにして、書を読み漁り始めた。これが後になって『ソリス家の神童』、そんな余計な異名をもらってしまうことになるのだが……。

このころになると、少し周りの世界も見えてきた。

どうやら前回の記憶も交え考察すると、この世界は産業革命前の中世ヨーロッパ、文明レベルでいえばそれに準じているようだが、少し日本的な、いや古代中国の要素も混じっている気がする。

そして、この世界には存在する魔法、これが文明の発展や文化を歪なものにしていると感じた。人口に比して魔法が使える者は希少ではあるが、この国の支配階級の多くが魔法を使える者によって成り立っており、そのあたりが大きな特色、以前いた世界、日本との相違点になるだろう。

このことは前々回の人生、ラノベでよく読んだ異世界、それに似ていると感じた俺は、少しだけ嬉しくなった。なんせ俺自身が相当……、ハマっていましたから。今の俺はまだ三歳の幼児、誰も俺の言うことをまともに聞くはずもないし、色々やりすぎないよう、自重しなければならない。

幸いにも、乳児期から幾度となく繰り返した脳内シミュレーションのお陰で、俺には前回、前々回と生きた記憶も、頭の中にはっきりと残っている。その為、前回の俺とは全く違うスタート位置に立てていると思う。唯一の問題、それは前回の俺の幼少期、俺自身の記憶がおぼつかない時期に起こった出来事だが、それに関しても救いの手があった。

今の俺には、俺の魂と共に、こちらの世界に飛ばされてきた『ソリス男爵領史』がある。この本が、俺の記憶を補完してくれることになった。これまでずっと、思い描いていた実行計画を形にする前に、先ずは現状確認と、必要な情報と状況を紙に書き並べ整理してみた。万が一それが家族に露見したときの対策も万全だ。俺はその文字を全て日本語で書いている。仮に誰かがそれを見ても、内容は誰も理解できないし、子供の落書き程度、そう思わせることができるだろう。

◇エストール領について

俺たちが住まう、ソリス男爵の領地はエストール領と呼ばれ、カイル王国の南側最辺境にある。何故ソリス男爵領と呼ばないのかは不思議だったが、前回の歴史でもそれが自然と受け入れられており、辺境のため領域は広大だが、未開発地も多く今後の可能性を十分に含んだ領地だった。領地は優秀な父や母、行政担当者の活躍により、鉱山と、農業、交易による収益と、三つの柱となる基盤があり、男爵領としては突出した、とても豊かな領地となっている。

・領内の人口は約七千人だが、広大な辺境領ゆえに更に伸びる余地は十二分にある。
・領主を含む俺たちは、人口約千八百名のエストと呼ばれる街で暮らしている。
・領内には、エストの街を中心に、他に四つの町、農村が二十五か所ある。
・動員可能兵力は約四百五十人（常備兵＋兼業兵）、一般の男爵領に比べると抱える兵力は多い。
・国境に位置し、国境を巡る戦役に備えているため、兵士は精鋭が揃っている。

◇カイル王国について

この部分は、前回の歴史を生きた俺の知識も併用している。カイル王国は周囲の国家と比べ、比較的豊かな中堅の国家で、四方は山に囲まれた内陸国だ。産業は農業と牧畜、そして鉱山収入が中心で、国王と多くの貴族が支配する王政を敷いている。王国の南及び東の辺境区域、隣国との国境線の手前には、魔物が生息し、人外の領域となる魔境が広がり、それが危険地帯であるだけでなく、魔物由来の貴重な素材は武器や防具、衣服に転用が可能で様々な恩恵をもたらしている。

・王国全体の人口は、約三百万人程度といわれるが、戸籍制度がないので定かではない。
・国土は、隣国の四か国と接し、南と東の二国とは常に争いの火種が残っている。
・他国に比べ魔法先進国で、突出した数の魔法士を抱えることが強みとされている。
・王家を中心に貴族制度が採られ、公爵・侯爵・辺境伯・伯爵・子爵・男爵の序列が存在する。
・これに加え準男爵・騎士爵の準貴族があるが、世襲が認められず一代限りの貴族階級となる。

◇回避すべき五つの大災厄

口では簡単だが、実際にこれらを回避することは相当困難だ。改めて整理してみると自分自身、震えが止まらないレベルだ。

十歳　大洪水　オルグ川の氾濫で穀倉地帯は壊滅し、穀倉地帯中心にある町は濁流に沈む
十三歳　戦災　グリフォニア帝国との戦いで、兄を失い男爵軍も多くの犠牲を出し弱体化する
十六歳　疫病　父、母、妹、家宰が疫病で病没し、領民の二割も疫病の犠牲となる
十九歳　干ばつ　干ばつによる大飢饉で領内は困窮し、飢餓に喘《あえ》ぐ領民二割が逃散や死亡する
二十歳　終焉　グリフォニア帝国の大規模侵攻で、俺は敗北し処刑されて男爵家は断絶する

もう踏んだり蹴ったりとしか言いようがない。

「天候や外敵の要因に対し、一体何ができるっていうんだよ」

赤ん坊の頃から俺は、このことに対していつも悩んでおり、時には寝かされた揺りかごの中で、両手で頭を抱えたまま眠ってしまっていた。その様子を見た母やメイドたちは、大喜びしていた。

『タクヒールちゃんの可愛いポーズ』

そう呼んで、俺が両手で頭を抱えて眠っている際は、その度にわざわざ見に来ていたようだ。

「全く人の気も知らないで……」

彼女たちが去った後、俺は幾度となく愚痴をこぼしていた。もちろんまだ言葉にはならないが。

グリフォニア帝国との関係や、今の状況については俺も詳しく知らない。正直言って、俺の記憶にある前回の知識は、主に十六歳以降、男爵家の当主になってから得たものが多く、それまでは政治や外交に疎い、ただのお坊ちゃんとして育っていたからだ。

ちなみに俺の知る知識の外敵情報は、隣国の現皇帝が統治している間はまだ安泰、国境紛争と呼べる小競り合い程度であり、常勝将軍と呼ばれるヴァイス将軍が、第三皇子に重用され始めると危険信号が灯る。帝国の第三皇子が南方での戦いで勝利すると、俺への死亡フラグが立ってしまう。皇位継承権を得て、彼が皇帝に即位し帝国の体制が固まると、勅命を受けたヴァイス将軍が軍団を率い大挙して侵攻してくることとなり、そこでフラグは回収される。

予想外の侵攻ルート、侵攻速度の二つに翻弄され、俺は敢え無く敗退し、降伏する事になる。

だが、実は……。

俺が十歳になる以前から、エストール領は、様々な災厄に見舞われ命脈を削られていたらしい。そのことは、俺が幼少で記憶になかったが、ソリス男爵領史のなかにそれに関する記載があった。それによると、正直言ってそれなりに大きな災厄が、俺の知る最初のフラグの前に起こっている。これらでダメージを蓄積し、余力を削られ最後に、この五つの大災厄に見舞われたことになる。

これって踏んだり蹴ったりでは済まないのでは？　正に呪われているとしか言えない惨状だし、現実問題、これら全てを回避する方法はあるのだろうか？　この時点で俺の前途はまだ真っ暗だ。

三歳の俺は、この課題に直面し、いつの間にか両手を頭に抱えたまま眠ってしまった。

「キャーっ。奥様！　久しぶりにタクヒールさまが可愛いポーズを！」

……、勘弁してくれ。今の俺には、まだ整理しなくてはならないことがたくさんあるんだ。

◇権限と血統魔法について

権限についてはそもそも、国王から領地を授かった領主貴族となる必要があり、それによって発生する効果の総称だ。俺にとって大事なのは、その権限によって発生する、血統魔法と呼ばれる固有スキルだ。残念ながら前回の歴史では、俺がそれに目覚めるのは死ぬ直前であり、それまでは権限なし領主として、この血統魔法の恩恵を受けることはできなかった。いわば俺は、残念な領主の見本といえる存在だった。今回の歴史でも、次男坊の俺が領主貴族となるためには、巻き起こる災厄を回避できず、両親と兄を失うことが前提となってしまう。それは悪手でしかない。

頭を抱え悩んだ結果、領主貴族となり権限により血統魔法に目覚め、日本へ帰るという流れの攻略ルートは一旦除外した。俺はまず家族を、そして領地を守ることを優先して対応を進めなければならない。そしてもしかしたら、父の治世下において、父の権限の恩恵で俺が血統魔法に目覚めるかもしれない。そのことを一縷《いちる》の希望として、この先を対処することにした。

血統魔法と呼ばれる、各貴族家が持つ固有スキルについては、詳しく考察した。

固有スキルは権限に連動しもたらされるもので、領主だけでなく直系の領主一族、ごくまれに傍系の一族にも発生することがある。固有スキルが発生した者は、通常領主と同じ属性の魔法が使えるようになるが、領主である父親に対し、母親が異なる固有スキルを事前に持っていた場合、その子供は両親いずれかの属性を引き継ぐか、まれに全く異なる特殊な固有スキルを持つことがある。

うちの家族がその最たる例だ。

父は戦功によって騎士爵から男爵に昇爵して領地を拝領した。領主になった際、時空魔法に目覚めたが、母については父に嫁ぐ前から既に、実家の権限に供う地魔法の固有スキルを持っていた。そのため兄は、全く異なる固有スキルを成長する過程で獲得していた。そして俺は、父の治世下では固有スキルに目覚めることがなかった。

俺のように、貴族の家系でも魔法の力を持たない、子息や息女が存在することはあるようだが、何らかの勲功がない限り、その者たちが跡を継ぎ領主となることは非常に稀だそうだ。なお、一旦獲得した固有スキルの魔法は失われることはなく、領主が引退、罷免などで交代したり、領主の娘として他の領地に嫁いだりしても消えないらしい。

◇魔法について

この世界には数こそは少ないが魔法を使える者がおり、これを総称して魔法士と呼ばれている。

魔法士には大きく二種類があり、主に貴族が領主の恩恵で得る血統魔法と、それらに関係なく、魔法が行使できる適性を持つ者に大別されている。後者は身分や家柄に関係なく、市井の者たちから生まれてくるが、人口に対しその数は非常に少ない。

確率的に非常にレアケースではあるが、極まれに固有スキルの血統魔法と、通常の魔法士適性の双方を持ち、ひとりで異なる属性の魔法を行使できる者がいる。だがそれは、あくまでも例外中の例外で、その存在はあまり表に出ていないらしい。

貴族の血統に関係なく存在する魔法士は、確率的には五千人に一人と非常に希少で、この後述べる現実的な問題から、実際はそれを遥かに下回ると言われている。

一般に魔法士となるには、魔法適性に合わせた儀式を、教会で受けることが必要で、儀式には、本人の属性に適合する魔石の触媒が必要になる。ただその触媒となる魔石は、魔境に生息する一部の魔物からしか得ることができず、非常に高価で、一般の領民では購《あがな》えない価格になっている。魔法士の適性を持っている者が非常に少なく、魔法士になるために必要な触媒が非常に高額なため、誰もが気軽に魔法適性を確認できるものではないのが現状だ。更に、仮に魔法士たる適性を持っていたとしても、適性のある属性に合った触媒を使用しないと、執り行った高額な儀式、触媒は無駄になってしまう。だが、儀式を受けなければ、魔法士適性があるかどうか、それすら分からず、当然魔法も使えない。

言い伝えや伝承をもとに、明確な根拠がないまま様々な適性の儀式を、アタリが出るまで受け続けること、それは金額的にも精神的にも大きな負担となる。そのため魔法士は、一部の有力貴族やその支援を受けた者、大商人や教会有力者が支援している者など、相当裕福な家系であるか、スポンサーを得た者しかなることができないのが現状だ。そのため、可能性のある者が潜在的に五千人に一人存在しても、儀式まで辿り着ける者の数はそこから絞られ、結果としてその数は更に減る。

魔石を入手するための、魔物の棲家である魔境を抱えているカイル王国は、自国で魔物から触媒が得られることにより、他国に比べて圧倒的に魔法士の数が多く、魔法先進国と呼ばれている。

だがこのことが火種となり、近隣諸国には魔法士の脅威排除、魔境から得られる素材の利権獲得といった目的を与え、グリフォニア帝国を筆頭に他国は虎視眈々とカイル王国を狙っている。

◇ソリス男爵領史について

俺が産まれたとき、俺の傍らにあった不思議な本を、信心深い両親は福音書と呼び、大切に保管していた。俺が三歳に成長してから再びそれを手にしたとき、初めて気付いたことがあった。この本、何故か文字が全て日本語で書かれている。当然……、それは俺にしか読めない。

表紙に『ソリス男爵領史』と記載されているそれを、中身は全く読めないものであっても、両親はこの本を天からの授かり物として扱い、大切に保管していた。そのため三歳になるまでは、俺もその本を手にすることができなかった。

ソリス男爵領史には、男爵家の紹介、俺が処刑されるまでのソリス男爵が治める領地の歴史が、叙事詩っぽい文章で記載されていた。歴史の他には、俺が二十歳時点での領地の地図、農地や収穫量、鉱山の概要が記載されており、最後に、父の代から生没含めた領民一覧、実に八千人以上の人名などが記載されていた。

三歳になったころの俺の状況、現状認識はこんな感じであった。

第三話　改変のはじまり（カイル歴四九六年～四九八年　三歳～五歳）

さて、現状認識と事前に考えていたことの記録や大まかな整理はできた。

けど、これから何に手を付ければいいのだろうか？

今の俺って、まだ三歳児だし。誰もまともに取り合ってはくれないだろう。むしろ俺が、政治向きの話をすることや、七年後の災厄の対策を提案したって、気味悪がられるか、ちょっと頭のおかしい子供、そんな風に思われるのが関の山だ。少しずつ信用されるように実績を積み上げること、知識は小出しに歴史の改変は自己責任で、そんなテンプレみたいな感じで対応していくしかない。

色々考えた末、まずはできる限りの理論武装を行うため、この世界の知識を収集することを優先目標とした。そのため、領主館にある全ての本は当然のこととして、両親にお願いして、領内に存在し閲覧することが可能な、本という本は全て読み漁った。

この三歳児とは思えない才能に、両親は喜んで新しい本を次から次へと与えてくれた。ある程度手近にある本を読み漁った後は、今度は父にお願いし、出入りの商人から本を借り受けることや、手配してもらうようになった。交易が盛んで勢いのある男爵家、この立場は俺にとって非常に有益だった。出入りの商人たちも、取引相手である父の歓心を買うため、この世界では高価で貴重な、様々な本を献上してきた。

これで、子供が何か不相応な発言をしても、あくまでも本から読んだ知識という体裁を、強引だが取り繕うことはできるだろう。油断すると出てしまう普段の言葉遣い、三歳児ではあり得ない大人びた口調も、本に記載されていたことの真似とごまかせる。

そうこうしているうちに二年の月日が経った。五歳になるころには、男爵家の書斎は大量の本で埋め尽くされた。俺は疑問に思ったことやわからないことは、両親、兄、家宰をはじめ誰彼構わず聞いて回った。『何でも知りたがりの次男坊』、最初はそう陰で呼ばれ、面倒くさがられていたけれど、五歳になるころには、『ソリス家の神童』と評価が大幅にランクアップし、周りからは違った目で見られるように変化していった。


因みに前回の歴史、俺がまだ幼少期に起こった領内での出来事、治世に関わることは、ほとんど記憶になかった。それは、子供の俺には領地のこと、内政、天災、人災含め、全ての情報が遮断され、俺の耳まで入ってこなかったからだ。更に、それについて自分で考える意思もなかった。

そのため、ソリス男爵領史から有益な情報が得られたことは、凄くありがたいことだった。

内容を詳しく調べてみると、俺が認識していた今より五年後から始まる五つの禍、それ以前にもかなり重大な問題が起こっていた。その内容に俺は愕然とした。カイル歴五〇三年、俺が十歳になるまでまだ時間の余裕はある。そういった思いは一気に消し飛んだ。

『いやいや、これら全部、アカンやつやん……』

思わずそうため息を漏らした俺は、それらの災禍をどう回避するか、頭を抱えて思いに耽《ふけ》った。

まず、起こるべき災厄をもう一度整理してみた。

前哨戦となる四つの災厄　六歳～九歳の間に発生するもの
致命的となる五つの災厄　十歳～二十歳の間に発生するもの

最初の四つの災厄こそ、俺にとっては未知の災厄であり、三歳になるまで想定外だったことだ。

正直言って、俺が考えていた回避プランも、こんなものを受けた後では有効に働かないだろう。

そのため俺は当面の行動目標を、この四つの災厄によるソリス男爵家の弱体化を防ぎ、その後の災厄に備え、力を蓄える行動を開始すると決心をした。

なお、五歳時点の今から、毎年のように起きることとして……。

六歳（一年後）　大豊作　豊作貧乏で小麦等の穀物価格が暴落、主要農産物の収入が大きく低下
七歳（二年後）　大凶作　隣国の火山噴火と降灰、その後に発生する干ばつによる凶作被害
八歳（三年後）　確執　天災被害を受けた近隣領主との不和が広がり、兄の死の遠因となる
九歳（四年後）　戦災　隣国の侵攻を受け、戦地で孤軍奮闘するも参加兵力の四割を失うこと

正直言って、それぞれかなり大きなダメージだと思うが、それをなんとか乗り切るだけの、経済

力と優秀なかじ取り役、人手がソリス男爵領にはまだあった。しかし、致命的な痛手とまではならなかったものの、これまで蓄えた余力を、ここで全て失ってしまうことになってしまったようだ。

そのため、これらの出来事の後に起きる、更なる大災厄の致命的被害で命運が尽きてしまう。

『先ずは、五年後に来る、最初の大フラグ（大洪水）までに今の余力を失わないこと、それをなんとかしなきゃ……、いや、この十歳の災厄。大洪水までを一区切りとした方がいいかな？』

俺はそう考えなおし、新たに六歳から十歳までの災厄をワンセットにしてくくり、自身の中で、前期五大災厄（大豊作・大凶作・隣領との確執・戦災・大洪水）と新たに名前を付け、今後の対応を考えることにした。


「母さま、お忙しいところごめんなさい。実は、母さまにお願いがあります」

俺はある日、母に直訴……、いや、おねだりに行った。

「あら？　どうしたの？　私にお願いなんて嬉しいわ。何でも言ってきてね」

執務室で働く時の母は、きれいな金髪を後ろにまとめ、仕事の鬼となってバリバリ仕事をこなしている。聞いたところによると、優秀でかつ仕事の鬼である母のレベルに、付いていけない文官も多く、まともに対応できるのは家宰のレイモンドさんぐらいらしい。そんな母の執務室を訪ねるのは、俺でもずっと気が引けていたが、嬉しそうに喜ぶ母の姿を見て、安心して今考えていること、おねだりの内容について話し始めた。

「今やっている工作が全然うまく行かなくって。エストには凄い職人さんたちがいるって聞いたのですが、悩みを相談したいんです。あと、正直、木工所にも興味があって……」

色々悩んだ末、俺が手を付けたのは工作だった。この日のため、前々から仕込みも行っている。

「最初の一手が工作か……」

俺はそう自嘲したが、それ以外に有効な手段もなく、できればプロの手も借りたい。では、どうやって借りる？　子供の遊び、そう思ってくれればこの先も動きやすいだろう。そう考えていた。

この世界でモノづくり、といえば鍛冶屋と木工所。今している工作のアドバイスを受けたいとの理由で、木工職人の工房を見学する許可、それに伴う領主館からの外出許可だった。

「いいわよ、まかせてね」

母は笑顔で手配を整えてくれた。そしてある日、両親から、貴族の分をわきまえること、護衛兼保護者として、メイドのアンを常に同行させること、その点だけ念を押されてから、エストの街に出る許可をもらうことができた。


アンはソリス家に仕えるメイド長の娘で、幼い頃からメイドとなるべく厳しく教育され、更に常備軍の兵士長である父親からは護身術を叩き込まれていた。特に武術には天性の才能があったようで、剣技の対戦なら、そこいらの兵士なら数人でかかっても相手にならないレベルの達人である。

「恐るべき戦闘メイド……」

俺がアンを初めて知ったとき、思わず漏らした感想だ。アンはメイドとしても、護衛としても優秀らしく、十五歳にして先日、メイド見習いから正式に俺付きのメイドとなったばかりだ。

二回目の人生では、最後にアンを見たのは俺が処刑される時だった。三十歳になった彼女は、疫病で病没した母親に代わり、男爵領の領主館メイド長を務めていた。

前回の歴史で彼女は最初、兄ダレクの専属メイド兼護衛として仕え、この二人は凄くウマが合っていた様子を記憶している。剣の達人同士、二人でよく剣技を磨くための修練を行い、中庭でいつも訓練をしていたのを、まだ幼い俺はずっと窓から見ていた。兄の戦没後は、妹クリシアの専属メイド兼護衛として仕え、妹が病没した際は、二人の主人を相次いで失ったことで失意に暮れ、ずっと沈んでいた。

あれ？　この時点で俺は、もう既に何か歴史を変えてしまったような……。

赤毛の超美人ながら凛として寡黙なアン、最初のころ俺は、彼女をすごく苦手にしていた。

俺が貴族にあるまじき行動をしたとき、何か不躾な行動をしたときは、いつも淡々とした毒舌で俺を叱ってくる。彼女を見ていて、イケズという言葉を思い出したぐらいだ。身分が上の俺に対し、頭ごなしに叱ってくることはないが、彼女のイケズは褒め殺しで、心にグサッとダメージを与えるため、氷の女アン、俺は彼女を陰でそう呼び、彼女の前では委縮してしまい、仕方なく大人しい良い子で振舞っていた。

いつも暴走し、貴族らしくない振舞いの俺でも、アンがお目付け役でいれば、大人しくしているだろう。また、護衛としての腕も申し分なく信頼できる。そんな思いが両親にもあったと思う。

「ここは貴族のお坊っちゃまにとって、相応しい場所ではありませんぜ」

初めて工房を訪ねた時、いきなりガツンとやられ、思わず立ちすくんでしまった。

強面の親方、この工房を取り仕切るゲルドさんは典型的な職人気質で、相手の身分などお構いなしだ。まして五歳の子供でしかない俺に対して、おべっかなんか使う気にもならなかったのだろう。

所詮貴族のボンボンのお遊び、そう思われた俺はいきなり凄まれてしまった。

「まったく、作業の邪魔なんだがな……、ひぃっ！」

ゲルドさんが、何かに驚いたかのように思わず後ずさった。

「まぁ、坊ちゃま、作業の支障にならない程度に、あ、いや、思う存分見ていってください……」

後ろに立っていたアンから、物凄い殺気のようなものが立った瞬間、親方が飛び切りひきつった作り笑いで態度を変え、見学を受け入れてくれた。この人、見た目は強面だが、きっと奥さんには尻に敷かれ、頭があがらないタイプだろうな。そう勝手に想像して笑ってしまった。


この工房の中は常に親方の怒号が飛び交い、要領が悪いと弟子や職人には口より先に手が飛ぶ、超体育会系の暑苦しい男の世界だった。ただ、日本で働いていた時に俺が居たブラック企業も、まぁ似たようなものだったので、我ながらアンの心配顔をよそに、すぐに順応してしまったけれど。

それから俺は、両親が顔をしかめるぐらいにこの工房に通う毎日が始まった。工房の空気に違和感を覚えず、逆に居心地よさを感じた俺も、ブラック体質なのかも知れない。

「親方、作業の邪魔はしないので今日もよろしく～」

「おう、坊ちゃん！　精が出ますね～」

程なくして俺は、親方のゲルドさんともすっかり仲良くなった。

もちろん最初は無知の素人が、変な質問ばかりするものだから、かなり煙たがられたけど。

「硬い木材はどれなの？　できれば摩耗に強くて、工房で手に入る一番硬いものってあります？

今日は軽くて丈夫な木材を教えてください。できれば水に浸けても腐りにくい木を探しています。

あと、しなりに強い粘りのある木材も探しています。できれば幾つか種類の違うものを……」

工房を訪ねた当初から、俺はこんな質問を連発してゲルドさんたちを閉口させていた。これらは
もちろん、これから作りたい物に対して、ちゃんと意味のある質問だ。


ところがある日の質問で、彼らの態度が一気に変わった。

「あの、丸い形ってどうやって作るの？　この形を木で作りたいのですが、うまくできなくって。

あとね、これを摩耗に強くて丈夫な木で作りたいのですが……、そんな木ってありますか？」

そう言って素人ながら作った図面を彼らに見せた。

「いや……、坊ちゃん、これっていったい何を？」

もともと絵心なんて全くなかったが、以前の俺、一回目や二回目の時とは比べ物にならないくら
い、今の俺は記憶力が良く、考えていることがすっきりとまとまり、手先も器用に動いた。恐らく
ずっと、赤ん坊の頃から頭の中をフル回転させて、あれこれ考えていたせいかな？

「あ、ゲルドさん、これが回転して、ここが組み合わさってこうなると……」

俺は思い描いている仕組みを説明し、そのための部品作りに行き詰っていることを告げた。それらは彼らにとって、未知の仕組みであり、見たことも無い部品を作っていることに驚愕された。

「坊ちゃん！　うちのカールを使ってやってください。奴は若いが見込みがあります」

ゲルドさんの言葉に、俺自身嬉しさのあまりびっくりした。プロの手を借りること、それは俺の念願ともいうべき目標だった。その後もやりとりを重ねるうち、俺が来るたびに、ゲルド親方さえ知らない未知の何か、それを作るために必死に取り組んでいる姿を見て、彼の職人魂を刺激してしまったようだった。

そこからは作業が一気に進行した。

「今日もウチのカールは手が空いていますよ。何でも手伝わせてやってください」

子供の工作ではできない作業も、職人カールさんが、親方の指示で手伝ってくれるようになり、俺が作りたかった物は、順調に組みあがり、その完成度は一気に高まっていった。

もうすぐ最初の矢は放てる。俺にとって念願の第一歩が。量産の日程を含み、前期五大災厄、その最初の災厄が訪れる日までには、何とか間に合わせなければならない。

第二章　放たれ始めた矢

第四話　一の矢、改変のための一手（カイル歴四九八年　五歳）

両親の目もあり、毎日工房へ通うことは、途中からできなかったが、それでも数か月の工房通いにより、最初に画策していた物、子供のおもちゃというには大きすぎる模型がなんとか完成した。

作っていたのは揚水水車と動力水車の模型、及び動力水車に取り付けるギアの模型、そして木製の板バネと滑車だった。


最初は日本にいたころに本で読んだ、水車について必死で思い出しつつ、すごくチャチな模型を作ったのち、それをもう少しちゃんとした模型に発展させた。並行して水流でちゃんと回転するか、効率の良い羽根の取り付け位置、大きさ、回転軸など、職人さんの手を借りながら、色々と試行錯誤の繰り返しだった。これ、絶対プロの手がなければ完成してないよね？　とつくづく思った。

完成品は俺が作ったというより、木工職人のカールさんの力作、と言って差し支えないくらいのものだった。因みに板バネと滑車については、別の目的で使用する部品で、まだまだ改良中だ。

こっちはよくある馬車のサスペンション……、ではない。それは後日おいおい……。

「タクヒールのやつ、大丈夫かね？　最近また毎日のように工房に出入りしているが……」

「まぁ本人が喜んでいることだし、タクヒールの好きにさせてあげても、良いのではないかしら？あまり甘えてくることのない子ですもの。暫くは、望むように自由にさせてあげたいわ」

「まぁ、お前がそういうなら、アンも付き従っていることだしな」

両親がこんなやり取りをはじめてしばらく経ったころ、俺は両親に提案の機会をもらった。

「お父様、お母様、本日はお忙しいなか、お時間をいただきありがとうございます。今日は是非この実験を見てほしくて」

両親は館の中庭で行われたそれを、最初は子供の自由研究発表を見るような、そんな軽い気持ちで参加してくれていた。だが他に、予想外の参加者もいた。

「タクヒールさまのご提案、わたくしも是非お聞かせいただきたく参加させていただきました」

ソリス男爵家で父と母に次ぐ地位にあり、内政と家内を一手に取り仕切る第三位の実力者、家宰のレイモンドさんだ。なんとこの提案会に、本人から参加を望み、直接両親に交渉したらしい。

「工房での取り組みの成果、凄く楽しみにしております」

そう笑顔で言うレイモンドさん。俺は、嬉しいけど……、少しプレッシャーだ。結局、提案会の参加者は両親とメイドのアン、家宰のレイモンドさんの四人になった。

実は前回の歴史で、俺はレイモンドさんを苦手としていた。元々彼は母の実家、コーネル男爵領出身で執事見習いとして、後に母の専属として仕えていた。母と父が結婚してエストール領にやってきた際、母に付き従いこちらに来たそうだ。その後、持ち前の優秀さで母の意を酌み実力を発揮し、数年後にはソリス男爵家の家宰として、父、母に次ぐ序列三位の位置まで昇りつめていた。

人手不足だったエストール領だが、まだ二十代で若造と呼ばれても仕方ない彼の大抜擢に、当初は反感や反発も多かったらしい。だが、持ち前の有能さで、反感や反発を一蹴、ソリス男爵家を裏で支える存在になった。彼は若くして家宰に抜擢された、しかも爽やか系の金髪イケメン……。

モテキャラの要素満載だった。屋敷に仕えるメイドにも彼のファンはすごく多い。家宰と会話しただけで、テンション爆上げになり、仕事をバリバリこなすメイドを何人も見たことがある。

俺自身、前回の歴史でまだ父母が健在のころ、家宰に提案を持って行ったことが何度かあるが、毎回、ぐうの音もでないほど提案の不備を指摘され、心が折れそうになっていた。ただ、最終的には俺の提案を全て承認し、内政面に反映してくれたのだけど……。

そういった事情で、毎回赤点しか取れないダメな生徒だった俺は、彼に対し苦手意識満載だった。もちろん、彼に比べモテると実感したことのない俺の、僻みも多少あったとは思うが……。

後日になって俺が領地を継いだとき、疫病で早々に彼を失ったことが、男爵領にとって大きな痛手だったと思い知らされた。政務で行きづまり、決裁を滞らせたとき、せめて彼が居てくれれば、そう何度も愚痴ったか、覚えていないぐらいだ。今、アン直属の上司であるレイモンドさんは、アンを通じて俺の行動の報告を受けているはず。恐らく今の俺を良く知っている、という点では、アンに次いでレイモンドさん、そして両親の順番になるだろう。そんなことを思いながら、急遽参加した家宰を前に、いつもより緊張しながらデモンストレーションを始めた。

「先ず見てもらいたいのはこちらの実験です」

そう言ってアンが水を流した樋に水車を並べ、発表に取り掛かった。

「まず、水車を水流に沈め回転させます。すると回転した水車が水を掬い、汲み上げていきます。その水は、横の樋に流れ、樋を伝って水はもとの水流より高い位置を流れていきます」

まだ両親は、その様子をただ黙って見ていた。

「そして、こちらも見てください」

今度は動力水車に取り掛かった。

「こちらの水車の回転軸にこのギアを接続します。すると、ギアにより、回転方向が変わります。変わった回転の力は、取り付けたこの棒を延々と動かします」

水流によってギアに接続された棒は、持ち上げられては落下することを繰り返し、もう一方に設置されたギアは、小さな円盤をぐるぐる回転させ続けていた。


デモンストレーションを見た両親は、俺の作業を、微笑ましく見守る様子で見ていたが、家宰は最初から凄く興味深そうに見ていた。これが何のための物か……、もちろんこれらは単なる玩具ではない。家宰は、既にその目的に気付いているようだった。動力水車の動きに驚愕した顔でかじりついている。俺は両親にそれを理解してもらえるよう、一言添えた。

「この揚水水車を使い、川の水位より高い場所に水を汲み上げて、灌漑《かんがい》用水が作れると思います。これまで農地として使えなかった土地にも、十分な水を送れると思ったのですが……」

母の表情が変わった。

「この動力水車は、ギアを使って回転軸を変更することができます。そうすれば、今までは人力で行っていた作業も水車が代替できます。しかもずっと休みなく動かせます」

「タクヒールさまは、これがどのように役に立つとお考えですか？」

「例えば、石臼をこれで回せば、休みなしに夜通し回すことが可能です。これなら小麦粉を楽に、効率的に大量生産できると思うのですが……」

家宰の質問に答えると、ここで父の表情が変わった。

「タクヒールさまは、いったいこの知識を何処で？」

家宰は予想していた質問をしてくれた。

俺は、驚きと、当然だが不安そうな両親を見ながら、話を続けた。

「以前に見た本に、どこかの国でこの水車に似たものが使われていると書かれていました。カイル王国内ではあまり活用されていないようですが……」

そう言って周りを見渡した。不審に思われていないようで一安心した。

「そこで思ったんです。水の力を使って、この動力水車と揚水水車を活用することができたなら、領地の発展に役立つのではないかと……」

あどけなさを装いながら、精一杯照れた演技で答えてみました。実際は、ニシダが見た漫画や、ラノベ、アニメに出ていた発想を真似しただけだけど……。作ること自体はもちろん、試行錯誤で頑張った。これらはまだ、両親には全て話していないが、水車はあくまでも切掛けに過ぎない。


第一に、動力水車を石臼に連結させ、小麦粉の生産量を大きく拡大すること。

それにより、人力で行う製粉の非効率を改善すれば、大量の小麦粉が安価で生産できる。

そして、大量生産の価格優位性を武器に販売できる。

第二に、灌漑により耕作可能地域を拡大し、洪水に強い場所の開拓を進め、収穫を増やすこと。

水量が増えれば、用水路の延伸や拡大ができる。新規用水路が増えれば、耕作可能域も増える。

そうすれば、洪水リスクの低い高地を、水の確保で農地化できるため、生産量の拡大も可能だ。

第三に、人件費がかからず安価で大量生産した小麦粉から、携行しやすい加工製品を開発する。

これにより産業育成と商売上で優位に立ち、経済力を強化することだ。


それは、この世界にはない、おいしい乾麺を開発することに始まり、商品化により、小麦粉の需要を今以上に高めることができる。そして、製品《製造》開発の名目で、大豊作時に大量の小麦粉を買い占めることができる。第一の矢によって、そんな結果を導くことを目論んでいた。

・この先の大豊作、大凶作の被害を回避すること
・小麦粉などの製粉作業を効率化し、価格面で優位性の確保と、備蓄を増やす契機とすること

・戦時に有効的に使える食料を準備し、輜重《しちょう》部隊の役に立つこと
・耕作地を広げ、洪水のリスクを分散すること

結果的に、災害対応の選択肢が増え、備蓄ができることを目指せれば……、そう考えていた。

この提案の結果、レイモンドさんの強い後押しもあって、翌日から導入地の調査が行われ、程なくして男爵家から正式に、木工職人工房へ大量の水車が発注された。それまでの俺の相談があったため、親方のゲルドさんや職人さん達の理解も早かった。俺の模型とは比べ物にならない大型の水車が、カールさんを組頭に開発と製造が進み、数か月後には続々と納品されることとなった。

今は、母とレイモンドさんが取り仕切り、水車を使用した灌漑工事も進み、母が見立てた土地の開拓も次々と進んでいる。父は小麦粉の卸先の開拓、この商機を有効に活用するための準備に余念がなかった。エストの街には商人たちが集まり、日々活況を呈していた。

第五話　大豊作を乗り切るために(カイル歴四九八年〜四九九年　五歳〜六歳)

五歳の時間はあっという間に過ぎていった。水車のプレゼンが無事終わり、水車の発注と並行してエストール領内各所では、新たな農地の開拓と灌漑工事が進められ、動力水車のための製粉施設

も準備が進んでいった。

俺が考えていた最初の目論見、一の矢は軌道に乗り始めたが、まだまだ放つべき矢はある。

そのためにしなきゃならないことがあった。


大豊作の前に、やっておくべきこと。それは大豊作の翌年にやってくる、大凶作に備えた対策を進めることだ。大豊作で小麦や穀物の値段が暴落している時にこそ、ソリス男爵家では、安い小麦を大量に買い占めておいてほしかった。それらは、単に大凶作に備えるだけでなく、安値で買い、高値で売ることによる、それ以降の災厄に対応する資金を稼ぐ手段にしなければならない。

俺は災厄を逆手に取り、躍進の機会にすることを考えていた。

それには、少し事前準備がいる。大量に小麦や穀物を買い占める理由作りだ。動力水車のお陰で、小麦粉の生産量は飛躍的に向上した。一の矢が放たれた結果を受け俺は、小麦粉などを使用した保存食、乾麺もどきやパスタもどきを作る目論見、いや実験を開始した。


まず味方に引き込んだのはソリス男爵家の料理長だ。今度は屋敷の厨房に入りびたりになった。

「今度は厨房か……」

両親は苦笑しながらも、目をつぶってくれた。

「おう、ボウズ、また来たのか？」

料理長のミゲルさんは非常に気さくな、でも、繊細な料理とは無縁とも思える雰囲気をまとった無骨で強面のおっさんだった。

それは、当然といえば当然のことかもしれない。元々彼は、父と一緒の軍で肩を並べて戦った兵士であり、父とは『俺、お前』の非常に親しい仲だったらしい。そのため、俺に対しても全く遠慮がなく、彼の前では俺も単なる小僧でしかない。

兵士であったころから料理が得意で、限られた素材しかない戦場で、いかに簡単に、そしておいしく食事を作るか、そのための技術と彼の考案した工夫を、幾度となく父に対し披露していたらしい。その後に運悪く戦傷を負い、戦働きが厳しくなったのを機に、得意の料理を仕事として、父の招聘《しょうへい》に応じ料理長になったそうだ。

俺自身は、以前から違う目的で厨房のミゲルさんを頻繁に訪ねていた。

「お米を使った料理って、あったりしますか？」

「ん？　米ってのは何だ？　聞いたことがねぇなぁ」

「あ……、無ければいいです。因みに、醤油や味噌……、いえ、豆を発酵させた調味料なんて……、あったりしませんよね？」

「ははは、ボウズはいつも、変わったものを食いたがるんだな？」

変わったもの、確かにそうだ。だが、思い出してしまった以上、俺はどうしても食べたくなった和食の素材について、この世界でも探し始めていた。今のところ何の手掛かりもないけど。

こういった理由で、俺は幼い頃から何度も厨房に出入りしていたため、彼は俺に対しても非常に気安く話しかけてくれる。

「ミゲルさん、これでなんとか保存食ができないかと悩んでいます」

俺は小麦粉を水と塩で練って伸ばし、乾燥させたものを見せながら相談してみた。

「それはまた……、変わったものを持ち出してきたな。これもどこかの本に出ていた話かい？」

「はい、本で読んだ話ですが、どこかの国ではこんな感じで作ったものを、保存食として利用していると書いてあったのを、ちょっと思い出して。ウチではこれから、小麦粉を沢山作れるようになるけど、それだけじゃダメかなと思って……」

「なるほどな、これが上手くいけば戦場でも使える……、か？」

ミゲルさんの呟きは、まさに俺の思うツボだった。戦場での携行食、これについてもミゲルさんは専門家だ。そして料理についても。俺はこんな経緯で、今度はミゲルさんを仲間に入れていた。

プロの力を借りること、五歳になるまでに俺は、このことの重要性を何度も思い知った。俺が持つ過去の知識は、材料とその結果を知っているだけ。ただ知っているだけでは実際、何のチートにもならないことを幾度となく思い知った。結果だけの断片知識は、積み上げられた経験や工夫、それらをいかすプロセスと技量など、専門職が積み上げてきた知識とは全く別物と言っていい。


ここから俺たちは、日々試行錯誤の始まりだった。

麺自体を乾燥させること、これだけ見れば意外と簡単だったが、塩の配合、乾燥方法、時間などは、ミゲルさんの知恵を借りて試すしかなかった。

食材を粗末にしない、これはこの実験を始める際、両親と結ばされた約束だった。そのため、実験に使用した素材、失敗した素材も含め、もれなく俺の食事として提供されることになった。

「タクヒールも早々に音をあげるだろう」

父はそう言って笑っていたそうだ。貴族の男児として、厨房に出入りすることを、父はあまり好ましく思っていないようだった。俺の食事が麺類もどきの特別メニューになってしまってからも、ずっと俺は音を上げなかった。

「そんな兵糧攻めに負けるものか！」

俺はひとり、そう呟いては耐えた。その様子を見たミゲルさんは、いたく感心したのか本気になって開発に協力してくれた。その努力もあって、乾燥うどんもどきは思ったよりも早く完成した。

しかし、この段階で初めて気付いた問題もあった。料理として形になった乾燥麺は……、思ったよりも美味しくない！

考えてみれば、この世界には醤油がない。そして、鰹節や昆布などの出汁を取る素材もない。カイル王国は海なし国だ。しかも王国南辺境にあるエストール領は、海がある北の隣国から最も遠く、海産物なんてめったにお目にかかれる代物ではなく、もちろん海産物を使った料理もない。

そのため、こちらの調味料に合わせた調理方法が必要なこと、前々世と比べ、茹でた際の食感に違和感があったことなどが原因で、俺のなかでは合格点を付けることができる料理ではなかった。

「まぁ、うどんを知らない人にとっては、そんな違和感ないのかな？」

ある日俺は、そう呟いて発想を変えた。

そういった経緯も含め、試作を作っては試食、課題を考えては改善、それらを地道に繰り返していった。料理長もこのうどんもどきを、この世界にあったアレンジで、色々と工夫のうえ知恵を貸してくれた結果、なんとか味も食感も及第点になるものができ上がった。

更に、こちらの世界の調味料を使ったレシピも、いくつか開発してくれた！

その結果、なんとか大豊作の前に間に合わせることができた。だが、そこで満足してそれで終わりという訳にもいかなかった。

「やっぱりこれだけじゃ足らない。何か、もう一押しほしいな……」

俺の呟きは、売り込む際のセールスポイントとなる何か、購入を決める際、押しの一手が足らないと感じたところから来ていた。そんなとき、日本の戦国時代の話を思い出した。足軽と呼ばれた兵士たちは皆、腰兵糧と呼ばれるもの、腰に携行食を結わえて戦地を移動していたこと、そんな話を読んだことがあった。乾麺を手軽に持ち運び出来て、カップ麺のように現地で簡単に調理できたら……、そんなことを考えていたとき、閃いたことがあった。

「竹だ！　この世界には竹がある！」

少し前、エストの街の工房に通っていた時に、俺はこの世界に竹が存在することを知っていた。日本にも竹筒を調理器具に使った料理はあった。飯盒《はんごう》代わりに使ったり、蒸したりが可能で、更に竹には抗菌作用もあるという。そんなことを思い出して思わず叫んでしまった。

俺は小躍りして、思いついたカップ麺もどきの制作に没頭し始めた。竹が取れる、広大な竹林はエストール領の最南端に広がっていた。そこは大森林とも呼ばれる、魔物の生息地域である魔境との境であり、その境界線には帯状に竹林が広がっているらしい。こちらでは、竹林より先は魔物の生息地であり、決して不用意に竹林に入ってはいけない、そんな戒めもあるぐらいだ。

こちらでも竹林は繁殖力が旺盛で、放置するとどんどん広がっていく。竹林が広がれば魔物の生息域も広がってしまう、そんな風に思われていた。竹林が今以上に広がらないよう管理し、定期的に伐採が行われ、伐採された竹は資材として流通している。ただ、竹は魔物に関連するため、好んで使われることもなく、素材はふんだんにあるが需要は低いらしい。むしろ余っているといってもいいぐらいだった。

なら、青竹を使って保管容器と調理器具を兼用することはできないだろうか？

親方の工房にて青竹を分けてもらい、適度な大きさに切ったものに穴をあけ、乾麺を詰めてみた。なんか……、振ると中の乾麺がカシャカシャと音がして、おみくじの筒みたいな感じがする。

竹ごと火にくべて茹でてみて気付いたことは、ゆでることは可能、湯切りも可能だったが、竹を割らないと麺が取り出せない！　こんなことに気付かないなんて、焦りすぎているのかな……。

俺は少し落ち込んだ。

最初のカップ麺製造計画は失敗した。でも俺は諦めなかった。蓋として耐水性のある紙、油紙や蝋紙みたいなものがこちらの世界にないか探してみたり、少し大きめの穴、茹でた麺を取り出せる

大きさの穴を開け、木の栓で蓋をしたり。容器の工夫と改良を重ねていった。

同時に、ミゲルさんと共に、竹筒ごと火にかけて調理してみることを繰り返し、並行し麺と一緒に筒に入れ、携行できる乾燥調味料の開発も進めていった。数えきれない失敗を繰り返した後、当初の目論見通り、携行可能で調理器具にも器にもなる保存食、『うどんもどき』は遂に完成した。

もちろん、それなりの味……、だったが、それまで戦地で食べられていた携行食料よりは遥かにおいしく便利なものだという自信はあった。


これで何とか、戦時用の兵站《へいたん》食料備蓄、災害用備蓄という名目で父に提案できる下地ができた。

蓋の形状は少し変わってしまったが、これをおみくじ乾麺と呼ぶことにした。この時点で俺は有頂天だったのは言うまでもない。竹筒に関わる課題に気付いたのは、それから少し後のことだった。

試作品を大量に作って暫く経ったある日、おみくじ乾麺の竹筒を振ってみると変な音がした。不審に思って中を見ると……、乾麺は湿気っており、そしてカビだらけだった！

青竹には水分が含まれているため、燃えにくいからこそ調理器具として使える。そう水分が……。

これが問題となっていた。乾燥した竹だと、火にかけるとよく燃えた。器ごと全部……。

俺はいつものポーズで頭を抱え込んでへこんでいた。

「キャー奥様っ！　タクヒールさまが今、久し振りにあのポーズを！」

気が付けば、母とメイドたちに取り囲まれていた。いや……、今は勘弁してほしい、ホントに。

第六話　二の矢、改たな一手（カイル歴四九九年　六歳）

〜〜〜ソリス男爵領史　滅亡の予兆〜〜〜〜〜〜〜〜〜〜〜〜〜〜〜〜〜〜〜〜〜〜〜〜〜〜〜〜〜〜〜〜〜〜〜〜〜
カイル歴四九九年、カイル王国の全土は、大いなる大地の恵みに祝福される
恵みの年の始まり、大地の怒りを示す兆し、エストールの空に隣国より黒き灰を度々もたらす
多くの民これを憂い、天を仰ぐが、この年の怒りほどなくして鎮まる
この年の秋、大地の祝福は大いに広がり、豊穣の実りに民は歓喜に包まれる
過ぎたる実り、災いへと転じ、大地と暮らす民を困窮させる
実りの喜びは怨嗟に変わり、エストールの民は大いに戸惑う
〜〜

いよいよ今年は大豊作の年、これより前期五大災厄が襲ってくる。大豊作の恩恵を受け、豊かな実りでエストール領も潤うはずだが……。

『過ぎたるは及ばざるがごとし』

『豊作貧乏』

俺もよく知る、それらの言葉の典型的な事例となってしまう。そもそもカイル王国は農業国であ

り、父の領地、エストール領も農業生産が収入の大きな柱となっている。
大豊作により穀物相場が急落すれば、大きなダメージを受け、農業に従事する多くの領民たちの生活も困窮してしまう。それらの対策として、俺が提案して事前に準備を進めていた二つのこと、
ひとつ、動力水車を使用し、小麦粉の量産体制を構築すること
ひとつ、携行保存食を開発し、商品化すること
この二つは目途が立っているが、だがこれだけでは翌年の危機を乗り切れない。そのためには、次の矢、もう一つの提案を実行に移す必要がある。提案自体は既にまとまっていたが……。
俺は、あることが起こるのをずっと待っていた。

ソリス男爵領史によれば、隣国、グリフォニア帝国にある火山の小噴火による降灰が、国境の山脈を越え、エストール領にまで届くはずだ。規模は小さく被害も無視できる範囲だが、それが今年のどこかで必ず何回かある。それが無いと俺がする提案の決め手、最後の一押しに欠けるからだ。

両親の危機感を煽ることができれば、実施される対策の本気度が増し、その効果が大きくなる。

その日が来るのを、今か今かと一日千秋の思いで待っていたが、収穫時期になる少し前、夏の初めに待望の降灰があった。この世界での小麦は、夏の終わりから秋の初めが収穫時期になっており、俺の知っている日本でのそれよりは少し遅めな感じがした。

降灰は火山の近くに住んだ経験がない俺にとって、テレビの映像で見たことはあっても、リアルでは初めての経験だった。俺自身、前回の歴史ではこの降灰の記憶はない。まだ幼いため、忘れて

しまっていたか、館の中での暮らしで、全く気づいていなかったのかもしれないが……。

エストール領内でも降灰は頻繁にこそないものの、数十年という単位でみれば珍しいことではなく、当初は不安げに空を眺めていた領民たちも、すぐに降灰が落ち着くのを見て安心したのか、領内で大きな混乱はないようだった。


降灰を確認し、待ちわびたように俺は、両親、レイモンドさん、アンを交えて、二回目の提案会を行う時間をもらった。

「父さま、おめでとうございます。多少の降灰はあったものの大事に至らず、天候に恵まれたため、今年は例年にない豊作になりそうで、領民たちも喜んでいると聞きました」

俺は敢えて、考えていることの反対を言った。

「豊作も度が過ぎると却って厄介なのだよ。それが悩みの種でな……」

父は少し憮然《ぶぜん》として言葉を返した。

この世界でも、税は土地の大きさによって決まり、収穫量に比例していない。そのため、豊作であれば領民の取り分が増え、凶作なら逆だ。農民たちは収穫した穀物を税として納め、残った中から、翌年の種、自分たちが食料として消費する分量を確保し、そこで残ったものを売って収入を得る。この収入が農民にとって、一年を過ごす生活費となる。

そのため、豊作も度が過ぎると穀物が市場で余った結果、相場が下がり、却って農民らの収入は減ってしまうことにもなる。これは領主の収入も同様であり、領主の場合はその規模《額》が大きくなるため、農民たちより大きなダメージを受ける危険性をはらんでいる。

「大豊作で起こる問題について、気になったことがあるので、今回検討いただきたい提案を持ってきました。僕は大豊作、大いに結構なことだと思っています」

ほう？　という顔をして一番驚いているのは家宰であるレイモンドさんだった。

領内の内政全般を統括する立場の彼にとって、今一番頭の痛い問題だろう。

「大豊作は、これからお話しする三つのことを、推進するための絶好の機会として捉えています。このエストール領の力を蓄え、予想される危機に対して事前に手を打つことができます」

『はぁ？　何を言っているのだ？』

俺の発言に同意できない様子の父は、そんな表情だった。

「タクヒール、その理由と三つのこと、是非話してくれるかしら？」

一方、母は優しく微笑んで提案を促してくれた。

「先ずは豊作を利用して行うべきこと、それをお話しします」

さて、ここからが本番だ。俺はちょっとした高揚感を感じながらプレゼンを始めた。


「一点目の提案は乾麺についてです。

相場が下がり、穀物が余っているときこそ、安価で仕入れができる絶好の機会と考えています。小麦粉を使用した保存食の生産を本格的に始める好機であり、それに合わせて、食料危機の際に備えた備蓄を、一部乾麺でも担うことはどうでしょうか？　また、戦場でも運用しやすい、乾麺開発も現在進めております。これらの方針で生産した乾麺は、無駄なく運用できると思います。豊作によって収入の減った農民に対価を払い、この作業に従事してもらうのはどうですか？」

この辺りは父も母も、そして家宰も既に織り込み済だったのだろう。大きな驚きはなかった。

もちろん俺もその点は承知している。一つ目は、俺にとっても前振りに過ぎないのだから。

「二点目の提案は義倉についてです。

大豊作で穀物が余っている時にこそ、凶作に備えた穀物を蓄える蔵、義倉の建設を進めるべきと考えています。今はその制度を導入できる絶好の機会ではないでしょうか？　今それを急ぐ理由は、三点目で申し上げますが、義倉をエストール領全土で建設して、余剰穀物をそこに回せば、市場への流入は減り、相場の下落を少しでも抑えることが可能となるのではないでしょうか？　例えば、農民は余剰穀物を義倉に提供する、その代わりに販売分の穀物を領主は例年と同じ価格で購入する。農民たちとこんな取引をするのはどうでしょうか？　農民の収入を安定させ、義倉への供与を推進させる契機となる気がします」

「なるほど、面白い、実に面白いお考えですね。この二点だけでも汲むべき点はあると思います。農民たちは余剰の穀物を義倉に提供する代わりに、例年と変わらぬ収入を得ることができる。片や我らは、農民たちから無償で義倉への貯えを指示でき、領地の安泰を図ることができる。そして、農民からは感謝と領主への忠誠を得ることができるという訳ですな」

レイモンドさんは興味深げに話に乗ってくれた。この人はいつも、大事なポイントで俺の考えを後押ししてくれる。それは非常にありがたいことだった。

「最後の三点目ですが、これが最も重要です。一点目、二点目はあくまでも前振りに過ぎません。小規模な降灰は大規模噴火の前兆として考えられる。そう記載された書物を幾つか拝見しました。隣国にて大規模噴火があった年は、農作物が被害を受け凶作になる、そう記されています。安価で穀物が買える今年にこそ、大量に穀物を買い占めるべきです。未来に備えた備蓄として、もうひとつは投機目的で、両方の意味で買い支えを進める絶好の好機と考えています。もちろん確実とは言えませんが、そうなる可能性が高いことを書物は示しています」

俺は一気にまくしたてた。正直、書物の話はあくまでもこじ付けだ。俺は翌年に大凶作が起こること、それにより領内が困窮することを事実として知っている。それについて、まさか未来に起こることを知っているとは言えないため、偽りの書物知識を大義名分として、食料備蓄や義倉建設、投機目的の買い占めを誘導している。

「今年起こっていることが、過去の例に倣い大噴火の前兆であれば、来年の収穫に災いし、凶作になる可能性が非常に高いと考えています。たとえ凶作にならずとも、余剰が出ている時こそ、安価で買い占めを行い、今後の産業の一つとして商品化を推進すべきだと思うのですが……」

さあ、決断してくれ！　そう言わんがばかりに、俺は父と母をじっと見つめた。

◇◇◇

俺が産まれるずっと前は、エストール領は辺境でさほど豊かでもない未開の土地だったらしい。父がこの地を拝領した時点では、小さな町と小さな村が点在するが、特にこれといった産業もなく、それなりに穀物を産するものの、まだまだ開発途上で、なんの特徴もない領地だったそうだ。

ソリス男爵領となってからは、父と母が行使する固有スキル、血統魔法をいかした領地開発と商業収入により領地を飛躍的に発展させていた。

大地を友とする地魔法士の母は、エストールの地に眠る宝を活用することができた。領内で新規鉱山を発見しその開発に力を入れ、有望な耕作地には開拓事業を展開、入植を促進して領内の生産力を上げていた。母の実家である隣領のコーネル男爵家は、一族に地属性の固有スキルを持つものを輩出しており、母もその一人だ。母は大地の恵みを発見する土地鑑定に特化しており、それを活用して領地の発展に寄与している。

片や領主となり、この国でも数の少ない時空魔法士の適性を開花させた父は、特異な能力である空間収納によって、鉱物や商品の大量輸送を行うだけでなく、安価で仕入れた商品を迅速に大量輸送し、他所で販売することで収益を得るなど、交易による商業収入を拡大していた。

父の時空魔法はこの空間収納に特化しており、物資の輸送に関してかなりチートだ。父ひとりで大型ダンプカーや大型トラック何台分もの鉱石や商品を運び、運んでいる当人は騎馬の移動だけで輸送時間も極端に短い。父は自身の空間収納を物流や、時には商人と組んだ交易で活用していた。

大地から得られた収穫を元手に、父が資産を大きくし、それを母が更に開発事業に投資する。

この好循環で、エストール領は急激に豊かになった。こういった、父自らがまるで商人のように交易や商売を行う姿勢は、一部貴族たちから『商人男爵』、そう揶揄《やゆ》されることもあったらしい。

ただ、当人は逆にそれを気に入っているようだ。エストール領が今のように発展し、とても豊かな領地になったのは、ここ十年、両親が固有スキルをフル活用し努力を重ねた結晶といえる。


実り多き穀倉地帯と豊富な鉱物資源、魔境から得られる魔物素材は、ソリス男爵領を経済面だけを見れば、子爵領にも勝るとも言われる領地に成長させていた。活気ある新興のエストール領は、領民募集や農地への入植も順調に進み、当初は圧倒的な差があった両隣の子爵領と、経済面だけなら彼我の収益格差はこの十年で逆転するに至った。両子爵家は男爵より上位、子爵としてのプライドもあり、成り上がりの商人男爵や、その領地の発展には良い感情を抱いていなかったらしく、近年はそれが益々顕著となり、険悪と言っても過言ではない雰囲気になってしまったらしい。

唯一、隣領で仲が良いのは、エストール領から王都方向に延びる小さな街道、その先にある母の実家、コーネル男爵家だけだ。ソリス男爵側でも、開発工事のため隣領に地魔法士の派遣を発注することや、毎年の付け届けがしっかり行われ、友好的な関係が維持できている。


隣国を含めると、三方が敵といえるエストール領は、常に外交で微妙な舵取りを行い、父も心を砕いている。このことはこの先訪れる災厄でも影響を及ぼしており、近隣との関係がそんな状態では、凶作時や飢饉の際も周囲からの援助は期待できない。唯一の味方、コーネル男爵領は、エストール領より農業生産に重きを置いている分、凶作の際は支援どころではなくなるだろう。

俺の家、ソリス男爵家はそんなバックボーンを抱えている。

◇◇◇

「ふうっ、何とか、なったかな?」

俺は自室で大きなため息をついた。今回も両親へのプレゼンは多分うまくいったと思う。隣領に不安な要素はあるが、今は資金面でも十分余力があるはずだ。なので、豊作の折には小麦相場を買い支える、その名目で大手を振って買い占めも可能だろう。敢えて言葉には出さなかったが、そんな思いも両親に伝わったかもしれない。

「本当にあなたは……、もうっ」

提案が終わったあと、俺は母に強く抱きしめられていた。

ニシダとしての心が胸の中にある俺は、幼いころから母親に対して年相応、素直に甘えることができないでいた。きっと母は、その寂しさを感じているのかもしれない。でも、母を、家族を守りたい気持ちは十分にある。少しでもそれが伝わったと分かり、俺もうれしかった。

ただ……、母さま、お顔が近いです！　近過ぎて俺、緊張……、いや、凄くドキドキします！

ニシダの部分の心が、実年齢より若く見える金髪美人の母を前に、心臓の鼓動を高鳴らせた。

しばらくして、提案した内容は順調に動き始めていると実感できるようになった。母とレイモンドさんは、提案した直後から、何かしら動き出してくれたのが分かったからだ。

まず乾麺については、成功した試作品を料理長が何度か食卓に提供しており、全員がその味や使い道を心得ているため、問題なく増産体制に入った。父は戦功で昇爵しただけあって、出征時の兵站の重要性について凄く理解が早かった。雨でも心配ない、その場で容器にもなり分配や携行も簡単なおみくじ乾麺も、一定の評価を受けて、父からはすぐに増産を行い、ある程度の備蓄をしたいので、開発を急げと言われた。

義倉については、母と家宰のレイモンドさんが強く賛成してくれた。偽りの本の知識、近い内に凶作の可能性、そんな嘘もどれだけ影響したかは不明だが。この二人にとって、内政問題、領地の安定は一番の重要課題だ。もしかすると、元々似たような考えもあったのかもしれないが、すぐに行政府内で調整を行い、事前調査に動くと話してくれた。

そして刈入れが始まる頃には、今年の大豊作が、ほぼ確実な予測として見えてきた。

当初は大喜びだった農民たちからも、不安の声も出始めている。母とレイモンドさん二人の動きは異常に速く、そのころには次々と義倉の建設が決まっていった。まるで俺の言っていたことを全て信じて、予め建設を決定しその準備をしていたかのように。二人は農民たちの不安に対し先手を打って、領内の各所に義倉建設の布告を出させていた。布告には、その制度の趣旨や農民に向けた優遇措置なども記載されていたため、農民たちの不安はたちどころに解消されていった。

父は最初、様子見ともいえる感じだったが、収穫の終わりに二度目の降灰があると、打って変わって動きが早まり、絶好の投資機会だと張り切りだした。王国内でも大豊作の予測が公然のものとなり、各地で穀物の相場が下がるたび、逆にニヤニヤしながら、時には自らも買い付けに走り、大量の穀物を確保し始めた。


こうして二の矢も無事、的に向かって放たれた。

第七話　前期五大災厄　その一　大地の祝福（カイル歴四九九年　六歳）

ソリス男爵領史の記載通り、王国全土の大豊作と、ダブついた穀物価格の暴落が起こった。

本当ならこの一件で、領主領民ともに豊作貧乏への道を歩むはずだったが、母やレイモンドさんは、予め準備していた施策を、矢継ぎ早に打つことで対応してくれた。領民の収入安定のため、領地の農民が販売する穀物は、男爵家により相場以上の価格で彼等から買取ることも進められた。

同時に、領内各地に新設された動力水車には、乾麺加工場を新たに併設して、水車で製粉作業を行い、収入の減った領民を中心に雇い入れ、それぞれの製品化、保存食の量産を始めていた。

それを横目に父は、大暴落した他領の小麦を中心に、せっせと最安値で買い集めていた。

表向きは、相場を支える為の買い支えの一環として、同時に裏では、ソリス男爵の名前が出ないよう配慮し、大量の小麦を安く買い叩き、かき集めているようだった。

さすが商人男爵の異名は伊達ではない。やることがエゲツナ……、いや、そつがない。

加えて、小麦粉を加工した保存食を、王都の騎士団に売りつける算段も立てており、色々な理由、大義名分の下、エストール領内には予想以上の、莫大な量の小麦などの穀物が集まっていた。

「ってか、これ、もし売れ残った場合、在庫過剰で破綻しちゃうんじゃ……」

その徹底ぶりはすさまじく、子供ながら、まぁ中身は大人だけど、そんな心配の声を上げるほど、小麦や穀物の詰まった袋が、至る所に積み上げられていった。

ただ、おみくじ乾麺については、まだ市場や他領には出さないようにしてもらった。

料理長も色々工夫してくれたが、もう少し改良したい。後日分かった課題……、水分を含んだ青竹を使うと乾麺の長期保存に課題があったし、完全に乾燥した竹を使用すると、火にくべると盛大に器ごと燃えてしまうのだから……、まだまだ未解決の改善項目を解決する必要があったからだ。

青竹を使用し短期保管のうえ使用するなら問題はないが、備蓄目的や商品として販売できるまでには、まだ時間がかかりそうだった。

「まぁ、きっといつか、これも日の目をみることもあるだろうし……」

俺は予言じみたことを言って、肩の力を抜くことにした。それ以外の策は順調に進んでいるし。

竹を使った飯盒炊爨《すいさん》、そんなことも昔やったよなぁ、と思いに耽っていたら……、無性に米が食べたくなってきた。稲はこの世界にないのか？　落ち着いたら本格的に調べてみよう。

あと、竹林が領内にあったのは幸いだったけど、この世界で筍は採れるのかな？　米がないし、糠《ぬか》もないけど……。それに、和食や中華だと料理に合うけど、洋食の筍料理って、俺自身は食べたことがないし聞いたこともなかった。美味しく調理できるのだろうか？

魔物が生息する大森林、その外延部である竹林には、一般の領民はまず立ち入らない。伐採を目的として依頼を受けた者や、訓練を兼ねて訪れる兵士たち、魔物を狩ることを生業としている者、そういった人間が入るだけだ。とてもじゃないが、気軽に筍取りなんて行けるわけもない。

俺は竹林にも行ってみたかったが、絶対に両親から許可されることはないだろう。この先、既に考えている全ての矢を放ち、体制が整ってから改めて考えよう。あそこなら魔境は目と鼻の先だ。


そして父は最近、とても上機嫌だ。多分理由は、まぁ今のところ捕らぬ狸の皮算用だろうけど。

「今回の小麦の買い付け、保存食の販売で大きな収益が上がれば、収益の一割をタクヒール、お前に褒美としてやろう」

そんなことまでいっていた。ん〜、ホントにいいのかなぁ〜？

「言質、取りましたよ！」

可愛く片目を瞑って父を指さし……。

やってみて俺は後悔した。たぶん不気味だったのだろうなぁ。父は明らかに引いていた。

ちょっと真似しただけだが、やっぱこれは青髪丸顔ショートヘアーのメイドがやらないと……、すいません。大好きだった、異世界アニメのワンシーンを思い出してやってしまいました。

あの双子、どちらかというと今ウチに居るのは、毒舌で赤毛の姉の方だろう……。

やばい！　アンに怒られる。ごめんなさい……。


まぁ来年は大凶作がやってくる。今年、安値で買い占めた小麦類が、相当高値で売れるはずだ。

六歳の俺でも、手持ちのお金があれば更に先の備えや研究ができる。父の言葉は、単なる気まぐれでも嬉しい一言だった。まぁ、もしこのことを父が忘れてしまったなら、俺にはこの先、正当な理由でたっぷり父からむしり取っていく算段も付けている。もちろん目的は、その父自身や家族を守るためだけど。その後も小麦の買い占めと小麦粉製造、乾麺の製造は思ったよりも順調に進んでいった。料理長の乾麺レシピも充実し、乾麺の製法に関する改善点や、おいしい食べ方の研究も並行して進み、ソリス家の食卓にも、乾麺を使用した食事が出ることも、次第に多くなっていった。

調理法を記載した、料理レシピのようなものも準備を進めている。収穫が落ち着きだしても、相変わらず父は、買い占めに各地を飛び回っている。それを見ていたせいか、次第に俺もエストの街から外へと出てみたくなった。


それ以外の目的もあったため、ある日俺は両親と交渉を試みた。

「父さま、母さま、僕も義倉の提案に携わった者です。その建設現場を見に行かせてください」

俺が唐突に言いだしたことに、両親は面食らっていたようだ。

「タクヒールよ、領主の息子がわざわざ見に行くことではないぞ」

「あなたはまだ六歳。エストと違って外は決して安全とはいえないわ」

基本的に両親はともに反対、そんな様子だった。それでも諦めることなくお願いし続けた。

「うーん、ならどうして？　そんなに見に行きたいと思ったのかなぁ？」

父には取り付くしまもなかったが、母は理由次第では話を聞いてくれそうだった。そう感じた俺は、あらかじめ用意していた台詞を口にした。

「はい母上、私は領民のため、自身の考えで良かれと思って義倉の提案を行いました。ですが私はその施策を受け取る側、領民たちの気持ちを知りません。いずれ私は、兄上を支え、この領地の内政を差配できるようになりたいと考えています。そのためには、直接領民の声を聴き、その姿を見ることが大事だと考えました」

俺は敢えて、今まで使っていた子供っぽい言葉を全て排除した。大人として見てもらうために。

「それが今だという理由は？」

「今が絶好の機会だからです。義倉を作る計画はあくまでも領民のためのもの、それは都合のいい大義名分です。結局我々は、農民たちの不安をうまく利用し、今後の領地安定に活用したという事実は変えようがありません。私はそれを、領民たちがどう感じ、どう動いているか、この目で確かめたいと思っています」

我ながら完璧な理由付けだ、そう思っていた。

「それだけなのかなぁ？」

母は微笑みながら、でも真剣な顔でじっとこちらを見ている。え？　ダメなの？　俺は焦った。

「僕も外の世界が見たいです！　父さまや母さまが豊かにしたエストールの大地を見たいのです！　兄さまだけ外に出掛けているのはずるいです！」

しまった！　動揺して予め用意してボツにした、もうひとつの言い訳を使ってしまった。最近の兄は、父に連れられて街の外にも度々出掛けている。三歳も年上なのだから当然のことだが。

「ふふふ、そうでなくっちゃ」

母は妙に嬉しそうに笑った。

え？　母さまのスイッチってそっちなの？　どうやら俺は反対側を攻めていたと気づいた。

「いいでしょう。レイモンドと同行する場合に限り外出を許可します。必ずアンも一緒に、そして安全を第一に考えること、それが母からの条件です」

「なっ！　クリス！　お前勝手に……」

「貴方が最近、勝手にダレクを伴って外に出ているからですよ。兄のことを真似たい弟の気持ち、理解してやらないでどうしますか？　それとも、私の許可にご不満でも？」

「ひっ！」

母が氷のような笑顔で父を見つめて笑うと、父は短い悲鳴のような声を発し、押し黙った。

「う、うむ、レイモンドの仕事の邪魔にならぬよう、現場で余計な口を挟まぬようにな……」

父さま、それが正解です。触らぬ神に祟りなしです。俺は心の中で笑ってしまっていた。

でも、こんな家族のやりとり、この先もずっと大事にしたい……。俺もこの家族の一員として、日々楽しく暮らせるのは、歴史上ではあと十年しかない。時間は貴重だった。

母との交渉の結果、晴れて俺の初めての外出は実現した。エストの街を取り囲む城壁の外に出たときは、すごく感慨深かった。前回の人生では何度も行き来したことのある道も、領地内の全てが新鮮に見えた。

義倉の建設については、家宰が各地域の指揮を執っており、レイモンドさん自身が建設現場に出向くことも多い。これまでの経緯を含め、今後のためにも俺は、非常に有能で内政の鍵を握る家宰と、もっと仲良くなっておきたかった。なので、彼の同行は渡りに船の条件だったといえる。

そして俺は、予想外の数の兵士たちに護衛されて、近隣の村へと進む馬車の中にいる。現実的な問題として、魔物や盗賊が跋扈《ばっこ》するこの世界では、たとえ領内の移動でもそれなりにリスクが伴う。

そのため、エストの街とは違い、領主の息子でまだ幼い俺が行くとなると、同行する護衛の数も増やさざるを得なかったようだった。そのため、同行許可は日帰りで行ける場所、エストにほど近い三つの村と、一つの町のみだった。

俺たちは、半日も経たずしてとある村に到着し、早速義倉の建設現場を視察に向かった。そこでは義倉を建てる基礎が設置され、これから柱を建てる作業を進めているところだった。

で……、一つ目の村で俺は早々にやってしまった。工事の、いや計画の問題に気付いたからだ。

父から戒められていた、余計な口を出してしまった。

『何だよこれ！　義倉の建設地が村の真ん中の低地ってどういうことだよ！　この場所は、近くの川から洪水が来たら、せっかくの備蓄も水浸しになってしまって、一発アウトじゃん！』

心ではそう思ったが、できる限り言葉は選んだ。

「義倉の位置ですが、この場所じゃちょっと拙いと思います。できればあちらの高台の方が……」

「盗難防止のため、目の届く場所に、駐留兵詰め所の脇に選定しましたが、何か？」

不満気な顔をした村長が、俺に反論した。言葉にはしないが、子供が余計な口を挟むな、そんな圧を感じた。父から固く戒められていたことをやってしまったが、レイモンドさんは笑って許してくれた。彼はこれまでの俺の言動や提案を見ていたからか、俺をひとりの大人として対応してくれている。移動の道中もレイモンドさんとは、色々とこの先の腹案も話し、相談や議論もしていた。

まぁ、既に基礎を作っている今から、場所の変更も厳しいし、渋々了承した。但し、建物は洪水対策と湿気対策も兼ねて、高床式倉庫に改造してもらうよう依頼した。一階部分は足組みだけで、二階が倉庫になるように。簡単なイメージを伝え、地面にできる限り丁寧に絵を描いて説明した。

高温多湿なオーストラリア、クイーンズランド州北部の湿潤な地域では、クイーンズランダーと呼ばれる高床式住居がたくさんあった。たまたまニシダは若いころ一時的にそれに住んでいた。

日本でも高床式倉庫の実例は数多くあるし、縄文時代の遺跡で見たこともあった。ついでに子供の時に習った正倉院を思い出し、ねずみ返しも付けてもらった。あと、ゆくゆくは、新しい義倉を建設する際は、高台に建築してもらうようお願いもした。四年後には間に合わないだろうけど……。

せめて俺が反対したこと、言ったことは、彼らには覚えておいてほしい。今後の教訓として……。

最初のやり取りを見ていた家宰は、何か思う所があったのだろう。次の村以降、こちらが何も言わなくても、そんな感じで進めてくれた。彼の発言は各村の有力者も無視できない。やっぱり、たとえ領主の息子でも、子供の俺が言うより、大人の、しかも家宰が話す方が断然説得力があり、聞く側も素直に受け止めているようだった。こうして領内各地で次々と義倉は建設され、備蓄穀物も義倉が完成次第、続々と搬入されていった。

第八話　前期五大災厄　その二　第二の凶事と三の矢（カイル歴五〇〇年　七歳）

～～～ソリス男爵領史　滅亡の予兆～～～～～～～～～～～～～～～～～～～～～～～～～～～～～
カイル歴五〇〇年、グリフォニアの山の神、大いなる怒りを示す
国境を越えた山の神の黒き怒りの腕は、カイル王国南部を覆い、天の災いをもたらす
エストールの大地は黒き雲に覆われ陽の恵み少なく、黒雲去りし後、慈雨なく大地は大いに乾く
大地は荒れ、実りの祝福もたらされることなし
人々は飢餓に飢え、惑い、人心大いに乱れる
～～～

そしてついに七歳になった。この年、前期五大災厄の二番目が到来する。

本当の勝負、大変なのはこれからだ。この年以降、ソリス男爵家、エストール領には次々と天災や人災、疫病が襲ってくるのだから。


ソリス男爵領史の記載通り、隣国グリフォニア帝国で火山の大規模噴火があったようだ。

国境を隔てる険峻な山脈の、さらにその向こう側での被害は我々の知るところではない。

「タクヒールの言っていた通りだな。この後……、やはり来るのか？」

憮然として父が呟く。

「確実だとは言えませんが、恐らく……、なので準備だけは是非お願いします」

俺は敢えて、絶対来るとは言わない、いや言えない。それらの根拠について、説明ができる訳もないし。ただ、大規模な降灰と、日中でも空は厚くどす黒い曇で覆われた日々が続いた。

「これじゃ作物が育たない、いったいどうなっているんだ！」

毎日空を見上げながら、領民たちが不安の声を上げている。陽の光が差すことのない、日中でも薄暗い日が続いたが、噴火からひと月経ったころ、やっと青い空と暖かな陽光が降り注いだ。

領民たちは歓呼の声を上げたが、その後、待ち望んだ日照りは続けど、一向に雨が降らない日々が続いた。乾いた大地は、あちこちでひび割れ、乾燥した風は砂埃を巻き上げた。そうなると領民たちからは再び、不安の声が各所から上がりはじめた。そう、噴火は前哨戦であり、ソリス男爵領史にあったこの年の本命、干ばつがやってきたのだ。豊かな水量を誇ったオルグ川の水量は日増しに減り、川の流れは徐々に細くなっていった。

これに対し、母とレイモンドさんは一計を案じていた。

・事前にため池を用意し、貯水池を確保していくこと
・水門と階段状に揚水水車と水路を配置し、水量の変化《減少》にも対応すること

これらが対策として、事前に準備されていた。

「全ての揚水水車を稼働させて！　水路の水門も開放し、可能な限り水を送って。少なくなった川の流れは、少しでも用水路に回すよう、常に水門を調整するのを忘れずにね。でも、川を枯らしちゃだめよ。流域は私たちだけじゃないのだから」

母の指示は即座に実行された。水が届いた地域の農民からは歓声が上がる。エストール領は無為にこの二年間を過ごしていたわけでもない。揚水水車による灌漑工事、災害に備えた備蓄、穀物の買い占めなど、対策を講じてきた。そのため、大凶作が着々と迫ってくる中、両親や家宰は、落ち着いて対応策を進めていった。

「先ずは布告を出して領民を安心させるのが先決ね」

母は先手を打った。予め母とレイモンドさんが議論し、用意されていた布告を、行政府を通じて領内各地に出し、まずは人心の安定を図り、領民たちを落ちつかせるよう図った。

・今年に限り、農民たちの税負担について軽減施策を実施する
・義倉を開放し、蓄えた穀物の再分配を予定している
・乾麺の炊き出しを準備し、必要に応じてそれを実施する

これらの救済策発表のタイミングは母に一任されており、それは最も適切な時期に発表された。

そして、これらの救済を実施しても、エストール領には備蓄の余裕が、ソリス男爵家には財政面で余裕があった。そりゃあ前年の大豊作時に、国中の安価な穀物をこれでもかって買っていたから。

布告に加え、灌漑工事が完了していた畑には、オルグ川の水を揚水水車で循環させ、それほど目立った収穫減にはならないと予想されたことも大きい。農民たちも、今年は生活を若干切り詰める程度の節約で、この一年はなんとか乗り切れるだろう、そんな楽観的な声も出る状況だった。


そしてここに至ってもうひとつ、事前に用意していた三の矢も効果を発揮した。

俺が用意していた三本目の矢とは、蕪《かぶ》だった。元々こちらの世界でも蕪は広く栽培されていた。

ただ、ニシダの知るヨーロッパの歴史と同様、蕪は主に飼料として使われており、食用として慣れ親しんだ元日本人の俺から見ると、凄く勿体ない話だった。俺は以前から、あんな簡単に育ち食用でも美味しく、葉も食べられる蕪の扱いに不満があった。個人的に大好きな中国三国時代を描いた歴史小説を読んだ記憶、天才軍師と言われた諸葛孔明が、蕪の育成を推奨し出征の際、まず陣地を構築すると蕪の種を撒いた……、そんな逸話を思い出していた。

そのため、大豊作だった去年から、実は密かに手を打っていた。

蕪を使った三の矢は、まず情報収集と元手となる種を確保することから始まった。

レイモンドさんには、義倉建設で同行したとき、予めもう一つのこともお願いしていた。

「偽装建設で各地を回られる際、領内の各村にて蕪の栽培状況を確認してほしいのです。現在蕪を栽培している村の情報、収穫した蕪の利用状況が知りたいです。それに加え、蕪を栽培している人には、その栽培方法も確認してほしいです」

「ほう、何かお考えがあるようですね？　承知いたしました」

彼は黙々とそれを調べ上げ、後日になって俺が驚くほどの量の調査報告書を渡してくれた。

父には、母を通じておねだりしてみた。

「今、エストの街には穀物の販売で多くの商人がやって来ていると思います。その商人たちから、蕪の種や、蕪そのものを入手する伝手を紹介してほしいです。本の知識ですが、災害時に蕪は役に立つ作物であると考えています」

「ふーん、面白いことを考えているのね？　任せてちょうだい」

快諾してくれた母は、無言の圧力で父を説得し、大量の種を入手してくれた。

料理長には、蕪の料理法、おいしく食べられる研究をお願いした。

「蕪かい？　家畜の餌として……、飢饉のときには人も食べるって聞いたことはあるが……」

俺自身が食材の実験台になることを告げ、食材としての活用方法を研究してもらい、蕪を料理する調理レシピを作成してもらうことを承知してくれた。

突飛な申し出だったが、以前の乾麺の実績があるので、ミゲルさんも真摯に取り組んでくれた。


これらのことは、そんなに時間がかからないうちに結果と成果が出た。

家宰の調査で、エストール領内の幾つかの村では、飼料用として、蕪を栽培している実績があることが判明した。また、安価で大量の種と、収穫された蕪自体も何種類か確保できた。そして当時のエストの街では、暴落した穀物をどんどん買い取っているという噂が広がり、集まる商人で活況を極めていたので、意外と簡単に種は集まった。料理長は幾つかの蕪料理を試作した。もちろん試作した食材は無駄にはできないため、試食要員として、俺の食事は再び特別メニューになった。

その日以降、様々な蕪料理が俺の前に並び、日々食卓を彩ることになった……。

この結果を受けて、俺は次のステップに移った。

実際に蕪を育てている村から家宰が集めた情報、育て方や連作障害、交雑等の注意事項などを集約し、料理長からは食材として使用した蕪とレシピを集約し、俺は独自に、蕪の育て方とお勧め調理法を取りまとめる作業を進めていった。


そしてもうひとつ、試験栽培も始めてみた。

元々、ニシダは家庭菜園が趣味だったので、その点は苦にならず……、逆に楽しかった。

それからというもの、領主館の庭や空きスペース、俺が目を付けた土地は片っ端から、俺によって掘り起こされ、畝を作られて畑へと姿を変えていった。その様子はまるで、どこかで読んだことのある、転生して土魔法強化のため、勘違いして野菜作りに夢中になった悪徳令嬢のごとく……。

数か月後には庭中が畑に姿を変え、優美さとはかけ離れた庭園……、いや、蕪畑が広がった。

「クリス……、うちはいつから農家になった？」

「そのうち……、商人男爵から、農民男爵と呼ばれてしまいそうですわね……」

この時ばかりは両親も額に手を当て、本気で呆れていたが、それでもなお、俺は暴走する機関車のように止まらなかった。不思議だったのは、いつもはお小言を言ってくるアンが、何故か、文句ひとつ言わず淡々と、いや、むしろ積極的に俺の作業を手伝ってくれたことだ。

『男爵家の方が到底貴族にはできない振る舞い、日々畑で汗を流し農民の真似事をされるのです。領民たちも自分たちの心が分かる、貴族とは思えない素晴らしいお方だと称賛するでしょうね』

アンからはこんなイケズな皮肉を言われる、そう覚悟していたのだけれど……。

エストの街近くの休耕地は、街の駐留兵に手伝ってもらった結果、辺り一面蕪畑に姿を変えた。

休耕地の活用と兵士の動員には、家宰の立場で、レイモンドさんが強力に後押ししてくれていた。両親を説得してくれている彼の後ろ姿が頼もしく、俺は彼の存在に改めて感謝した。

こうして蕪は順調に育ち、二か月も経つと最初の収穫期を迎えることになった。

収穫が早いのも蕪の良いところだが、一部を試食用に回した以外、他の大部分はそのまま、種を取るため残しておいた。俺が栽培を依頼していた地域でも、収穫は食用や飼料とするだけでなく、種を取り、増やすことを前提にお願いしており、種は全て買い取ることを約束していた。もちろん、俺には予算や交渉権限が全くなかったが、レイモンドさんという味方がおり、彼が内政施策の一環という形で、全て処理してくれていた。

こうした関係各位の協力と努力の結果、大凶作が起こる前には、領内に配布する種のストックも確保でき、育て方と食べ方のマニュアルも整っていた。この事前準備のお陰で、大凶作時には収集した種とマニュアルを配布し、領内の至る所で栽培された蕪は、冬の時期の貴重な食材となった。

領民たちは領主である父に深く感謝したという。

まぁ、ちょっと余計だったのは、父は領民から敬愛の念を込めて『蕪男爵さま』、そう呼ばれるようになってしまったことだ。

「蕪男爵、いや……、それは止めてくれ。何故だ？　儂がこんな目に……」

父は元々気に入っていた異名の〝商人男爵〟から、新しく得た異名の〝蕪男爵〟に変わったことがいたく気に入らないようだった。呆然とひとり執務室で呟く父を見て……。

「オレノセイデハ、ナイデスヨ、タブン？」

俺はひとり無機質に呟き、それを見なかったことにして立ち去った。

こういった事前の準備のおかげで、大凶作ともいえる状況下でも、エストール領では大きな混乱はなかった。母の指示で、事前に救済措置の布告が行き渡り、蕪の種も各地域に配分されたこと、義倉の開放をいち早く行ったことで、領民たちの不安は解消され、食料事情は改善された。

そして父は、領内の蕪栽培が安定し、義倉の開放もあって先行きが見えたと判断された時点で、表立って、時にはこっそり買い集めた、それぞれの穀物を、徐々に市場に販売していった。

同じく大凶作に見舞われた近隣領には、援助として無償や安価で穀物を放出し、商人には、僅かに残った……、実は大量にある余剰備蓄を、高騰した相場で売り捌いていった。


最安値で購入し、一年寝かせて最高値で販売する。理想的な投機が成功して父はご満悦だった。

エストの街で、なにやら新しい事業に着手するらしく、家族にも内緒で密かに動いているようだ。

父の臨時収入、相当な金額だったのだろうか？

本当に一割くれるのだろうか？　証文でも取っときゃ良かったと、ちょっとだけ後悔した。

現段階において、これまで放った三本の矢によりエストール領の命運と体力を削る災厄……。

・大豊作による領民被害、穀物暴落の損失
・大凶作による領民被害、穀物暴騰の損失
・近隣領主への穀物援助、それによる将来の遺恨の解決

このあたりは回避、または解決できたのではと思っている。

「前期五大災厄はあと残りふたつ……、ここまではうまくいった。当面の対策は、国境紛争による

兵の犠牲と、戦役による財政負担の解決だけかな？　まぁ、それが一番の問題だし、戦争は相手があることだしなぁ。あとは……、あれの進み具合次第だけど、難航しているんだよなぁ」

俺はそうひとり呟いて、ため息をついた。

第九話　前期五大災厄　その三　不可避の不和と四の矢（カイル歴五〇一年　八歳）

〜〜〜〜ソリス男爵領史　滅亡の予兆〜〜〜〜〜〜〜〜〜〜〜〜〜〜〜〜〜〜〜〜〜〜〜〜〜〜〜〜〜
カイル歴五〇一年、天の災いがもたらした苦難、人の和を大きく乱し、新たな不和をもたらす
天の災い、困窮した日いずる方角と日沈む方角の隣領に新たな災いの種をもたらす
実り少なき大地の糧、互いに奪い合う姿、まさに戦の如し
諍《いさか》いの火は野火の如く広がり、大いなる不和となり深く刻まれる
ソリス男爵家の者たち、大いに戸惑うが為す術なし
〜〜

「なんでそうなる！」

思わず俺は頭を抱えてしまった。

遠巻きに目を輝かせてご覧になっているメイドの皆様、残念ながら決して可愛くありませんよ！

昨年の大凶作を受け、同じような被害を受けた隣接する貴族領のうち、西側のゴーマン子爵との関係が一層険悪になってしまった。俺がソリス男爵領史により知った過去の歴史では、暴騰した穀物の買い付けで互いに争い、それが原因で一層不仲になった彼らだが、今回の世界では、彼らと一切争うことはなかった。むしろソリス男爵家は、彼らに穀物を放出していた側だ。一部は無償で、一部は市場価格と比べてもずっと良心的な値段で。

事実、母の実家である北側のコーネル男爵領には、最優先で食料を無償提供、蕪の種子と栽培法、レシピも送り届け、先方からは大変感謝されていた。それ以外の西側、東側の隣領にも、父や母は同様の対応を取っていた。ところが、東側を接し国境に近いヒヨリミ子爵、西側の領境を接するゴーマン子爵からの反応は、予想だにしないものだった。

双方とも、援助として穀物の無償提供と販売は受け入れられたが、蕪の提供は断られていた。

『家畜の餌を食するなど、貴族としてあるまじきことだ！』と……。

いや、主に食べるのは貴族の貴方がたではなく、領民でしょう？

その話を聞き、俺はちょっと頭にきた。

『天災に乗じ、食料をかたに投機で金儲けするなど、貴族にあるまじき卑しきことデアル』

特にゴーマン子爵はこう公言してはばからなかったという。

ゴーマン子爵家を代表する先方の家宰からは、蕪の提供に関して断固たる拒絶の声と、干ばつ時の水利権などについて、後になってイチャモンを付けてくるという始末だった。

まぁ、投機で父が相当儲けたことは棚に置くとして、オルグ川はあちらが上流、こちらは下流だ。下流側で揚水しても、灌漑に活用しても、ゴーマン領には関係ないでしょうに……。エストール領よりオルグ川下流の、ヒヨリミ子爵家がそれに文句を言うならまだ分かるが。

兄の死の遠因となる、隣領との不和を回避したくてこれまで色々手を尽くしたのに……。

「なんでそうなる！」（もう一回言ってみた）

しばらくたって、ゴーマン子爵領と、ヒヨリミ子爵領では、災害援助を受けたものの、余剰備蓄が少ない上に、蕪などの代替食料援助を断っていたため、その弊害が現れてきた。

冬が訪れると食料問題で行き詰まり、カイル歴五〇一年の年が明け、寒さが一層厳しくなったころには、辺境にある幾つかの農村では餓死者を出し、都市部にも困窮者が流れ込み、領民達からの怨嗟の声が満ち溢れているらしい。農地を放棄して隣領（エストール領）に、難民として逃げてくる者も、徐々に目立ちはじめた。そのことが両子爵家では更に面白くないようで……。

「蕪男爵は名前の通り、食料を餌に領民を懐柔し、奪い取るとは誠にけしからんことデアル！」だと……、全く話にならん！　ヒヨリミ子爵家は表立って何も言ってこないが、ゴーマン子爵家は露骨に、あること無いことを言いたい放題の様子だった。これには父も母も、レイモンドさんですら頭を抱えていた。そしてこの件は、ソリス男爵の寄親である、ハストブルグ辺境伯の耳に届くまでになった。

辺境伯領も干ばつに見舞われたが、水魔法の固有スキルを持っている辺境伯一族は、それ以前から灌漑や水源確保、調整に長けており、今回の干ばつでも被害は非常に小さいらしい。軍用として備蓄していた物資の一部を緊急放出し、商人を動員した結果、各方面から穀物を確保することにも成功している。そのため、エストール領を除けば、南部辺境域で一番安定しているといっていい。

父は予め、ハストブルグ辺境伯と支援の割り当てを相談し、自主的に割り当て以上の食料支援を隣領に行うなど、抜け目のない対応をしていた。それもあって、ゴーマン子爵家がどれだけ騒ぎ立てても、辺境伯側は完全にスルーしている。というか、ソリス男爵家に対し、内々に労いの使者を遣わしてくれたぐらいだった。

「このゴーマン子爵家、今のうちに潰しておけないかなぁ？」

俺はこんな物騒な発言をするぐらい怒り心頭で、今回の災厄で飛んでほしいと願ったぐらいだ。

冬の寒さが一層厳しくなった頃、エストの街に流入する難民の数が目立ち始めた。もちろん、エストール領内辺境の村から来た者も、少数ながら含まれていたが、その多くはゴーマン子爵領から、次いでヒヨリミ子爵領から流れてきた者たちだった。時が経つに従い、その数は増え続け、両親たちも無視できない数に膨らみつつあった。難民による治安の悪化や、街の混乱を心配する住民からの声も出始めている。

「うーん、ちょっと予定の前倒しだけどこの際だ。あれを発動するか？」

俺はそう呟き、事前に考案していた取り組みを、四の矢として放つことを決めた。そのため、再び両親とレイモンドさんに集まってもらい、新しい提案を行った。

「父上、母上、今はエストの街でさえ、難民たちの流入に苦慮していることと思われます。今回の危機に対する対応を提案させてください」

「うむ、何か策があるのか？」

「何が出てくるか、楽しみにしているわ」

「タクヒールさまのご提案、私も楽しみにしておりました」

それぞれが前向きに反応し、真摯に話を聞いてくれそうだった。まぁこれまでのこともあるし。


「はい、今回私が提案したいことは三点あります。

一つ目は、難民たちを一か所にまとめて受け入れ、管理や救済を行う難民キャンプの設立です。

二つ目は、その難民キャンプにて行う救済として、仮設住宅の用意や炊き出し所の設置です。

三つ目は、難民たちの窓口となり、情報を管理し一つ目と二つ目を遂行する受付所の設置です」

実はこの受付所こそ、新しい機能として、俺が以前から密かにあたためていた内容のものだ。

「受付所は情報の収集と管理、施策の運営だけでなく、情報の発信も行う機能を持たせます。難民たちに職や仕事を斡旋し、彼らの自立を助けるのです。そして、それらがご裁可いただけるのであれば、先ずは手始めにお願いしたいことがあります」

俺はこの世界に仕組みとしてない、こういった新しいものを提案した。

「面白い！　やりましょう。是非！」

前回の歴史では、万年赤点生徒だった俺に、レイモンドさんは真っ先に賛成してくれた。

「ふふふ、レイモンドの言う通り、面白そうね。もう少し詳しく話してちょうだい」

母も基本賛成してくれているようだ。母の同意、これは俺にとって百人力だ。

「……」

父は瞑目して何かを考えている。反対なら即座に言葉が出るので、これも及第点なのだろう。

「皆さま、ありがとうございます。ご存じの通り、今の彼らに一番必要なのは、寒さと飢えを凌ぐことです。幸いにも食料の備蓄と、乾麺は豊富にあると思います。それで彼らの飢えを凌ぎます。エストの街の空き地、または外の空いている土地に、仮設の小屋を建設し彼らの住居とします。これらにより、今は街の至る所にいる彼らを、一か所にまとめ、住民たちの不安をぬぐいます」

「あら？　ちょうど良い場所があるわよ！」

母はそう言って父に向き直った。

「確か貴方が何かを誘致しようとして整備した、広い区画があるわよね？　そこを使いなさい」

「いや、クリス、そこは……」

「あら？　何か問題でも？」

「いや……。構わない。タクヒールよ、そこの土地を使うといい」

父と母のやり取りに、レイモンドさんが苦笑していた。何かあるのだろうか？

父は一体何を誘致しようとしているのだろうか？　まぁ、今はそれを気にしても仕方がない。

「そして、手始めにお願いしたいことは、事前に難民キャンプの設置と炊き出しの実施について、行政府から領民に向けて知らせるための布告を出してほしいのです。これで街の住民は落ち着き、難民たちも安心して暮らし、犯罪に走らないでしょう」

「ダレンさま、クリスさま、行政府としてはいつでも対応できます。なお、布告に合わせて、この難民キャンプの設営工事にも、難民を人足として募集するのはいかがでしょうか？　仕事と対価を与えるいい機会となりますが」

やはり俺の提案は満点ではなかったか。そこは抜けていた。

「レイモンドさん、補足のご提案ありがとうございます。炊き出し所やこのあとお話しする受付所には、一部で難民を採用することも考えていましたが、そこは抜けていました。男性が活躍できる仕事と、女性が活躍できる仕事、それぞれの用意がある旨も、布告に盛り込んでいただけると助かります。もちろん、一部はエストの街の住民も人員として募集します」

「タクヒールさま、了解しました。では、事務系の初期人員は行政府から提供するとして、採用が進めば交代させていきましょう。運営に必要となる仕事内容と、それぞれの人員数はこちらで見繕います。ダレンさま、クリスさま、各種施設の建設と資材や人足の確保は、行政府が持つ予算で進める形でよろしいですか？」

「う、うむ。それで問題なかろう」

「ええ、レイモンド、タクヒールを助けてあげてね」

「お任せください。内政を学んでいただく機会となるよう、万事手配を整えさせていただきます」

レイモンドさんには再び感謝した。なんせ俺はまだ子供であり、指揮できる人間も予算もないし段取りもわからない。できるのは、ただ提案することだけで、後はお任せ状態になってしまう。
しかも、運営なんて俺が前に出れば、訝しがって誰も付いて来ない気がする。

「では次に、今回の提案の要である受付所についてお話します。難民に関して、無原則で受け入れ対応するには問題があるため、受付所を通じて管理します。受付所は難民対応の中核として機能させ、そこで得た全ての情報を行政府に提出する流れをとります」

そう言って俺は、管理に必要な登録証となるプレートのサンプルと、管理台帳の基となる登録用紙の案を全員に見せた。プレート自体はサンプルをカールさんにお願いして作ってもらっていた。
これらはこの先、別の目的で使用するため考案したものだったが……。それを見せつつ、受付所の業務と難民対応のフローを説明した。

一、全ての難民は受付所での登録を課し、登録した者のみ救済策が受けられることとする。
二、登録は、出身地の詳細、性別や氏名と年齢、以前の職業と同伴者の情報とする。
三、登録が済んだ者には、登録済を示す予め番号を振ったプレートを全員に渡すこと。
四、そのプレートは常に携行させ、炊き出しや受付所での斡旋時に必ず見せること。
五、受付所は、難民キャンプへの割り振りやこれらの案内を行う場とすること。
六、受付所は、難民に対する求人掲示や相談窓口の機能を持たせること。

七、エストで難民を採用したい場合は、全てこの受付所を通すこと。

「父上、母上、レイモンドさん、こんな形で考えていますが、いかがでしょうか？」

受付所の提案は三人に快諾された。正直言って受付所の機能は多岐に渡り、新たに立ち上げる組織としては、複雑な任務だ。だが、俺がこの先に行いたいと考えていることの器として、受付所は不可欠な組織だったので、この際一気に立ち上げ、基本となる形と人員を確保しておきたかった。

そしていずれ、行き場を失っていた難民たちを抱え込み、希望者には開拓団を結成してもらい、俺が入植地を提供する。後日、俺自身もその入植地を治めるため移住する目的をもって。

そのための第一歩が、ここに刻まれた。

こうして四の矢も無事放たれた。

ほどなくして、行政府の布告のもと、多くの人員が採用され、その後、エストの街に受付所と、炊き出し所、街外れに簡易住居の難民キャンプが設置された。

難民たちはそこに移動し、一様に感謝の声を上げている。

俺は護衛のアンと共にほぼ毎日、受付所や炊き出し所に顔を出し、時には手伝ったりもした。

難民達のなかで、受付所で仕事を斡旋され、受付所や炊き出し所で働く者も徐々に増えてきた。

その頃には、彼らの元に毎日やってくる子供が、実は領主の次男であり、これらの施策の発案者であること、そのことが公然の秘密として、働く者たちに共有されるようになっていった。

難民たちはこの事実を知ると、これまで居住していた領地の貴族たちと比較し、行き届いた待遇に驚き、ソリス家の神童に対し、密かに手を合わせているらしい。それって誰のことだろう？

今日も俺は、いつものごとく領主館を抜け出して、街の受付所に向かおうとしていた。もちろん、領主の息子として、日々勉強をこなさなければならないが、正直いってこちらの世界で貴族が学ぶ、八歳から十五歳程度の教育なら、既に全て前回の歴史で終えている。

なので、毎日朝一番に、その日与えられた課題は全てこなし、その上で俺は街に出ていた。

「ちぇっ！　タクヒール、お前は何かと出来過ぎなんだよな。兄として俺の立場も考えてくれよ」

ダレク兄さんはそう言いつつ、笑って俺が抜け出すのを見逃してくれていた。

でも俺は知っている。兄は剣技と人望、どれだけ学んでも得ることができない才能を持っており、間もなくその才能を開花させていくことを。前回の歴史で俺はそんな兄に憧れ、そして何ひとつ敵わないことで、何度落ち込んだことか思い出せないほどだ。

十六歳で歩みを止めてしまった兄の人生も、今回は何としても救わなければならない。

「兄さま、帰りに露店で何か美味しいものを買って帰りますね」

胸に浮かんだ思いを隠し、俺はアンを伴って外へと出た。

受付所に到着すると、見慣れない顔、恐らく難民から新規採用されたであろう者たちがいた。彼女たちは俺を見ると、はっとして俺に対して手を合わせて平伏し頭を下げた。きっとまた、誰かが俺のことをしゃべったのだろう。これだけが面倒くさい話なのだよね。俺ってまだ子供だし、この受付所だって親の力によって実現できたものだし、いちいち大袈裟に感謝されるのも……。

「こらっ、貴方たち！　それをここでやっちゃダメって言われなかった？　ここにいる人は全員、タクヒールさまに感謝しているのだから、お仕事でお返ししないと……」

彼女たちはクレアにたしなめられていた。クレアはこの街の孤児院出身で、受付所の初代要員だった。俺は優秀な彼女の働きぶりを見て、レイモンドさんに管理職候補として推薦している。

そして、ちょうど今、登録作業を行っていた難民たちは、彼女たちが手を合わせた様子を見て驚いていた。そりゃあ……、そうだよね、俺は貴族らしくない……、ただの子供。

なのに、受付所の皆は俺のことを主君か上司のように見ている。……、はい分かっています。色々やり過ぎは、十分反省しています。彼女たちは新しく来た難民たちにも、この風変わりな領主の次男について共有し、こういった経緯でこの話がどんどん広がっている訳なのだけど……。


この頃になって、俺の周りではもうひとつ、大きな変化があった。

常に俺に付き従うアンは、お目付け役というより、レイモンドさんと並ぶ理解者となっていた。いつの間にか、お小言も全く言われなくなり、俺の突飛な行動もいつも優しい笑顔で、目をつぶってくれている。そういえば館を蕪畑にした時も、黙々と手伝ってくれていたし。それ以上に驚いたことは、時折、十歳も年下の子供の俺を、尊敬の眼差しで見てくることだ……。

ちょっとそれは止めてほしかったが、俺の中でもうイケズな氷の女はいない。俺にとって、彼女は頼りになる理解者、安心して外を歩ける、綺麗な護衛のお姉さん。まぁ実際、積算した心の年齢なら、孫みたいな年下になるけど、大きな味方、そんな存在になっていた。

第十話　最大級の破滅フラグ（カイル歴五〇一年　八歳）

今日も俺は視察……、とは名ばかりの、お手伝いのために受付所に顔を出していた。

難民たちは街に入ると、まず受付所に案内されて必要事項の登録作業を行う。登録すると登録札が貰え、これを見せれば炊き出しを受けることができる。また、受付所では難民キャンプに入居する者の割り振りや、現在募集している仕事の求人票が掲示されており、受付所を通じて希望する仕事に申し込むこともできるため、常に人だかりができており、皆は忙しく対応に追われている。

今日も受付所が手一杯の様子だったので、俺はつい、またいつもの如く声を張り上げ、こちらに向かってくる難民の一団に対して案内を始めた。

「炊き出しは十分にあります。こちらの列に順番に並んでください。器のない方も受付所でお渡しします。エストール領以外の方も、安心して並んでください。受付では、お名前と、どの町、村、領地から来た方かを確認しています。全ての方の受付が必要で、受付が終わればおひとりずつ登録札を渡しています。登録札があれば、次回からは直接、炊き出し所で炊き出しが受け取れます」

難民の多くは遠路ゴーマン子爵領やヒヨリミ子爵領からやって来ているが、ソリス男爵領では、出身地に拘らず、分け隔てなく支援している。だが最近、頭の痛い話が持ち上がっていた……。

ゴーマン子爵家が、難民として領民が流出することに対し騒いでいるのだ。

『ゴーマン子爵領の難民は全て、こちらに送り返すように』

ゴーマン子爵家の家宰から、父のところに向けて正式に通達《クレーム》が来ているが、そうは言うものの、無下に難民を送り返すこともできず困っている。

あちらでは領境を封鎖し、これ以上領民が流出しないよう警戒しているとの噂も聞いた。現実問題として、ゴーマン領から来た難民でも、炊き出しや難民キャンプへの案内は行っているが、流石に今は、仕事の斡旋はできなくなっていた。本当に困ったものだ。

「なら其方でもちゃんと領民を救済しろっ！」

そう言ってやりたいが、それは言えない。

ただ、難民たちも彼らより一枚上手だった。難民たちの多くは、噂話などから、その辺の事情は把握しているようで、事情を知るゴーマン子爵領の難民たちは、誰もゴーマン子爵領の出身とは言わなくなっていた。難民たちの申告が本当に事実か、此方では調べる手段もなく、全て自己申告で処理している。もちろん俺たちは、確信犯ではあるのだけれど……。

数は少ないが、コーネル男爵家から来た難民は、その後エストール領でどう対処しても構わない。そんな内諾を母経由で先方からもらっている。ヒヨリミ子爵家からも、難民の流出があった際は、対応の自由、先方は追い返す自由と思っていた節があるが、それらを確認し了解を得ている。

ソリス男爵家として公的には何もしないが、裏ではこれらの情報をあくまでも噂として、こっそり難民の間に流布させているため、難民たちも敏感にその情報をキャッチしているようだった。


話は戻り、先ほどの難民の一団のなかに、他とは違ういで立ちの集団がいることに気付いた。

農民とは異なる鋭い眼光と、鍛え上げられた肉体、帯剣した屈強な兵士のような集団、だが、身なりは汚れてみすぼらしく、今にも倒れそうなほど疲労困憊、そんな一団がこちらに進んで来た。

その中で、リーダーらしき若い男が前に進み出て、俺に話しかけてきた。

「自分たちは傭兵として、ゴーマン子爵に雇われていたが、炊き出しを受けられるのだろうか？」

えっと……、この人、正直すぎるな。どう案内しようか……。

「皆さま、ゴーマン子爵の傭兵さんなのですか？」

そう質問すると、やや憮然とした表情で彼は答えた。

「今回のことで、契約は打ち切られた。無駄飯食いは要らんと放り出されたが、子爵領ではどの町、村でも我々余所者は食料すら買うこともできず……」

彼は苦々し気に、言葉を吐いた。

「あ、それなら問題ないです。ここまでの道中、さぞ苦労されたことでしょう。温かい食事と簡易ではありますが、寒さを凌げる寝床もご用意しております。受付所で登録すればすぐに炊き出しが受けられます。あちらにて傭兵団の方は全て、おひとりずつお名前などを登録してください」

「ありがたい、恩に着る」

絞り出すような、精いっぱいの笑顔でお礼を言われたのが印象的だった。

その後俺は、炊き出し所を手伝ったり、受付所への案内をしたりと色々走り回っていたが、落ち着いたところで先ほどの傭兵団、リーダーらしき人がこちらに来て話しかけてきた。

「先ほど、受付所という所で聞いたのだが……、貴方がここの領主様のご子息というのは本当か？ ご子息自ら、この救済施策を考案し、実行に移したと聞いたのだが……」

当然彼も、こんな子供が……、そう思い信じられなかったのだろう。確かめずにはいられなかったようだ。受付所で働く者のうち、特にここで雇用された元難民たちは、ソリス家への感謝の気持ちからか、新しく来た登録者に、公然の秘密を嬉々として喋っちゃう人も多いようで……。

「あ、そう見えませんよね。いつも貴族らしくない振る舞いで、怒られてばかりなんで……。しかも、こんな子供ですから……」

「そうだったのか。やはり事実か……」

俺は、照れながら質問に答えると、彼はおもむろに跪いた。

「そうとは知らず、先ほどの礼を失した言動、先ずは深くお詫びする。また、この救済制度も貴方が考案したと伺いました。困窮した者に対する施策に感銘を覚えた次第です。申し遅れましたが、私はヴァイス・シュバルツファルケと申します」

「あ、私は……、ソリス男爵が次男、タクヒールです。よろしくお願いします」

「この度のタクヒール殿の対応、心より感謝します。我が傭兵団三十名を代表しお礼申し上げる。若輩ながら双頭の鷹《ドッペルケプフィガーファルケン》傭兵団の団長を任されておりまして」

「いえいえ、困った時はお互い様ですから……」


ん？　ヴァイス・シュバルツファルケ……。

黒い鷹のヴァイス……。なんか、どこかで聞いたような……。


「恥ずかしながら、ゴーマン子爵領では恥辱に満ちた扱いを受け、余所者には一切支援ならんと、触書まで回され、やっとの思いで領境を抜けこちらに辿り着いた次第です。この先、エストール領を抜け、魔境側への間道を抜ける途中でここには立ち寄りました。国境からグリフォニア帝国へと向かい、彼の国で新たな雇い主を求める旅をしていた所でした」


『ええっ？　ええええええっ！　ちょっと待って！　思い出した！』

思わず大声で叫びそうになったものの、なんとか心の叫びで押し殺した。

グリフォニア帝国の黒い鷹、ヴァイスって、北方派遣兵団軍団長、常勝将軍のヴァイスじゃん！

まじか……、この人、十二年後にカイル王国を攻め、エストール領を占領し俺を処刑した人だ。

あの時は彼の傍らにいた奴に目が行き、俺も負傷で意識が朦朧としていたので、今ここにいる彼がその人だとは分からなかった。となると……、俺の破滅フラグ、ゴーマン子爵が立ててたんかい！

『あの野郎っ！　絶対に許さんっ！　コ◯ス！』

俺は心の中で殺意を込めて、西のゴーマン子爵領を睨んだ。


前回の歴史であれば……。

エストール領では何の準備や対策もなく、この大凶作の煽りをモロに受け困窮していたはずだ。

仮に、エストール領に無事に辿り着けていたとしても、彼ら傭兵団に救いがあったかどうか……。

いや、きっといい扱いはされていなかっただろう。

そして、魔境の間道を抜けるなら、途中でヒヨリミ子爵領にも立ち寄っていたかも知れないな。

そうすれば絶対に碌なことにはならない！　そんな経路でグリフォニア帝国に向かっていたら……、
そりゃ、とてつもなく酷い目に遭うに決まっている！

『こんな碌でもない王国なんぞ、滅びても構わない！』

誰だってそう思うようになるよなぁ。俺だってゴーマン子爵家にはいい加減頭に来ているし。

しかもさっき見たところだと、全員が飢えと疲労でかなり衰弱していた。こんな様子では、無事全員がグリフォニア帝国まで辿り着くのは、正直言ってかなり難しいことだと思う。途中で仲間が飢えに苦しみ何人も倒れて……。理不尽な対応を受け、仲間や友を失ってしまうこと、それって、物凄い遺恨になるじゃん。

前回の歴史が辿った経緯を想像し、ただ茫然と突っ立ち尽くすしかなかった俺の前で、ヴァイスさんはもう一度深く頭を下げた。

「貴方には改めてお礼を申し上げる。我々でできることなら是非この恩に報いたいと思っています。その際はどうか、遠慮なく言ってほしい」

『言います、もちろん言います！　先ずはこの先、グリフォニア帝国に絶対行かないでください。それは絶対に、ダメですよっ！』

心の中でそう叫びつつ、今後の作戦を練らなくては、そう考えていた。それも大急ぎで！

俺は、自身の人生で最大のフラグとなる彼を目の前にし、慌てて今後の対策を考え始めた。

第十一話　繋がったパズル（カイル歴五〇一年　八歳）

グリフォニア帝国の若き常勝将軍、黒い鷹ヴァイス・シュバルツファルケ軍団長。

帝国南部戦線に彗星のごとく現れ、頭角を現した政戦両略の天才にして、常勝を誇る将軍。

第三皇子の信も篤く、南方の国を打ち滅ぼし、彼の皇位継承にも大きく貢献したという。

その後、皇帝となった第三皇子の勅命を受け、北方派遣軍団長としてカイル王国に攻め入る。

前回の歴史で、当時の俺が知っていた情報だ。


さて、どうする？

この破滅フラグ……、絶対に囲い込まないと、この先俺は確実に詰む……。

これって相当にやばいやつでしょっ！　全身から噴き出す、嫌な汗が止まらない。

もちろん彼をグリフォニア帝国に行かせちゃダメだ、絶対に。できればカイル王国に傭兵か何かで留まってもらうことだ。更に、この常勝将軍をソリス男爵家で囲えれば最高なのだけど、果たしてそれが可能だろうか？　今は切迫した戦時でもなく、三十名もの傭兵を新たに雇う理由もない。

雇う余裕自体は、十分あると思うけど……。

そして今が切迫した戦時ではないということが、勝手な思い込みであることを俺は知っている。

来年には、前期五大災厄の四つ目、ソリス男爵家が戦災により大きな被害を受けるからだ。

この事実……。

・来年には国境線でグリフォニア帝国との戦いが起きること
・ソリス男爵軍は孤立し、兵力の四割を失う大損害を被ること

これを言っても誰も信じないだろう。そして、未来予知としてその話をすることもできない。

色々と八方塞がりの状態に、俺はひどく焦っていた。この出会いを何としても活用すべきだ。

一晩中考えた俺は、まずは彼と仲良くなることを優先する！　これしか思いつかなかった。

それからというもの、暇を見つけては難民キャンプへ視察（てつだい）に行く、そんな名目で黒い鷹のいる場所に遊びに行った。そこで、これまでの傭兵団の活躍を聞いたり、戦術の教えを乞う

たり、救済施策によって体力が回復した傭兵たちが再開した、戦闘訓練なんかをずっと眺めていたりしていた。そこで改めて分かったことが幾つかあった。


ヴァイスさん、剣の腕は超一流であり近隣でも並ぶ者はいないだろう。

それに加えて、頭も切れる。政戦両略と言われていたのも伊達ではない。

そして何より、高潔な人柄であり、若いのに人望もあるようだった。

前回は間接的に自分を殺した人だけど……、改めて彼を凄い人だと尊敬した。


今日も難民キャンプの一角、傭兵団が詰めている場所に遊びに来ていた。

「坊ちゃん、今日もこちらにいらしたのですか？　領主様のご子息が、こんな所に入り浸っていたらお叱りを受けますよ」

ヴァイスさんは俺を見かけると、いつも気軽に話しかけてくれる。

「あ……、受付所や炊き出し所のお手伝いは、父も母も許可してくれているので大丈夫です」

両親に許可を得ていたのは、受付所や炊き出し所への出入り……、だけどね。もちろん、俺の味方であり、優しくなったアンは、黙って見て見ぬ振りをしてくれている。

「それより今日は前に読んだ本のことで、ちょっと聞きたいお話があって来ました。カイル王国とお隣のグリフォニア帝国とは、昔から喧嘩ばかりしているでしょう？　今度また攻めて来たとき、カイル王国は大丈夫なのかなぁって思って」

「はははっ、噂だけで多分としか言えませんが……、今のグリフォニア帝国はどちらかというと、こちらとは反対側の、スーラ公国との国境で大きな戦をしていますからね。そこの戦いが解決しない限り、カイル王国への本格的な侵攻はないと思われます。実際に我々も、南方の戦線で働き場所があるのでは？　そう期待したゆえに、グリフォニア帝国を目指していましたからね」

話を聞きながら、俺は記憶にある過去の歴史、その詳細を思い出していた。

前回の歴史では、グリフォニア帝国でのヴァイスさんは、スーラ公国との戦で大活躍した結果、将軍と呼ばれるまでに出世したらしいこと。当時、軍団長としてスーラ公国を征服した第三皇子は、その戦果で政敵の第一皇子を抜き皇帝となる。

皇帝となった第三皇子は、次の戦略としてカイル王国の征服を狙い北へとその手を向けてくる。

第三皇子の配下であったヴァイス将軍が、軍団長を拝命しその任にあたること。

ヴァイス軍団長は、守りが厚く攻略に時間の掛かる正面攻撃、ハストブルグ辺境伯領から王都に進む侵攻ルートを避け、俺たちの意表を衝く大胆な戦術を取ってきた結果、男爵領は占領される。

これが前回の終わりに繋がる決め手となっていた。

「仮に帝国からの侵攻があったとしても、国境を守るハストブルグ辺境伯は有能で、兵たちは精強揃いだと聞いていています。国境から辺境伯領を抜け、王都へ繋がる街道には強固な砦もあります」

「それってサザンゲートの砦ですか？」

「はい、そのサザンゲートの砦を攻め抜くには、それなりに時間と兵力が必要です。私が帝国側の将軍の立場に立って考えてみても、王国を攻めるのは非常に困難だと思います。更に辺境伯を打ち破ったとしても、その先、王都に至る道は有力貴族の領地が多く、それに王国最強と言われる王都騎士団三万騎が控えています。幾多の城砦を抜きながらの進軍は、兵力面だけでなく、敵中を繋ぐ補給線も長くなります。そのようなことも含め、とても厳しい戦いになると思います」

「そっかぁなら安心ですね。でも本を読んでいて、ちょっと心配になったことが……」

俺は木の棒で地面に国境付近の絵を描き始めた。国境に連なる山脈、そして、その切れ目で唯一街道の通る道、そこから遠くに繋がる王都。

「ここにハストブルグ辺境伯さまが守る、サザンゲートの砦があるのですよね？」

そして砦から王都まで延びた街道の上をなぞっていった。

「そしてこの街道沿いにはお話の通り、有力貴族の領地ばかりで、城塞もありますよね？」

そして次に辺境伯の領地の隣、ヒヨリミ子爵領、ソリス男爵領、コーネル男爵領を描き……。

「例えば、辺境伯とは正面から戦わず、いえ、それを装いつつ繞回進撃でしたっけ？　軍の一部を左に迂回させ、ヒヨリミ子爵領の端に広がる魔境の境を縫ってここに入り……」

目を見開くヴァイスさんの顔を見ながら、地面の地図に敵の進軍ルートをなぞった。

「ほら！　エストール領を奇襲して、そこからコーネル男爵領を抜ければ……、王都までは手強い領主も大きな砦もなく、一気に行けちゃいますよ」

最後にコーネル男爵領から王都までを一気に結んだ。わざと乱暴に一直線に。

「敵にそんな作戦を採られたら、ここも戦場になるんじゃないかと、凄く心配で……」


この話をすると、ヴァイスさんの表情が大きく変わった！

ってか、十二年後に自身が採る戦術を、八歳の子供が指摘したのだから仕方ない。

これまでの微笑を浮かべていたヴァイスさんの目が、今は全然笑っていなかった。逆に彼の鋭い視線が、容赦なく俺に突き刺さる。やばい、調子に乗って子供の立場でやり過ぎたか？

変に警戒されてしまっては、元も子もないし……。

あの有名なアニメ、毒薬で子供にさせられた心は大人、体は子供の名探偵が苦労する気持ちを、ちょっとだけ分かったような気がした。中身が大人の自分が、子供として振る舞っても、ちょっと勘の鋭い大人には訝しがられる。言葉の選び方や、話す内容の加減って、本当に難しいよなぁ。


「坊ちゃん、どうしてそう思ったのですか？」

「だって強い人や、険しい所をわざわざ通らなくても、簡単な方が楽じゃないかなぁって思って」

「面白いお考えですが、それが難しい理由としては、大きく五点あります。

第一に、その作戦を採るには十分な大軍が必要ですが、大軍自体が弱点にもなりえます。

第二に、その侵攻には魔境に隣接する危険地帯を通ります。

第三に、万が一そうなった場合も、帝国兵は魔境の禁忌事項を恐らく知らないでしょう。

第四に、ここの領地、特に南部は街道が整備されておらず、補給線の確保が大きな問題です。

第五に、繞回進撃するにあたり、本軍と高度な連携が不可欠ですが、距離が離れすぎですね」

「そうなんですね？」

「はい、街道もない地理不案内の場所を、大軍が進軍するのは現実的ではなく、不可能でしょう。その経路は、魔境に慣れない帝国軍の将兵たちにとって、かなりの負担となり厳しいでしょうね。それに加え、禁忌を知らぬ彼らは必ず魔物と接触します。魔物に襲われて疲弊するのは確実です。また、戦いには補給が欠かせません。敵地で伸びきった補給線を確保、維持することは至難です。そして敵中に孤立する可能性ですね。ハストブルグ辺境伯軍が、同じ進路を辿り後背を衝く可能性、そんな事態になれば、帝国軍の全滅は必至です。これらの理由で実行はまず不可能でしょう」


ですよねー……、でも、率いるのがヴァイスさんだったら、これらの話は違いますよね？

疾風の黒い鷹、戦の天才であり、総司令官が自ら陣頭に立って進路を定め、敵地深く侵攻する。

・前回の歴史でも、傭兵団は帝国へと渡る際、このルートを通ったため土地勘があったこと
・疾風の名の通り、騎兵中心で編成された軍団の進軍は、驚くべき速さで魔境を駆け抜けたこと
・帝国軍が知らない、魔境の恐ろしさや禁忌事項も、司令官だったヴァイスが知っていたこと
・前回の俺は、エストからテイグーンへ通じる街道を整備しちゃっていたこと
・食料を現地調達する意図で、帝国軍はあえて収穫期に合わせて侵攻してきたこと
・天然の要害であるテイグーンを拠点に据えて後背を固め、しかも奴が裏切ったこと

ヴァイス軍団長は、最初の五つを織り込み済の状態で侵攻してきた。意表を衝かれた俺たちは、もののの見事にテイグーン山で撃破され、あっという間にエストール領は占領されてしまった。

それだけではない、俺の天敵であるあの男の裏切りも、ヴァイス軍団長の快進撃を支えていた。

今回の世界では、まだ出会っていないあの男によって……。

「あ、やっぱり余計な心配だったのですね？　変なこと言ってごめんなさい」

「いえいえ、かなり面白い目の付け所だったと思いますよ。まぁその場合、侵攻軍は背後を突かれないよう、守りの拠点となる場所が必要ですが」

「そうなんですね？　ヴァイスさんが帝国の将軍だったら、どの場所に拠点を据えますか？」

「まぁ仮に……、でのお話ですが、ヒヨリミ子爵領との境にも近く、魔境を駆け抜ければ国境に通じ、守備するにも天然の要害と噂に高い、テイグーン山ですかね？」

やっぱりそこか！　俺は改めて愕然とした。

「今でも、魔境に棲息する魔物を狩るため、狩りを生業とする者たちの間では、安全な立地であるテイグーンは、休息や後方基地として小さな集落もあると聞いています。実は我々もテイグーン山を目指し、そこから魔境を抜けて国境に出ようと思っていたんですよ」

ですよねぇ……、なんか、前回のパズル、全部繋がっちゃったような気がするのだけど……。


さて、どうしよう。

俺は、自分で振った話に頭を抱えた。ここにはメイドたちはいないので、安心して……。

第十二話　必死の囲い込み（カイル歴五〇一年　八歳）

ヴァイスさんと話をし、館に戻った翌日に俺は家宰のレイモンドさんの執務室に向かった。

レイモンドさんは常に多忙だ。だが俺の鬼気迫る様子に、ほどなくして話をする時間を貰えた。

「タクヒールさま、何か急なご相談と伺いましたが、どうされました？」

「無理にお時間をいただいて申し訳ありませんでした。急ぎ両親に提案したいと思うことについて、どうしても整理できず困っています。レイモンドさんの意見やお知恵をどうか貸してください」

「承知しました。まずはご提案の概要を教えてください」

俺は、自身が知るなかで最高の軍師の助力を得られたことで、安堵しつつ考えを披露した。

「はい、提案したいことは大きく二つです。一つ目は、難民たちのこの先の行く末です。

この数をこの先もずっと抱え続けることは、現実的に難しいと考えています。ですが、せっかく彼らはソリス家を頼ってくれたのです。彼らを新たな領民として抱え込み、この領地の生産力を上げる機会にできればと思っています。この点はいかがでしょうか？」

「ふむ……、その点は行政府も同様に考えています。因みに彼らをどうやって抱え込みますか？」

「はい、新たな開拓地を定め、希望者を募って入植を進めるのはどうでしょうか？　自分なりに、開拓地の候補として、テイグーン山を考えています」

レイモンドさんはこの話を聞き、ふっと笑った。

「タクヒールさまは、どうしてテイグーンが開拓地として相応しいと思ったのですか？」

やばい、なんか見透かされている気が……。

「はい、それには理由があります。難民たちは主に、ゴーマン領とヒヨリミ領の出身者で占められています。二つの領地から目につきにくい辺境の場所、そうなるとテイグーンが最適です」

「最適ですか……」

「はい、辺境では野盗や魔物の心配も尽きません。ですが、テイグーンなら守りも固く安心です。更に、魔境は危険ですが宝の源でもあります。将来的に魔境開拓の拠点としたく考えています」

「なるほど……、先に二つ目の提案もお伺いしましょうか」


「はい、二つ目はソリス家の大きな機会損失を防ぎたいと考えています。

今回のことで、ヴァイス団長率いる傭兵団は、我々の元に一時的に留まっています。団長は非常に優秀な方であり、傭兵団の団員も精強揃いと感じました。そもそもソリス男爵家は、国境防衛の任に就いており、戦力強化は常日頃からの義務です。普通は招聘《しょうへい》しても、なかなか応じてくれないであろう優秀な傭兵団が、領内にいるのです。こんな絶好の機会はないし、機会損失は防ぐべきと考えています」

レイモンドさんが苦笑するくらい、俺は必死にまくし立てた。

「幸いソリス家には、穀物の投機で資金面の余裕はあると思います。先の提案に関わる開拓地開発には、安全面の保証、開拓地を守る護衛も必要になるでしょう。戦力強化の一環として、当面は開拓地の護衛として、一挙両得の機会を見過ごすのはあまりにも惜しい話だと思われませんか？　この点、両親に提案を考えていますがどうでしょうか？」

「なるほど、傭兵団の活用ですか……、三十名の雇用となると、それなりに費用はかかりますね。タクヒールさまのお話はそれだけですかな？」

レイモンドさんは、全てを見透かしたようにニヤニヤして笑っている。

あ、そうか！　俺はまだ七歳の子供、一人でお出掛けすることは許されていない。世話役だけでなく、護衛兼監督役として、アンがいつも必ず同行している。アンを通じ、昨日のヴァイスさんとのやり取りも、しっかり耳に入っているのかも知れない。これはおまけの話も言っておいたほうがいいのか？　俺はそう思いなおした。レイモンドさんは、子供の俺でも、ちゃんと大人として扱ってくれる数少ない大人であり、俺の中でアンと並び、俺のことを影日向に後押ししてくれる人だ。だからこそ、今度の提案では、事前に不備がないか相談し、予め味方としておきたかった。

「はい、まず費用に関しては、傭兵団と交渉するに当って、いくつか腹案を考えてみました。例えば、テイグーンに駐留し治安維持を受け持つ以外は、本来の傭兵業務、商隊護衛や魔物狩りなど、別口で収益を得ることを認め、代わりに予算上の折り合いをつけることはできませんか？

あと、団長のヴァイスさんには、個人的に教師になってもらいたいと考えています。人として信用できるだけでなく、剣技にも優れ、軍略にも通じ人望もある。個人的にですが、彼から剣や用兵を学び、教師として師事したいとも思っています」

「そうですね、まず基本的な部分は問題ないでしょう。行政府の指針としてご当主のダレンさま、クリスさまにお話しすることは可能です。教師の件はちょっと時期尚早……、そう言われる可能性が高いと思います。先ずは信頼できる人物か見極めを行う、そんな流れになると思いますよ。ところでタクヒールさまは、その開拓地を、将来はどうしたいとお考えなのですか?」

「僕は当主となる兄を支える次男です。将来兄が治めるエストール領の代官として、テイグーンがソリス男爵家を支える開拓地として、そして南を守る拠点となるように町を開発し、自身で治めていきたいと考えています」

「なるほど……、承知しましたので、私めにお任せください」

そう言ってレイモンドさんは笑った。

その翌日になって父と母に呼び出された。

「タクヒール、お前というやつは次から次へと突拍子も無いことを……」

父は苦笑していた。

「レイモンドから話は聞いた。今、我が男爵家には幸いなことに多少の余裕はある。だが、投資額もこれまでとは比較にならん金額だと理解しているか? 開拓地開発の規模にもよるが、お前にやると約束していた利益の一割も到底払えなくなる。お前はそれでも良いのか？」

俺が反応する前に、母が答えた。

「貴方、その利益自体、タクヒールが提案したことから得たものじゃないですか！　この子の提案がなかったら、この領地も周りの子爵領と変わらぬ大変な状態に陥っており、そんな悠長なことすら、言っていられない状況になっていたのですよ！」

母さま、ありがとうっ！　俺は心の中で母に手を合わせた。

「だが……、子爵たちとの関係を、これ以上拗らせるのも、刺激するのもいかがかと……」

父の話を途中で母がさえぎる。

「これは貴方の政治の問題であって、タクヒールは関係ありません！　そもそも両子爵との不和、難民の対処、魔境から得られる貴重な魔物素材の入手、全て貴方が悩み考えていたことでは？」

ですです！　どう見ても母さまの勝利ですっ！

父も理詰めでは母に敵わないし、そもそもこの場では母が一番強い。

「……わかった。詳細はレイモンドに一任するから、二人で話を詰めなさい。なお、新規開拓地を治める件については、お前が十五歳になるまで判断は保留する。また剣術教師については、一旦は却下とする」

ちぇっ、そこはダメかよ……。ちょっとむくれた俺に対して、父は取り繕うように言った。

「なお、これまでの献策による報酬の一部として、金貨五十枚を支給する。大事に使うように」

「！」

これは一般の領民なら年収の数年分に匹敵する。

たかが男爵領の、七歳の子供が自由に使えるお金としては破格といえた。今回は、これで良しとするか。傭兵団の件もレイモンドさん預かりなら、安心できるし。そう思って諦めていたら、数日後には、思わぬ味方が現れた。

それは兄のダレクだった。今十一歳の兄は、既に周りの同世代とは比べ物にならないほど大人びていた。心の年齢で合計約八十歳の俺とは比べようもないけど。

前回の歴史でも、兄は……

十三歳を過ぎる頃から、突出した剣の才能がその片鱗を見せ始め。
十四歳で初陣して以降、剣技と将才が際立つようになり。
十六歳になるともう、剣聖と呼ばれ近隣からも警戒される腕前となる。

そんな存在だった。

今回の歴史では、つい最近、十一歳になった時点で父のスキルの影響を受け血統魔法が発現し、カイル王国でも珍しい光魔法の使い手になっていた。今はちょうど剣技の修練を本格的に始めたところであり、子供ながら大人に交じって修練しても全く遜色ない腕前となっており、いち早く剣の才能の片鱗を見せ始めていた。なんか……、前回の歴史より、兄の成長がかなり速い気がするが、これは気のせいだろうか？　後日、自信を獲得した兄から言われたことがある。

弟が自分より優秀過ぎて、自分の居場所が無くならないよう、必死になって努力したと。

……兄さん申し訳ありません。また、見えない所でやらかしていたようです。


その兄が父に突撃した。

「正式に剣術の師につきたい。弟と二人でヴァイスさんに師事することを許可してほしい」

そう言って、猛烈な勢いで父に迫ったそうだ。

武勇で名の知れたソリス男爵軍でも、特に剣技に秀でた者の数は少ない。

この世界では、剣技に明確なレベルがあった。

それを他人がステータスなどで見ることはできないが、漠然と本人には分かる。

無自覚　完全な素人であり、本格的に剣の修行を始めておらず、まともに剣が使えない者
修行中　見習兵や新兵に多く、最低限の剣の取り回しができる者
剣士　兵士として剣の技量を満たし、正規採用された一般兵とみなされる者
猛者　熟練兵として指導的な立場に立て、小隊を率いる隊長相当の技量を持つ者
達人　上級兵として戦場などで活躍し、騎士として武勇に秀でていると称される者
剣豪　大隊長として部隊を率い、指揮官や騎士長として十分な実力を持つと認められた者
剣鬼　一騎当千の腕前を持ち、類稀なる者として称される者

剣聖　　その存在は別格であり、カイル王国内でも数えるほどしかいない剣の技量を持つ者
剣神　　剣技において伝説級の腕前を持ち、一国の中でも数世代に渡って一人出る程度の者

もちろん、ソリス男爵家にも熟練兵クラスである猛者レベルの者は沢山いるが、剣豪レベルの腕を持つ者は、父以外に領内には二名しか居ない。しかもその二名は騎士爵として他の町を統治しており、兄が彼らに師事することは物理的にも難しいのが現状だった。

因みに今の兄は、まだ剣士クラスの腕前だが、俺の知る前回の歴史では、最終的に、十六歳になる頃には剣聖まで腕を上げるはずだ。因みにヴァイスさんは、現在剣鬼の腕前らしい。

ソリス男爵家では、父を含めて剣豪が最上位であり、彼が一番剣の腕が立つ人材となる。

ちなみに、カイル王国でも剣聖は、現在の騎士団長含め、僅か数人しかいないそうだ。剣神と呼ばれるほどの剣士は、残念ながら現在のカイル王国には一人もいないらしい。

その後父は、人手を使ってヴァイスさんのことや、傭兵団のことを色々調べさせたようだ。比較的確度の高い、信頼できる情報が集まった時点で、ヴァイスさんが受けてくれるのであれば、そんな前提で兄と俺の剣術指導について許可が下りた。

今回は兄の思わぬ援軍に救われた。

先ずは、ヴァイスさんを囲い込めたこと、取り敢えず、大きな破滅フラグを構成する要因が回避できそうなことで、俺はほっとしていた。

だが、この時点で俺はまだ何も知らなかった。

歴史というものが織りなす修正力、その悪意は、俺の想像を超えて襲い掛かってくることを。

それを思い知ったのは、まだずっと先のことになる。

第十三話　五の矢、武装強化（カイル歴五〇一年　八歳）

師事が決ってからというもの、兄と俺は日々、厳しい剣の修練を受けることになった。

「本日の訓練はここまでとする！」

「はいっ！　ご教示ありがとうございます！」

「ふぁーい、ありがとうございました～」

エストの街郊外にある傭兵団の臨時練兵所で、本日もなんとか厳しい訓練を乗り切った。

俺と兄は週に一度、ここに通いヴァイスさんから剣の訓練を受けている。

剣の訓練自体は週三回あり、その他の二回はソリス男爵居館の中庭にて行われていた。

訓練が終わっても元気一杯の兄と、毎回ボコボコにされ傷だらけでフラフラの俺……。

俺の場合、剣技については情けないほどダメダメでした。修練を始めて三か月が経っているが、ヴァイスさんの指導は予想以上に厳しく、正に鬼教官だった。それを素直に吸収した兄は、いち早く才能を開花しつつある。兄はこの数か月、ごく短期間のうちに剣士から猛者を超え、既に達人まで上り詰めている。既に大人の一般兵では兄の相手にならない。父も兄の急成長には、目を丸くして驚いていた。やっぱり、良い先生に師事すれば、上達も早いってことかな？

兄とは対照的に、俺は同年代と比べたら剣技は飛びぬけて優秀だが、八歳のなかでは何の自慢にもならない。大人で比較すれば、まだ修行中すら卒業できていなかった。そのため最近は、兄と打ち合っても軽くあしらわれて痛打を浴びるだけだ。うん……、おかしいな。兄と同じ、良い先生に師事しているはずなのだけど……。ちょっと落ち込んだ。

今回の提案は、レイモンドさんが色々話を付けてくれたお陰で、開拓団結成の件、剣術指導の件など、ほぼ全て希望通りに進んでいた。改めて事前に相談して本当に良かったと思う。

テイグーン開拓地は、先ずは開拓村の可能性を探る先遣隊として、現地調査員が派遣されている。この調査員にも難民たちが雇用され、現地で農業実験を行っている。他にも難民出身の人足たちを中心とした、設営要員が開拓村の建設工事を行うべく準備が進んでいる。

開拓村はまず、魔境に出入りする狩人などの後方基地となるべく、宿や商店を建設して、小さいながら町としての機能も持たせることも考えられていた。俺の計画はそれに加えて、ちょっとした外壁を設け、壁の内側では安全に過ごせるような配慮もしたかった。

傭兵団も交代で開拓村に入り、先遣隊と共に受入準備や、町の整備に取りかかっているらしい。開拓地に関する俺の計画は、着実にその一歩を踏み出していた。

今は先遣隊が中心だが、半年もすれば設営部隊を送り、翌年からは本格的な入植を始める予定が決まっており、そのあたりはレイモンドさんが全体の指揮を執ってくれている。ヴァイスさんは、開拓地での護衛や駐屯地の建設などは副長を中心に任せ、エストの街と開拓地を行き来する傍ら、俺たち兄弟の指導もしてくれている。

ソリス男爵家と傭兵団は、初年度は二年契約、それ以降は一年ごとに双方同意が前提で、契約更新となる形で契約がまとまったらしい。これでなんとか、ヴァイスさんは囲い込めた。

この話を聞いたとき、俺は大きな安堵のため息を漏らしたのは言うまでもない。

ヴァイスさんの一件が落ち着いたので、俺は残る前期五大災厄、その対策を行い、不幸な歴史を改変するために動くこと、そこに気持ちを切り替えていた。

そして今日、エストの街の工房、カールさんから念願の物がついに届いた！

これでやっと、五の矢を放つことができる。

俺が九歳になる来年、国境で行われる戦いで、ソリス男爵軍は孤軍奮闘するも大損害を受け、その力を大きく損なうことになる。それに関する対策と準備は、俺が五歳になる頃から進めていた。だが、その対策となる兵器は、そう簡単には完成しなかった。

工房に出入りし準備を初めてから、足掛け三年、先ずはカギとなる部品作りから始めた。もちろんプロのカールさんの手を借りて。次に、思い描いた形の模型を作り、その模型を元に試行錯誤を繰り返したのち、最後は父からもらった報奨金を使い、ゲルド親方の工房に最終段階の制作を依頼することでやっと完成した。

俺が開発していたのは、射程と威力を格段に強化した弓だった。もちろん、ただの弓ではない。

ひとつ、敵の弓箭兵《きゅうせんへい》を上回る射程を持ち、敵の射程外から攻撃できるもの。

ひとつ、帝国の鉄騎兵が纏う甲冑《かっちゅう》の装甲を貫通し、ダメージを与える威力を持つもの。

ひとつ、運用には熟練を必要とせず、ソリス男爵軍の全兵士が使用可能で、効果を持つもの。


これらの命題を満たす弓を開発していた。

もちろんこの世界にも弓はあった。先ずはその弓の素材を改良することから始め、複数の木材を張り合わせた複合弓を作った。それを長射程と威力向上を目的に改善し、工房の職人さんたちの知恵と技術を借り、この世界で入手できる魔物素材なども張り合わせた合成弓として再改良した。

ただ、反発力が強く長射程で威力に秀でた弓は、一般的に強弓と呼ばれ、普通の人の膂力《りょりょく》では、引き絞ることさえ大変な代物になってしまう。それを補うため俺は、現代知識のチートを使った。

滑車を最初に作っていたのはそのためだった。四つの滑車を組み合わせ、その原理によって負荷を減らし初速を向上させた弓は、コンパウンドボウと呼ばれ二十世紀にアメリカで考案された物だ。

そしてその弓を台座に据えることで、扱いやすさと命中精度を向上させ、短期間の訓練で誰もが取り扱えるようにした。いわば、合成弓（複合弓）とコンパウンドボウの要素を備えた、クロスボウを開発していたのだ。

調べてみると、元々この世界にも、クロスボウは存在しているらしい。

カイル王国でも、少ないながら使用されていた例もあるらしいが、連射性や運用目的が合わなかったのか、実際に兵器として活用された事例は少ない。

クロスボウにも一長一短があるのは承知の上で、それは史実のなかでも証明されている。

ニシダの知る歴史知識にもそれはあった。中国やヨーロッパで盛んに運用されていたクロスボウは、日本にも渡来していたものの、鉄砲とは違い、時の権力者たちから重用されなかった。

和弓や鉄砲の存在により、クロスボウは歴史のなかで消えていった事例と似ている気がする。

ヨーロッパの百年戦争でも、ロングボウ（長弓）装備のイングランド兵が、クロスボウを装備したフランス軍傭兵部隊を徹底的に破り、目覚ましい戦果をあげた史実もある。


カイル王国でも、速射性能に勝る弓矢が用いられており、それを専門の弓箭兵が運用している。

ただ、それについては課題もある。弓は長期間の訓練による習熟と熟練が必要で、個人の技量差が顕著に表れ、常に訓練を継続することが必要な兵器であり、運用する兵士は専門職に近いことだ。

ソリス男爵家の兵士は、常備兵と兼業兵で成り立っており、現実問題として、兵士の中で兼業兵の占める割合が多い。兼業兵の場合、平素は別の仕事に就いており、定期的に軍事訓練に参加している。そして戦時には兵士として招集され、従軍することになる。

そのため、猟師など常日頃から弓を使っている者を除けば、大多数の兼業兵の技量は高くない。

制圧射撃として数だけ揃えて放つ……、そんな感じだ。

ところが、弓と比べてクロスボウは、習熟も簡単で日頃の訓練や熟練の必要もなく、兼業の兵士でも、ある程度の精度で射撃が可能というメリットがある。

ただ、持ち運びに重量が増えかさ張ること、その威力や射程距離、連射性に劣る欠点があった。

そういった理由で、拠点兵器、攻城兵器として大型のクロスボウ、バリスタと呼ばれるものは、今でも運用されているようだが、クロスボウは兵器として重宝されていなかった。


俺が五歳の時から研究していた板バネは、馬車のサスペンションとなる金属板バネを作成する、そんな目的ではなく、この世界の素材を使った、合成弓を作ることを目的としていた。

板バネの発想から、職人たちの知識と技術を借りて、先ずは木材を張り合わせた複合弓を作り、次の段階として、その複合弓に魔物の素材や金属類を材料に加え、合成弓に進化させていった。

それを使ってクロスボウの模型を作り、更に次の段階の研究を進めていた。

クロスボウに取り付ける滑車は、カールさんにイメージを伝え、空いている時間に大小幾つかのものを作ってもらった。だが、ここから先が難題だった。コンパウンドボウにするために、滑車のサイズや組み合わせ、比率、取り付け位置や弦の掛け方など、もう分からないことばかりだった。

そこでまた、カールさんの力を借りて、大小二個の滑車を両端に付けた合成弓を、クロスボウの台座に組付けた研究用の試作品を作った。そこから実験と研究の長い戦いが始まった。

工房の方は、その直後に領主から水車などの大量発注があったため、親方はじめ職人たちはその製作に忙殺されており、俺の作っていた変な弓のことなど、ずっと忘れ去られていた。

俺はその日から研究用の試作品を持ち帰り、数年間にわたる孤独な闘いをひたすら繰り返した。

昔ニシダが動画サイトで見た、クロスボウの弦のかけ方を思い出しては試す、滑車の大きさや、取り付け位置を何度も変えてみる、そんな試行錯誤を延々と繰り返して悪戦苦闘していた。

そしてやっと、もちろん正解かどうかは分からないが、比較的小さな力でも弓を強く曲げることが可能となる、弦の取り付け位置や掛け方、それぞれの滑車の大きさとその組み合わせ、取り付け位置などに辿り着くことができた。正直この研究だけで一年以上を費やし、半分気持ちが折れそうだった。いや、家族と領地を守るという強い思いがなければ、とっくに諦めていただろう。

最終段階として、父から金貨が手に入った時点でその全てを投資し、完成した試作品を工房に持ち込み、正式に改良と開発を発注した。カールさんの職人技による発想と改良で素材も改善され、より効率的な滑車の配置、サイズなども改善された試作品が、そんな経緯でやっとできあがった。

廉価版で滑車のない複合弓を据え付けたものと、高級品で滑車を付け、弓も威力の強い合成弓を据え付けたもの、この二種類が完成し、俺の手元に届いた。


それがつい昨日の話だ。

中世ヨーロッパの、ボルトと呼ばれる太く短い矢を使う物とは異なり、一般の矢に近い物を使うそれは、ただ見ているだけでは我慢できなくなった。近くの空き地でアンに弦を引いてもらい、何度か試射を行ったが、その威力は絶大だった。一般的なクロスボウと比較しても、廉価版も高級品も、遥かに威力と射程に優れたものに仕上がっていた。

俺は長年の努力が報われ、欲しかった玩具を与えられた子供のように、はしゃいでいた。

開発にあたりレイモンドさんを通じ、親方やカールさんに対しては、この新型クロスボウの情報を徹底して秘匿してもらうよう、お願いもしていた。

全ての準備は整った！


「師匠、今日はちょっと見てもらいたいものがあって、ご意見をいただけますか？」

翌日にあった剣の修練に、俺は五の矢となる、高級品の新型クロスボウを持って参加していた。

これこそ、次の矢（作戦）として、名実ともに相応しいものだ。

俺が取り出した新型クロスボウを見て、ヴァイスさんは不思議な顔をしていた。

「ほう？　変わった形のクロスボウですね」

カイル王国では殆ど使われていないクロスボウを、ヴァイスさんは知っていた。訝しげにクロスボウを見つめている様子から、彼は恐らくクロスボウの利点も欠点も知っているのだろう。

「はい、本に書いてあった内容を色々組み合わせて作った模型を、職人さんに改良してもらい形にしてみました。試しに撃ってもらえませんか？　ヴァイスさんの感想が聞きたくて……」

ヴァイスさんは俺から手渡された新型クロスボウを持ち、興味深げに見つめてから、事前に的として用意した金属板に向かって構えを取った。

次の瞬間……。

凄まじい初速で発射された矢は、空気を切り裂くように飛び、金属の的を容易く貫通していた。

「こっ、これはっ……」

ヴァイスさんは絶句しながら茫然としたあと、的に向かって勢いよく駆けていったかと思うと、今度は猛ダッシュでこちらに戻ってきた。

「坊ちゃん、同じものがあれば、是非譲ってください。というか傭兵団でも是非装備したい！」

ヴァイスさん、顔が近いです！　ってか、鬼気迫る勢いなので若干怖い。

「ヴァイスさんの感想を聞き、父にソリス男爵軍の装備として提案しようと思っていたので……。残念ながら完成品はまだこれだけです」

「そうですか、いや……、取り乱して失礼しました。この威力、驚きました。この兵器があれば、グリフォニア帝国最強と言われる鉄騎兵の鎧も打ち抜けます。私自身も是非購入したいほどの物だと、父君には申し添えていただけますか？」

それを横で見ていた兄が割り込む。

「タクヒール、お前だけズルいぞ。俺もそれがほしい！　というか、俺にも撃たせてくれないか？な、頼む！」

兄もかなり前のめりで乗っかってきた。

そこからは兄が飽きるまで試射を行ったため、俺は相当退屈だったのは言うまでもない。

それからと言うもの、兄は飽きることなく何度も繰り返して撃ち続けた。

「ダレクさま、そろそろ戻らないと奥様よりお叱りを受けますよ」

結局、アンがひとこと釘を刺すまで、兄の射撃は終わらなかった。

俺は満足して、次の段階へと作戦を進めた。

第十四話　六の矢、弓箭兵育成計画（カイル歴五〇一年　八歳）

ヴァイスさんに完成した兵器のお墨付きが貰えたので、翌日俺たちは、新型クロスボウを両親にお披露目することにした。招待するのは、いつものメンバーで、提案者は兄と俺だった。

今回は中庭にお披露目会場を用意し、兄弟そろっての初めての提案なので、俺たち二人は昨日からずっと、ワクワクしながら準備を行っていた。


「父上、母上、レイモンドさん、今日はお時間をいただきありがとうございます」

いつもの口上から始まり、先ずは……、百聞は一見に如かず。

弓は素人……、むしろ剣の才能に比べれば、年相応の実力しかない兄が、距離の離れた金属板の的に向かって構えを取っている。

「ではダレク兄さん、お願いします」

暫くして……、空気を切り裂くような音とともに矢が放たれ、目標へと吸い込まれる。

耳障りな大きな音とともに、素人にしては遠すぎる目標に命中した矢は、ほぼ貫通している。

「んなっ！」

両親は口を半開きにして絶句している。

レイモンドさんは相変わらずニヤニヤ笑っている。

「シャッアッ！」

兄は命中に気を良くしたのか、大きな声を上げて気合を入れていた。

実は昨日、ヴァイスさんの所で試射を繰り返した結果、兄の腕はかなり上達していた。弓と違い、誰でも多少の練習でコツを掴めば、それなりの射撃ができる、これもクロスボウの利点だ。

「タクヒール！　これもまた……、本の知識か？」

しばらくして、父はやっと言葉を吐いた。

「使われている部品はそうです。それを弓に使えないかなぁと思って、応用してみました。これは完成したばかりで、昨日は何度か試射を行いました。ヴァイスさんにも意見を聞いたら、これならグリフォニア帝国の鉄騎兵も打ち倒せると……」

「バカモン！　こんな大事な兵器、先ずは父の私に報告しなさい！」

怒られた……、でもめげずに俺は続けた。

「これであれば、非力で経験の足らない領民の兵たちでも、それなりの活躍ができると思います」

「タクヒールさま、弓と比べ連射に時間が掛かってしまうという点で、クロスボウが重視されない面もありますが、これをどうお考えですか？」

俺の提案に対し、いつもながらレイモンドさんは的確なツッコミを入れてくれる。

的を射た質問、というより予想通りの質問に、俺はニンマリとした。

兄と目が合った。二人で事前にこの話も打ち合わせ済みだ。

「それも含めて二人で提案があります」


こうして俺たちの提案は始まった。

「父上、このタクヒールが開発した新兵器、直ちに量産を行い全軍に配備すべきと考えます。目下、我々にとって最大の脅威はグリフォニア帝国の鉄騎兵です。今のところ我々は、あの集団突撃に対し為す術がなく、一方的に蹂躙《じゅうりん》されてしまいます。我らの弓箭兵の矢は、彼らの装甲を射抜くこともできず、しかもその専門性から兵は少数です。ですがクロスボウなら、私でも撃つことができます。全軍が配備すれば、我々も戦場において数の力を示すことができます。しかも、その威力は非常に大きく、戦局を左右することができるでしょう」

兄の言葉に父は目を見張って聞いていた。

「私もダレク兄さんに賛成です。付け加えるならば、この威力の源である複合弓や滑車の仕組みは可能な限り秘匿します。そうすることにより、当面の間、この優位性を確保します。今我々の兵力は四百弱ですが、それでもその数の矢の雨を降らすことができれば、我々は戦場で圧倒的に優位に立てます」

「兵士の数と質、この兵器は質を補って余りあるものですが、このことについても、タクヒールは面白いことを考えています。是非その話も聞いてやってください」

「兄さん、ありがとうございます。私は新兵器を量産するだけでなく、それを使える者たちの裾野を広げたく思います。例えば、領民の一割がこれを使えることができればどうですか？」

「それはそうだが……」

「八百名近い弓箭兵の獲得、これは誇張でも安易な見通しでもありません。この兵器の廉価版で、滑車の仕組みを外した改良型のクロスボウを用意し、新たに射的場を建設します。射的場は兵士の訓練だけでなく、領民の娯楽施設として無料で開放し、加えて難易度の高い的を射ることができた者には景品を用意し、娯楽として領民たちに広めるのです」

「父上、タクヒールの話は面白いと思いませんか？　領民たちは景品欲しさに腕を磨きます。娯楽として遊んでいるうちに技量は上がり、我々は優秀な射手を弓箭兵として確保できます。この仕組み、今までにない画期的なものだと思いませんか？」

「領民たちは、乗ってくるだろうか？」

「私も昨日初めてやってみましたが、楽しいですよ、父上。更にタクヒールには提案があります。それを聞けば、先ほどのご不安も全て解決すると思います」

「はい、兄さんの仰る通りです。

一段階目は、射的場の運用です。的に点数を付け、合計で高得点獲得者には景品を出します。

二段階目は、毎月定期大会を、年に一度は大規模な大会を企画し、彼らの技量を競わせます。

三段階目は、定期大会、年間大会の上位入賞者にそれなりの賞金を出し、参加意欲を誘います。四段階目は、年間大会にて、優勝者を当てる投票を行います。当たれば見る側も配当を得ます。そんな仕組みを作り、領民たちにとっては、ただ競技を見るだけでなく、自分自身が参加する形のお祭りにするのです。そうすれば、この射的大会は盛り上がり、自ずと競技や投票に参加する者は増えていくでしょう。この投票の胴元を我々が行い、投票金の一部を徴収し、これらの運営費に充てます」

「どうです父上、いずれこの大会はソリス男爵家の名物となり、我々は娯楽と実利で、領民たちの戦力化を図ることができるのです。しかも大会賞金や日々の景品なども、大きな大会で行われる投票から原資を調達することができます。タクヒールの話、なかなかの名案と思えるのですが」

「あと、レイモンドさんの質問に対し補足します。確かにクロスボウは連射性能において一般の弓に劣ります。ですが、要は運用次第だと考えます。例えば三百名のクロスボウ兵が二交代で装填と射撃を繰り返せば二倍、三交代なら三倍の速度で連射が可能です。その分一回の射撃数は減りますが、それでもこれまで行っていた、少数の弓箭兵を運用する場合と比べ、遥かに勝ります」

戦国時代、織田信長が長篠の戦いでやったと言われる鉄砲の三段撃ちになぞらえて説明した。

遠距離戦闘　全兵士が弓箭兵として制圧射撃を行う

中距離戦闘　兵士三隊で分業し連続した射撃を行う

近距離戦闘　兵科により役割を分担、主に狙撃対応

「繰り返し申し上げますが、剣の腕は極めて優秀ですが弓はからっきし……、いえ、普通の腕前のダレク兄さまでも、昨日一日練習しただけで、あの距離の的すら貫通する射撃ができています。男爵軍の兵全てが同様の射撃ができるようになれば、凄いことになりませんか？　ちなみに、今の話はもちろんヴァイスさんにはしていませんよ」

俺と兄はにっこり微笑みあった。もうダメ押しだった。

レイモンドさんは感心したような顔つきで驚きの声を上げた。

父は口をパクパクさせて、何か言いたげな様子だったが、基本賛成の方向だった。

母はちょっとだけ頭を抱えていた。経費が……、その小さな声を俺たちは聞き逃さなかったが、ここは敢えてスルーした。

具体的な反論もなく、俺たちの提案は採択され、今後の方針が決定した。

ひとつ、新型クロスボウの量産化と、全兵士への配備、習熟を推進すること。
ひとつ、できる限り滑車付きの、新型クロスボウは秘匿兵器として対応すること。
ひとつ、射的場を建設し、クロスボウを娯楽と実利で広め、領民全体を戦力化すること。
ひとつ、射的場の運営は、俺が原案を考案したうえで、受付所の要員と新規採用で行うこと。
ひとつ、大会運営や利益確保のために投票の仕組みを構築し、俺が大会運営を行うこと。

ひとつ、戦場での運用方法について兄が研究を行い、必要な時まで秘匿すること。

ひとつ、これらの実施について、行政府が予算をつけること。


「最後に父上に相談ですが、滑車付きの新型クロスボウをヴァイスさんが欲しがっていましたよ。それに関し、条件付きで供与することも面白いと思います。例えば、新型のクロスボウを供与する代わりに、傭兵団契約料の一部と相殺することや、供与条件として、傭兵団での管理を徹底させ、情報の秘匿を約束させること。魔物相手の実戦でこの兵器の試験運用を行い、改善点や課題を報告してもらうことなど。先方がこれらを承諾すれば、先行量産品を傭兵団に配備し、後日、取り扱いに慣れた者を、教官として軍に派遣してもらうこと、こんな取り決めなんてどうですか？」

「ははは、タクヒール！　師匠ももれなく有効活用するって、お前もなかなか腹黒くなったな」

いや、兄さん。俺は元々真っ黒ですから……。

これでますますヴァイスさんが、ここから離れられなくなってくれれば良い、そう思っている。


まだ十分ではないが、来年の戦役までに間に合わせることができれば、ひとつの光明が灯る。

過去の戦でも、帝国の鉄騎兵による集団突撃には、何度も痛い目にあっていたと聞いている。

そして領民の戦力化も、ずっと課題だったはずだ。動員可能兵力全てを、戦場に連れていく訳ではない。留守部隊を残してはいるが、どうしても規模の小さな町や村など、守りが目に見えて弱くなる。そこを虎視眈々と狙う盗賊、不定期で襲ってくる魔物などの対応に、現時点では十分な予備戦力があるとは言えない。

だが、領民たちを戦力化できれば、安心して留守を任せることができるようになるはずだ。

それは自ずと、戦地への動員可能兵力の増加に繋がる。

提案が終わったあと、俺たちの読みがひとつ、実証されることとなった。

父を筆頭に、女性ではあるが母、レイモンドさんが交代で滑車付きクロスボウを試射している。

楽しそうな歓声を上げながら……。

これを見る限り、娯楽としての射撃の可能性は否応なしに高まり、兄と俺は一層自信を深めた。

後になって何かを言われても、この時の皆の様子を引き合いに出せば良いだけだ。


これが遠くない未来、ソリス弓箭兵団として戦場で勇名を轟かすことになる最初の一歩だった。

ソリス軍の弓箭兵部隊は各地の戦場で功を上げ、全兵士がクロスボウを持ち、敵に対し痛打を与える戦術は、時を経ると同時に確立され、大きく勇名を馳せることになる。

これ以降俺たちは、この世界に新しく登場した兵器、合成弓とコンパウンドボウ、クロスボウを合体させた新型クロスボウのことを、エストールボウと名付けて使用することになる。

第十五話　災厄への備え（カイル歴五〇一年　八歳）

今日は兄とともに、エストの街の工房、ゲルドさんのところを訪ねている。

そういえばこの工房、以前と比べると、めちゃくちゃ広くなって人も増えている気がする。

今から三年前、最初に水車の模型制作で通っていた頃と比べると、見習いの弟子たちを含めると人数だけは三倍近くになっているようだ。ソリス男爵家から、正式に新型のエストールボウと改良版のクロスボウが大量発注され、工房内は活気に溢れ、あちらこちらで怒号が飛んでいた。


「これはこれは、坊ちゃん、わざわざのお越しありがとうございます」

本来は厳しい顔つきのゲルド親方が、満面の笑顔でこちらにやって来た。

「皆、坊ちゃんがお越しになったぞ！」

ゲルドさんが一喝すると、全ての職人が手を止めて立ち上がり……。

「チワーッス」

この挨拶含め、何もかもが男くさい……、ってか、ホントに相も変わらず体育会系だ。

「ゲルドさん、お構いなく。そんなに気を使ってもらうと、逆にこちらの気が引けます」

「何を仰いいます。気にしないでくださいな。ちなみに今日はどういったご用件でしょうか？」

「あ、ちょっとエストールボウの生産状況の見学と、開発品の相談で……」

「おい、カール、ちょっとこっちに来い！　大至急だぁ！」

兄への挨拶もそこそこに、ゲルド親方はカールさんを呼び出した。

「あ、いえ、皆さんの手の空いている時でよいのです。お仕事優先で……」

「いやいや、水車の時も大変お世話になりました。そして今のこれも。全てが坊ちゃんの発案で、私共は仕事を頂けているのですから、気にしないでください」

いつの間にか俺は、この工房でＶＩＰ待遇になっていた。

何故かアンは上機嫌だ。誇らしげな顔で俺を見ている。


別室に案内されてから俺は、自分で書いた簡単な、図面と呼ぶにはお粗末な設計図を広げた。

「ちょっとこんなものを作ってみたくて……、でも急ぎではありませんよ。今のエストールボウとクロスボウの制作を最優先でお願いします」

急ぎはしない、今の仕事を最優先してほしいと、重々念を押した。

そして、今回持ってきたもう一つのクロスボウについて説明し、今後の開発を打診した。

それは、個人的に興味があった、諸葛弩弓と呼ばれたクロスボウの一種。史実か後日の創作か、それはさて置き、中国の三国志演義で登場する天才軍師、諸葛孔明がそれまであった兵器を改良して製作し、配備したといわれる弩弓（クロスボウ）を指していたと思う。

今回の相談の目的は、これの試作依頼についてだった。

レバーを引くだけで、自動的に矢が装填され、弦を引き、発射までを一気に行う連射型のクロスボウ。この連射性は半端ないし、仕組みもコンパウンドボウよりは、なんとなくだが覚えている。何本もの矢がセットされているマガジンが、レバーにより前後に動き、弦を引く動作で矢が装填され、レバーを引き切ると発射される。照準を合わせ、ただレバーを引くだけで連射できる代物だ。

ずっと以前、ニシダが三国志をテーマにした映画を見ていたときに興味を持ち、大人気もなく自分も欲しくなったのを覚えている。そして後日、それを真似て玩具の模型を自作している人の動画を見て、凄くワクワクしたものだった。

威力は格段に劣ると思うが、マシンガンとまではいかないまでも、弓でも敵わない連射性を持つこの兵器を、今後のために研究しておいて損はないと思っている。

もちろん、個人的な趣味の部分も大いにあるが……。

図面と口頭の説明でなんとなく、ゲルドさんとカールさんのイメージがついたので、

・これも開発情報は秘匿すること
・開発は既存の発注をこなした後で行うこと
・既存の発注は納品スピードが最優先であること

これらを更にもう一度、繰り返し念を押した。だって……、既に職人さんたち、今現在受注している商品の大量生産より、新しい兵器の開発に目を輝かせているし。

早速取り掛かろうとしていたので、慌てて止めたぐらいだ。

取り急ぎの用件が終わったため、あとは兄と二人で工房を巡って見学した。どうやら生産性、耐久性を高めるため、一部の部品は金属化されているようだ。金属部品はパーツを鍛冶屋に発注し、工房で木の部品に組み込む。木製部分も分業で対応し、大量生産ができるよう工夫されていた。

職人さんたちは、黙々と手を動かし続け、エストールボウとクロスボウを次々と仕上げている。

これでなんとか、来年起こる国境での戦争には、最低限軍用のエストールボウは間に合うかな？

そんな感じが見て取れた。

それに加え、再来年の洪水までには、改良版クロスボウもある程度数が揃いそうだ。

そうすれば更に次の矢が放てる。俺はちょっと安心して工房を後にした。


その後、エストールボウの先行量産品が完成し納品されたとき、傭兵団にもしっかり必要数が配備されていた。ヴァイスさんは、兄と俺のプレゼン後に、自ら父に面会して願い出ていたそうだ。

父は俺の提案を前提に、傭兵団との交渉をとりまとめ、優先的に先行配備したらしい。

魔境と呼ばれる大森林に近い傭兵団の駐屯地、テイグーンでは日々魔物を相手に、より実戦的な運用も行われており、使用状況のフィードバックもされているそうだ。

戦場での運用を前提とした三段射ちなどについても、父からの依頼を受け、ヴァイスさんが研究を行い、その後ソリス男爵軍へと伝授されるようになっているとのことだった。俺が提案したとおり、射手、装填手、中継ぎとで役割を分担し、三人一組となり、その中で最も射撃の上手い者を射手にして訓練を行っている。ヴァイスさん曰く、一回で発射できる数は減るが、高い威力で連射可能なこの運用は、非常に使いどころも多いそうだ。傭兵団では、正確性を維持しつつ、どれだけ短い時間で連射できるか、そんなことも取り組んでいるらしい。

父は詳しく話をしてくれないが、俺は剣の修練時に師匠から直接、詳細を逐一聞いている。

ヴァイスさん自身も、この戦法が俺の発案だと知っているようで、事細かく状況を報告してくれるため、正直言って父以上にその経過を知ることとなった。

これなら、来年の秋までにはなんとかなるか？

前回の歴史では、次の戦は辺境伯同士が主導する局地戦であり、その規模は決して大きくない。それでもソリス男爵軍は四割の兵士を失っている。ソリス男爵領史には、そう記載されている。

この人的ダメージは非常に大きいと思う。

ただ今回は、ソリス男爵軍には敵の主力、鉄騎兵にも十分通じるエストールボウがある。

そして、圧倒的に数を増やした弓箭兵がいる。

更に、人数は少ないながら、前回の歴史では常勝将軍と呼ばれた、ヴァイスさんが率いる双頭の鷹傭兵団も四十名ほどいる。

あれ、そういえばいつの間にか、団員数が増えている？　以前は確か……、三十名だったはず。

父と正式に傭兵契約がまとまり、駐屯地も無償提供されたので、改めて団員を増やしたのかな？

もう彼らは初めて見た時の、みすぼらしく今にも倒れそうなフラフラの男たちではない。

誰もが屈強で、精気溢れる男たちだ。

これらに加え、戦場でヒヨリミ子爵軍が崩れること、それを契機に全軍が崩壊することを事前に分かった上で、用心して戦術を構築し用兵を行えば、かなりマシに戦えるのではないかな？

ただ、昨今の様子では、ゴーマン子爵軍もこちらの味方とは思えない懸念もあるので、不安要素を少しでも少なくするためにも、もう一手がほしい。最近はそのことばかりを考え、悩んでいた。


そしてある日、兄の愚痴から思いついた新たな一手、戦局を変える作戦を思いつくに至った。

前回は父に叱られたこともあり、予め父に報告し内諾を得てから、ヴァイスさんを訪ねた。

最近発現した、兄の固有スキルの効果的な運用について相談するためだ。

この作戦、あくまでも初見殺しかも知れないが、切り札としてきっと役に立つはず！

これならグリフォニア帝国の鉄騎兵にも対処できる！

そう考えていた時の俺は、兄から見てぞっとするような不敵な笑みを浮かべていたらしい。

第十六話　前期五大災厄　その四　血塗られた大地①　出陣（カイル歴五〇二年　九歳）

～～～～ソリス男爵領史　滅亡の予兆～～～～～～～～～～～～～～～～～～～～

カイル歴五〇二年、グリフォニア帝国ゴート辺境伯、実りの時期を狙いカイル王国に侵攻する

ハストブルグ辺境伯は周辺貴族軍を率い、国境にてこれを迎撃する
ヒヨリミ子爵軍、大きく崩れ右翼の戦線は崩壊の危機に陥る
最右翼ソリス男爵軍、孤軍となり四割を失うも奮戦し、右翼を支え戦線の崩壊を防ぐ
王国軍、多くの兵を失うも侵攻を防ぎ、帝国軍、多くの兵を討ち意気上がるも侵攻は頓挫する
双方とも大勝利と号すが、国境の地は王国の兵が流した血で濡れ、エストールの民、大いに嘆く

〰〰〰〰〰〰〰〰〰〰〰〰〰〰〰〰〰〰〰〰〰〰〰〰〰〰〰〰〰〰

まだ暑さの厳しい夏の終わりのある日、ハストブルグ辺境伯より早馬がエストに到着した。

『グリフォニア帝国に侵攻の予兆あり。可及的速やかに兵を率いてサザンゲート砦に参集せよ。サザンゲート砦より南方の国境線、サザンゲート平原にて敵を撃滅する』


とうとう来る時が来た！

父は領内各地より常備軍二百十五名と、兼業兵三百三十五名、総勢五百五十名を召集した。

そして一部を留守部隊として残し、三百六十名と双頭の鷹傭兵団四十名で、総勢四百名を率い出陣、サザンゲート平原への途に就いた。この数、一般の男爵位を持つものに割り当てられた二百名の倍の兵力であり、上位である子爵位の割り当て六百名に及ばずとも、十分に面目を保つことができる人数だ。俺はエストの街を出発する軍勢を、残った家族とともに見送った。

俺は今回、父と共に従軍を希望していたが、もちろん即座に却下された。

「戦場は子供の遊び場ではない！」

「タクヒール、戦場は、あなたのような子供が考えるほど、生易しいものではありません。お父様の言葉に従い、留守を守ることも立派な役目のひとつですよ」

俺は取りつくしまもないほど、両親に否定され、まだ子供の身である自分自身を呪った。

『甘いものではないことを、今回の戦いの厳しさを知っているからこそ、希望しているのに……、まだ子供の身ではなにもできないか……。分かっていても、やっぱりもどかしいな』

言葉にこそ出さなかったが、実際に理由を言える訳でもなく、俺はひとり言葉を飲み込んだ。

まぁ、策の幾つかはヴァイスさんに提案済だし、それについて俺たちで何度も議論しているし、ヴァイスさんがいれば、不覚を取ることもないかな？　そう思って今回は諦めることにした。

◇◇◇

ソリス男爵が率いる軍勢がサザンゲート砦に到着したころになると、大まかな敵軍の概要が判明し、ハストブルグ辺境伯陣営にも共有されることとなった。今回の侵攻は、帝国軍の本隊ともいえる皇帝や皇子の率いる部隊は参加しておらず、辺境を担うゴート辺境伯の軍勢が主体であった。

侵攻自体は大きな意味を持たず、グリフォニア帝国内の継承問題、そのとばっちりを受ける形で企図されており、第一皇子派が将来侵攻するための足掛かりとして、国境周辺の敵勢力の撃滅と橋頭保となる砦の獲得、そのあたりを目的としているようだった。

前回の歴史でそう遠くない未来、皇帝となりカイル王国へ侵攻を指示する第三皇子派ではなく、それに対抗する動きとして、第一皇子派が旗下のゴート辺境伯を動かしていた。広大な版図を持つ帝国のなかで、南方の戦線で活躍する第三皇子に対し、今のところは目立った戦果の無い第一皇子派の焦りからうまれた侵攻ともいえた。カイル王国にとっては迷惑なこと極まりない話である。

ハストブルグ辺境伯は、敵軍のおおまかな陣容が判明すると、国境付近まで進出し、カイル王国側の丘陵地帯に陣取り、旗下の諸将はそこに鶴翼《かくよく》の陣で布陣した。

◇右翼軍　二〇〇〇名
ソリス男爵軍　　四〇〇名
コーネル男爵軍　二〇〇名
ヒヨリミ子爵軍　六〇〇名
ゴーマン子爵軍　八〇〇名

◇中央軍　三〇〇〇名
ハストブルグ辺境伯軍　三〇〇〇名

◇左翼軍　一七〇〇名

キリアス子爵軍　　　　　　一一〇〇名
クライツ男爵軍　　　　　　二〇〇名
ボールド男爵軍　　　　　　二〇〇名
ヘラルド男爵軍　　　　　　二〇〇名

ソリス男爵家の当主であるダレンが率いるソリス男爵軍は、サザンゲートの丘陵地帯で帝国軍を待ち構える布陣として、最右翼の小高い丘の上に展開していた。

「今回の布陣、団長はどう思う?」

ダレンは今回の出兵に際し、参謀役として任じ、彼の傍らに立つヴァイスに問いかけた。

息子たちから彼を参謀にと提案されていたが、ダレン自身、最初からそのつもりであった。

二人は陣を敷いた、戦場となる一帯を見渡せる丘の上に立ち、自軍と敵軍を眺めている。

「そうですね、今回敵軍は我らとほぼ同数の約七千といったところでしょうか。彼らの基本方針は攻勢、故に魚鱗陣を敷き、それを受ける我らは地の利をいかし包囲するため鶴翼の陣形を敷き、右翼、左翼ともに防御に有利な体制を取っております。基本方針は間違いとは言えませんが……、危ういと言わざるを得ませんね」

「というと?」

「我らの願い通り、敵軍が馬鹿正直に正面の平地に展開する、ハストブルグ辺境伯の本陣を狙うとは限りません。味方の各指揮官が防御を優先したため、各々が丘の上に分散して陣取っています。

大きな翼は両側の連携が乏しく、彼我の兵力差がないこの状況では、危ういとしか言えません」

ヴァイスの指摘した通り、守備側はゴート辺境伯軍を大きく包み込む形で、陣が敷かれていた。両翼を大きく広げた陣形は、最右翼にソリス、コーネル両男爵軍が展開し、中央に向かいゴーマン子爵軍、ヒヨリミ子爵軍が展開し、中央にはハストブルグ辺境伯軍が重厚な陣を構え、左翼に伸びる片翼はクライツ、ボールド、ヘラルド男爵軍が展開し、最左翼をキリアス子爵軍が担っていた。

「恐らく敵は、両翼のいずれかに各個撃破を仕掛けてくるでしょう。そして分断された我らの軍を破るか、勢いに乗じて中央突破を図る可能性もあります。そうすることにより、中央の側背から辺境伯の本陣を衝くか、退路を遮断したうえで、逆に包囲してくる可能性も大いにあります。それに対し、わが軍は広大な包囲陣を敷いたために、厚みに欠け、かつ一旦戦闘が始まると遊軍ができる可能性があります」


ヴァイスは左隣、ゴーマン子爵が構築した陣地を苦々しく見つめながら言葉を続ける。

「更にわが軍の右翼は連携を欠き、疑心暗鬼となっています。仮に敵が右翼に攻勢を集中すれば、我らは格好の餌となり、右翼の戦線は崩壊する可能性すらあります」

「厄介だな。我々は敵に対しても、味方に対しても警戒しなければならないということか……」

「はい、此度の戦においてそれぞれの子爵たちが、過去の遺恨を晴らすため動くかも知れません。彼らが積極的に動かない、それだけで我々は孤立し、窮地に陥ります」

ダレンも同感だった。敵の攻勢を支えきれず、ゴーマン軍とヒヨリミ軍が後退すれば……。

「確かに……、危ういな」

「そして恐らく、敵もそう思うでしょうね」

ヴァイスは不敵な笑顔で笑った。

「敵軍の主力、ゴート鉄騎兵団は強力であり、彼らもその自信を持っているでしょう。我々がこの突進をまともに受ければ、持ち堪えることは叶わないでしょうね。まぁ、まともに受ければ……、の話ですがね。それこそが我々のつけ入る隙、戦局を変える転機でもあります」

そう言ったヴァイスの顔は、自信に溢れていた。


「我々には、敵だけでなく味方すら予想もしていない、圧倒的に優位に立てることがあります。第一に、地魔法を駆使し、陣地構築に長けたコーネル男爵の軍勢が我々と共にあること。第二に、わが軍は全て、総勢四百名の兵士がエストールボウを装備し、弓箭兵となること。第三に、新たに編成できた二百騎の騎兵戦力があり、打撃戦力を持っていること。そして最後にもう一つ、秘匿戦術もあります。なのでそれなりの戦いができると思っています。幸いにも、味方の左翼を率いるのは、勇猛で名を馳せたキリアス子爵軍です。戦機を見るに敏な、子爵軍がこちらの攻勢に応じて、左翼側から敵を半包囲すれば戦局は一気に逆転します」

そう、前回の歴史とは異なり、今回の世界ではソリス男爵軍には前回なかったものがある。

・ソリス男爵軍には、常勝将軍と呼ばれた戦いの天才、ヴァイスが傭兵団を率い参加している

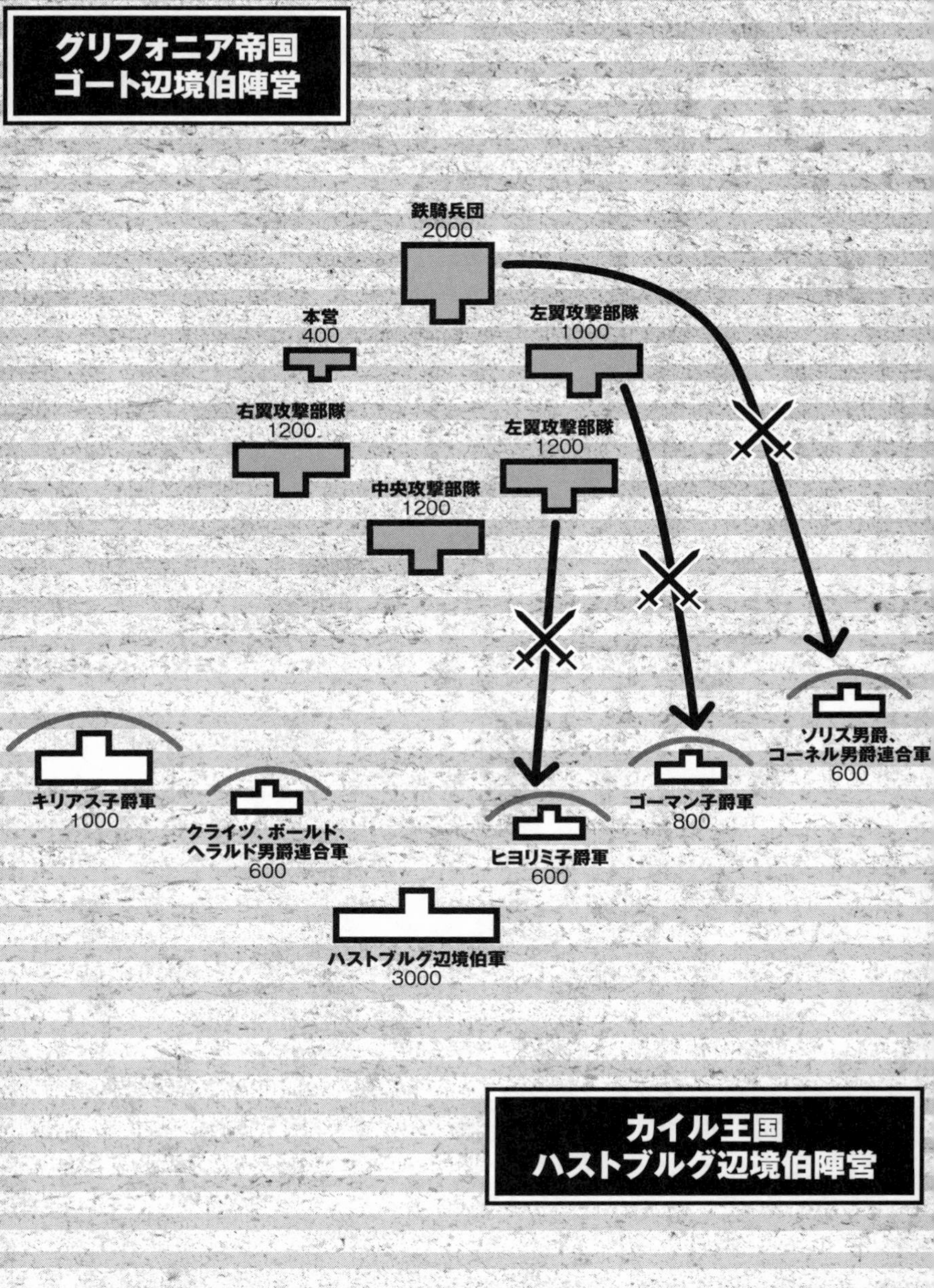
グリフォニア帝国
ゴート辺境伯陣営
鉄騎兵団
2000
本営
400
左翼攻撃部隊
1000
右翼攻撃部隊
1200
左翼攻撃部隊
1200
中央攻撃部隊
1200
ソリス男爵、
コーネル男爵連合軍
600
キリアス子爵軍
1000
ゴーマン子爵軍
800
クライツ、ボールド、
ヘラルド男爵連合軍
600
ヒヨリミ子爵軍
600
ハストブルグ辺境伯軍
3000
カイル王国
ハストブルグ辺境伯陣営

・ソリス男爵軍の全兵士には、長射程で鉄騎兵の装甲を貫くエストールボウが配備されている
・そして、前回の歴史と比べ格段に増えた騎馬戦力がある

軍略の天才でもあるヴァイスの采配は、多少の不利など覆すだろう、戦場にいないタクヒールらを安心させるほどの、不思議な安定感があった。更に彼は、タクヒールから戦場で起こるかも知れない危惧について、事前に情報を得ており、鉄騎兵に対する戦術案などの提案も受けていた。

ヴァイスが率いる傭兵団は、彼が自ら鍛え上げた精鋭であり、戦場では彼の意のままに動き、男爵軍の先鋒となって軍を誘導し、活躍することが期待されている。またソリス男爵軍では、専門職の弓兵を全て廃止し、代わりに騎兵を含めた全ての兵士が、エストールボウと呼ばれる新型クロスボウを所持している。技量により効果が大きく左右される弓と違い、クロスボウは熟練を必要としないため、召集された兼業兵でも、その利点を十分生かすことができる。

そして、ソリス男爵軍に騎兵が増えたことにも裏があった。

二年前の穀物暴騰の際、そこで得た利益を元にダレンはちゃっかり手を打っていたからだ。飢餓に苦しむ他領では、食料が足らないなか、飼料まで手が回らない領地も多かった。そのため馬を潰し食料としていたケースや、軍馬を売り対価として穀物を得ることなどが頻繁にあった。ダレンはこの機に乗じ、軍用馬を中心に大量に馬を買い集めていたのだ。

『新規開拓地に送るため、エストール領では大量の馬が食料と引き換えに買われている』

『南の辺境に大規模な開拓地を作る予定があり、入植地への往来に大量の馬が必要とされている』

そんな触れ込みを聞いた商人たちから、次々と買い付けを行っていた。

南最辺境の開拓地であるテイグーンは場所柄、大規模な盗賊や魔物の襲撃があった際など、危急の事態が起こったときには、全領民が速やかに逃げられるよう、大量の馬を配備する必要がある。

そんな名目で各地から馬を購入、対価として穀物を放出していた。

その結果、ヴァイスの傭兵団は、契約料の現物払いとして優先的に軍馬が供給され、全員が騎兵となっており、常備軍にも新たに多くの騎兵が誕生していた。そのため、以前は百騎にも満たない騎兵部隊は、今や傭兵団も合わせると二百騎を優に超える。


「そろそろ敵が動き始めます。コーネル男爵にお借りした地魔法士は陣地構築を完了しています」

布陣するとヴァイスが直ちに取り掛かったことがあった。

それは、地魔法士の力を借り、陣地構築や塹壕《ざんごう》設置、想定される戦場への罠の設置など、弓箭兵の弱点を補完し、最大の力を発揮できるように工夫された各種の準備であった。

「全軍、戦闘準備！」

ダレンの号令でソリス男爵軍全軍が戦闘態勢に入った。

後日、サザンゲート殲滅戦、と言われる戦いがついに始まった。

第十七話　血塗られた大地②　秘策（カイル歴五〇二年　九歳）

グリフォニア帝国側の本陣に立つゴート辺境伯は、傲然と胸を反らし敵陣を見つめていた。

「ふん、カイル王国の奴ら、こちらの予想通り布陣しおったな。我らが何故、これみよがしに軍を進めつつも、敢えて丘を取らせたか、そんなことも理解できぬ奴らとはな」

「カイル王国の奴らは、守ることしか頭にないようですね。だからいつも競って守備に有利な丘に固執し、我先に押さえたがりますからな」

参謀の追従に、ゴート辺境伯は満足げに頷いた。

「では、予定通り、我が正面軍と右翼軍は牽制を、そして左翼軍で敵右翼をもぎ取るとしようか。鉄騎兵団は後方で待機し、機を見て戦線参加し敵右翼を踏み潰す」

ゴート辺境伯が右手を高々と上げる。

「前へっ！」

各指揮官の号令で、ゴート辺境伯の軍勢が進軍を開始した。

◇◇◇　（カイル王国軍陣営）

戦場の小高い丘の上で、敵軍の動向を落ち着いて眺めている者たちがいた。

「やはりそう来ましたね。ソリス男爵軍全軍に遠距離射撃の準備をお願いします。狙撃位置は所定の番号に従い対応し、各位は号令があるまで待機するようお伝えください」

ヴァイスは予想通りの展開に笑みを浮かべ、ダレンに戦闘準備を依頼した。


戦いが始まり、戦場でのゴート辺境伯軍の動きは明らかだった。

左翼側に布陣するキリアス子爵軍に対し、矢の射程ギリギリまで進出し、停止して睨みあう。

中央側のハストブルグ辺境伯軍にも、前面を圧迫するように布陣したのち、停止して睨みあう。

この二方面は、それ以上進軍することはなく、逆撃の体制を取りつつ守備を固めただけだった。

帝国の左翼軍のみ、敵右翼に展開するヒヨリミ子爵軍、ゴーマン子爵軍に対して、猛烈な攻勢を開始し始めた。敵最右翼に布陣する小勢など、まるで無視したかのように。


ゴート辺境伯の思惑は単純だが、戦理に適ったものだった。

まとまった集団戦力として警戒すべきは、ハストブルグ辺境伯軍とキリアス子爵軍のみ。それらに対しては無理な攻勢を行わず、ただ牽制し、全力で敵右翼に攻撃を集中すればよい。敵右翼の集団は烏合の衆だと看破したうえで、そこに対し主力をぶつけ、数で圧倒しつつ各個撃破する。戦線が崩れたところで、左回りで敵側背に鉄騎兵団を投入し、敵右翼の息を完全に止める。

その時は、先ずは最も左手の低い丘に陣取る、敵最右翼の小集団を踏み潰す。そうすればカイル王国軍は雪崩を打って崩れ、戦線は完全に崩壊するだろう。

「ふふっ、想定通り敵軍は動いておりますね。奴らは包囲される危機と思わず、我らの右翼側から各個撃破し、主将を直接衝く算段でしょう」

ヴァイスは味方が不利な状況に陥りつつあるのを見ても、動揺することはなかった。

「主力と思われる敵約二千、ゴーマン子爵軍、ヒヨリミ子爵軍の陣を猛攻しております」

丘の一番上に立ち、戦場を見つめていたダレンとヴァイスの二人は、兵の報告を受けずとも戦場の推移はよく見えていた。敵に比べ数でも劣り、それぞれの子爵軍の士気は低い。

特に、自軍の倍近い敵兵により正面から攻勢を受けたヒヨリミ子爵軍は、早々に崩れだし、狼狽しながらじりじりと後退しつつある。

ゴーマン子爵軍は奮戦しているが、ヒヨリミ子爵が後退すると自軍が敵に半包囲されてしまう。

「ヒヨリミめっ、不甲斐ない奴デアル！」

舌打ちしながら、追随して徐々に後退する旨を指示していた。

ハストブルグ辺境伯率いる中央軍とキリアス子爵以下の左翼軍は、目の前に対峙する敵兵を警戒し、動けずにいる。何より、最も警戒すべきゴート辺境伯の鉄騎兵団が、敵陣後方で待機しているため、迂闊に救援に向かうことができないでいる。

「ヒヨリミ子爵軍、崩壊しつつあります！」

「続いてゴーマン子爵軍も後退中っ！」

味方の危機、事態の急変を告げる兵たちの報告が、二人に対し矢継ぎ早に入ってくる。

「団長、そろそろかね？」

「はい、頃合いでしょう」

ダレンとヴァイスには、この短いやりとりで十分だった。

◇◇◇（グリフォニア帝国陣営）

ゴート辺境伯は、自ら描いた作戦通りに進行する戦場の推移に、満足気に戦場を見回した。

「ははは、見ろ！　あの無様な狼狽ぶりをっ。そろそろあ奴らに引導を渡してやるとしようぞ。鉄騎兵っ！　敵右翼を叩き潰して後背に回り込み、辺境伯めの首を私の所に持ってくるのだっ！先ずは孤立した、敵最右翼の小勢を踏み潰せっ！」

ゴート辺境伯より、鉄騎兵団に対し、敵軍を蹂躙する命令が発せられた。

これにより、出番を待ち後方に待機していた鉄騎兵団は、敵右翼に向かい動き始めた。鉄騎兵二千騎にかかれば、たった六百程度の小勢、ただ踏み潰されるだけの存在でしかない。突撃の指示で、大地を揺るがす馬蹄の音を響かせ、最強と称される彼らの突進が開始された。

鉄騎兵団の投入により、戦場は最終局面を迎えるかに思われ、この時点でゴート辺境伯は自軍の勝利を確信していた。二千騎もの重装騎馬隊の突進を、まともに受け止められる者などいない。

彼らの突進は巨大な鉄の槍となって、丘の上の小勢をいとも簡単に踏みつぶし、今崩れている二つの軍勢の中央を引き裂き、ハストブルグ辺境伯の本陣を抉っていくだろう。

これから狩る獲物を前にして、鉄騎兵たちは精神を高揚させ、雄叫びを上げながら突進する様子を見て、ゴート辺境伯も本陣から同じように雄叫びを上げていた。この先の勝利に心を躍らせて。

◇◇◇　（カイル王国軍陣営）

突進してくる鉄騎兵との距離はまだかなりあるものの、大地を揺るがす馬蹄の音と、二千騎が猛然と突き進んでくる様子を前に、ソリス男爵軍の多くの兵が息を呑み、一様に死を覚悟していた。

彼らが逃げ出したい気持ちから、僅かばかりの差でなんとか踏み留まれたのは、この丘の守将であるソリス男爵、双頭の鷹傭兵団長、この二人が悠然と敵に身を晒し、落ち着いていたからだ。

彼らに死を告げるべく迫る馬蹄の響きは、更に大きく、刻々と近づきつつある。

「各自矢の装填を確認、射撃準備のまま防壁の内側に伏せよ。合図があるまで決っして出るな！」

ダレンの号令に、兵士たちは一斉に防壁の内側に隠れた。

この時点で防壁の上に身を晒しているのは僅か三人だけだった。

「私の合図で敵集団の先頭目掛けてお願いします。なーに、落ち着いてやればこの戦、勝てます」

ヴァイスの言葉に、緊張で固まっていた少年は、なんとか笑顔を作り頷いてみせた。

ほどなくして、突進してくる敵の騎馬を睨んでいたヴァイスが、冷静に声を発する。

「右、二番方向、今ですっ！」

戦場の一角に、突如として現れた目も眩む閃光は、その一帯をまばゆい光で包み込み、疾走する鉄騎兵団は、先頭集団からその光の中に包みこまれた。

タクヒールが考案した秘策が、いまここで放たれていた。

◇◇◇（グリフォニア帝国陣営）

獲物に向かって雄叫びを上げ突進していた彼らは、突然現れた目も眩む光に包まれ、乗馬とともに一瞬盲目となった。全力で疾走する馬が盲目になる、それは突然平衡感覚を失うことに等しい。

騎馬は次々と激しく転倒し、後続を巻き込んでいく。後に続く騎馬も、転倒した人馬に足を取られ転倒、更に後続を巻き込むことになった。彼らは視界を奪われ、何が起こったかも分からず、ある者は落馬し全身を痛打して戦闘不能に、ある者は後続の騎馬に蹴り飛ばされ、ある者は馬蹄に踏みつぶされて絶命した。重装備の鎧は、敵の攻撃から命を守るためのものだが、転倒した際には逆に命取りとなった。彼らは自身で起き上がることもできず、身動きができないまま、味方の騎馬の馬蹄に踏み潰されていった。

「止まれっ！　来るなぁっ！」

「た、た、助けてくれっ！」

「誰か！　起こしてくれっ！」

戦場は馬の嘶《いなな》きと、人の絶叫が混じった、地獄絵図と化した。

あたり一帯は、言葉に表せない断末魔の声で溢れた。


全力で疾走する騎馬はすぐには止まれない。

予想外の事態にも拘らず、幸運にもなんとか愛馬を御し、転倒を回避した者たちにとっても、悲劇は同様に襲ってきた。全力で疾走していたため、騎馬は停止するまでの数秒間でも、かなりの距離を進んでいる。その先に用意されていたものは、本来、目が見えていれば十分に避けることが可能な、そして、何の問題もない程度の、小さな段差、浅い塹壕、穴などの罠の数々だった。

これはヴァイスが地魔法士に依頼し、ソリス男爵の陣地付近に事前に仕掛けていたものだった。

最初の光で転倒を回避した者たちも、数秒後には先に転倒した者たちと同じ運命が待っていた。彼らは後続も少なく、味方の馬蹄に踏み潰される者こそ少なかったが、騎馬が激しく転倒したあおりを受け、彼ら自身も大地に叩きつけられて、次々と戦闘不能になっていった。

一瞬だが、盲目となっていた彼らは、まともに受け身すら取ることができず、ただ訳も分からず激しく大地と抱擁することになったのだから……。

この一瞬の出来事で、ゴート辺境伯が擁する最精鋭部隊、鉄騎兵団の三分の一以上が命を落とすか、戦闘不能となってしまった。

ここで戦局は、大きな転換期を迎えた。

だが、それでもまだ鉄騎兵団はその三分の二、千騎以上の戦力を有していたが、ヴァイスを始め、ソリス男爵軍の秘策は、まだ始まったばかりである。

ソリス男爵家長男ダレク、後に剣聖、光の剣士と呼ばれた彼の初陣は、味方にとっては輝かしい戦果として、敵にとっては刃を交えることなく、無念に散った怨嗟の対象として、華々しく飾られることとなった。

第十八話　血塗られた大地③　ソリス弓箭兵（カイル歴五〇二年　九歳）

ダレクが初陣として出陣し、戦功を飾るに至ったのにはいくつか理由があった。

時を遡ること数か月前……。

その日も男爵家の中庭でダレクはタクヒール、アンの三人で剣の修練を行っていた。

ヴァイスの指導を受け、ダレクは剣の腕を上げて、既に達人の階位まで進んでいた。

なお、タクヒールはまだ修行中のままであったが……。

そのため、ダレクの相手は同じく達人まで階位を進めていた、アンが専《もっぱ》ら対応していた。


「はぁ、俺の魔法って……、使えないよなぁ」

修練が終わり、ダレクはため息交じりに愚痴をこぼしていた。

「光じゃ攻撃にもならないし、せいぜい目眩ましが関の山なんだよな。剣の道を修める者として、そんな小細工に走るのもなぁ……。光を飛ばして相手に当てても、何の痛手も与えられないし……。ホント、何の役にも立たないよなぁ」

その言葉を聞き、タクヒールは考え直していた。

『それって本当に使えないのか？　光を飛ばし相手にぶつける……、光を飛ばす？』

そこで何かを思いついたのか、一気に表情を変えた。

「ダレク兄さん、ちょっと待って！　その、光を飛ばせるの？」

「ああ、飛ばすだけだけどな。こんな感じで……」

ダレクはそう言うと、少し前方に眩い光の球を出現させた。

その辺りは一瞬、目も眩む明るい光に包まれた。

「それ凄い！　いや、やばいぐらいに凄い！　早速明日にでもヴァイスさんの所で相談しよう！」

弟が狂喜している意味が分からないダレクは、半信半疑で彼の弟の言うことを聞くことにした。

翌日、彼らは父親に対して、以前の約束通りひとこと告げた。

「兄の固有魔法の活用について、ヴァイスさんに相談しに行ってきます」

父親の悪い反応は特になかったため、安心していつもの修練に向かった。


「今日はヴァイスさんのご意見が聞きたくて……」

開口一番、タクヒールはヴァイスに彼の考えを伝えた。

そして、ヴァイスの前でダレクが光魔法を発動し、前方に設置した矢の的辺りに飛ばした。

的を設置した辺り一帯が、眩しい光に飲み込まれる。

「ほう……」

短く、考えるように呟いたヴァイスにタクヒールは補足した。

「これを疾走する馬の前に出すとどうなりますか？」

「んなっ！」

ヴァイスは一瞬驚いたあと、不敵な顔つきになったという。

「……、確かに、ダレクさまの光魔法は、戦術面で凄い兵器になると思います！」

「兄さま、そういうことです。兄さまの魔法は戦局を変える、凄い魔法スキルですよ」

その日からダレクは、より遠く、望んだ位置に光を飛ばせるよう日々激しい修練を積んでいた。


この世界では、魔法士は希少で貴重だ。

貴重な上に身分の高い者が多い魔法士を、好んで戦場に伴うことはまずない。戦場で突撃してくる騎馬の前面に魔法士の身を晒す、そんな馬鹿なことを考える貴族などまずいなかった。

ダレクのように、血統魔法として魔法が使える者、それは貴族の当主かその一族に連なる者だ。辺境の一部貴族を除けば、そういった身分の者が最前線に出てくることも、まずあり得ない。

そのような理由で、魔法士が戦場で活躍することは、一部の例外を除けばまずなかった。そのため、こういった作戦も取ることもなく、過去にもそんな実績はほとんどないだろう。魔法士のなかで、光魔法士はその数も少なく、希少な存在なので猶更だ。

タクヒールはそう考えていた。

「初見殺しで構わない、むしろそれで十分だ」

彼は笑ってそう言ったと言われている。用心されれば二度目はないだろう、でも一度で十分だ。

ただでさえ、魔法士はほぼ居ないとまで言われているぐらい、数の少ないグリフォニア帝国では、そんな対策、考えているはずがない、彼はそう確信していた。

そのような前提のもと、ダレク、タクヒール、ヴァイスの三名はダレクの光魔法を活用した戦術を協議し、結果としてダレクは初陣として戦線参加することに至っていた。

出征が決まった時、彼らの両親も当初はダレクの初陣に強く反対していた。

「まだ早い！」

単純にそれが理由だった。辺境貴族の嫡男であるダレクは、いずれいつかは戦場に立たなくてはならない。だが彼はまだ十二歳であり、それを理由に両親たちは早すぎる初陣に反対だった。

提案に同席していたヴァイスも、少年たちの主張を支えた。

敵の鉄騎兵団を相手に完全勝利するには、ダレクの魔法が絶対必要なこと、光魔法の有用性について根気よく伝え、ヴァイス自身が考案した戦術も併せて披露した。

結果、ヴァイスの戦術が今回の戦いで極めて有効だと判断され、男爵もしぶしぶ了承した。

母であるクリスはずっと反対だったが……、最後は息子の真摯な願いに折れた。

そのような経緯でダレクは前回の歴史より早く初陣し、今回の戦で従軍していた。

◇◇◇　（カイル王国陣営）

丘の上から、敵軍、鉄騎兵団が大混乱する様子を見たヴァイスは、すぐさま次の手を打ち、継続して戦局を支配するよう動いた。

「では一手目、行きましょう。右二番です」

「全軍、遠距離制圧射撃用意！　狙いは右二番、合図と共に一斉発射！　発射後直ちに次弾装填。連続発射の用意をしろ！」

ヴァイスの合図と共に、ダレンの号令が響き渡った。四百名の兵士たち全員が、エストールボウを少し斜めに構える。目標は事前に区域毎に試射が行われており、各区域には番号が振られていた。兵たちはそれに応じた射角で構えるだけだ。それだけで初弾から有効な射撃を放つことができる。

◇◇◇（グリフォニア帝国陣営）

人馬が入り乱れ、地獄絵図となった戦場では、突進を止めて呆然としていた鉄騎兵団の頭上から突如、四百本もの矢が降り注いだ。高威力の矢は、鎧の上から貫通し鉄騎兵団を射抜く。

矢に射抜かれて落馬する者、騎馬に矢が当たり暴れた騎馬から転落する者など、彼らは再び大混乱に包まれた。

「矢だと？　この距離でか？　あり得ない！」

「何だ？　この威力は！」

「なぜ奴らの矢はここまで届く？」

そう言って狼狽する鉄騎兵団の上から、更にもう一射された矢が降り注ぐ。

「敵の矢を警戒しつつ、一旦射程外に退避っ！」

馬蹄で踏みにじり餌食にする予定だった敵から、かくも一方的な攻撃を受け、このままでは損害が無視できなくなってしまう。いや、もう既に全軍撤退すべきほどの損害を受けている。だが、矢の降り注ぐ範囲から移動しようにも、倒れた人馬が障害となり思うように動くことができなかった。

停滞し、格好の標的となってしまっている彼らに、更にもう一射が降り注ぐ。

そのため、射程外まで逃れるのに、彼らは都合千二百本もの矢を受けてしまった。

鉄騎兵団のなかで、戦闘可能な者は既に千騎を下回り、半数以上を失ってしまっている。

「このまま、おめおめと引き下がれるものかっ！」

そう叫んだ者も、何本もの矢を受け負傷していた。

「あの丘にいる敵はたかが六百、あの忌々しい光と、矢を放っている奴らを皆殺しにしろっ！」

やっと射程外に移動し、統制を取り戻したゴート鉄騎兵団の、隊長らしき人物が叫んだ。

彼らの数は半数以下に減ってしまったが、六百程度の相手であれば十分に蹂躙できる。

このまま、一方的にやられっぱなしでは、おめおめと引き返すわけにもいかない。

せめて敵最右翼を踏みつぶし、留飲を下げて撤退しよう。

鉄騎兵団の騎士たちは、指揮官以下そのような覚悟を決め、再突撃を開始した。

◇◇◇　（カイル王国陣営）

鉄騎兵団が射程外で再集結し、指揮系統を取り戻しつつある様子に気付いたダレンは、傍らに控えるヴァイスに告げた。

「敵は体制を立て直し、向かってくるようだな」

「それでは男爵、次は三段撃ちをお見舞いしましょう」

「全員！　所定の組み合わせに隊列を組みなおせ！　三段射撃用意！」

ヴァイスの提案通り、ダレンの指示が飛ぶと、ソリス男爵軍の兵士たちは直ちに動いた。

三名が一組になり、隊列が整えられた。

「各自、先頭の集団を狙えばよい、構え！　用意……、撃てっ！」

「続けて第二射、構え！　用意……、撃てっ！」

「第三射、構え！　用意……、撃てっ！」

三人一組になり、三人の中で最も射撃のうまい一名が、三人分のエストールボウを使い、ダレンの号令のもと、次々と矢を放つ。その間に残りの二人が、弦を引き絞り、矢を装填し準備する。

実に百本以上の矢が、間断のない攻撃で、丘に向かって突撃するゴート鉄騎兵団に襲い掛かる。

射手の正確な狙いと、予想外の威力の矢は、次々と彼らを射落としていった。

◇◇◇　（グリフォニア帝国陣営）

「こんなに早く、そしてこの威力、絶対に有り得んっ！」

先ほど突撃を指示した、ゴート鉄騎兵団の隊長は苦渋に満ちた表情で叫んだ。

彼だけでなく愛馬にも、既に何本かの矢が突き刺さり、今もそれぞれの命を削っている。

「敵が立てこもる丘は目の前だ！　皆の者、勇気を振り絞り、味方の無念を晴らす時ぞっ！」

鉄騎兵団の隊長は味方を鼓舞した。やっとのことで丘の麓まで辿り着き、敵陣は目の前だった。

この時既に、彼に付き従う味方の騎馬は、六百騎程度にまで減っていた。

やっと反撃に移れると思ったが、彼は悪辣《あくらつ》な敵に対し、怨嗟の声を上げることになった。

彼の前には、騎馬でも越えられない塹壕や、鋭い切っ先を向けた逆茂木などが広がっていた。

◇◇◇　（カイル王国陣営）

「男爵、我らもそろそろ出撃します」

「団長、よろしく頼む！」

ダレンと短い挨拶を交わしたヴァイスは、丘の後方に移動し、自身の騎馬に跨《また》がり叫んだ。

「騎乗！　騎兵はことごとく我に続けっ！」

「装填要員はコーネル男爵兵に交代せよっ！　騎馬隊の突入に合わせ射撃を継続する！」

弓箭兵たちにはダレンの命令が飛ぶ。二百名の騎兵が騎乗すると、それまでの三人一組で対応していた兵士たちは体制を変更した。騎兵となった者以外、全ての兵がエストールボウを持ち、彼らの後ろには装填手としてコーネル男爵兵が付いた。

二百名の射手と二百名の装填手、それらが合計四百台のエストールボウの運用を開始した。


「各隊、自由斉射開始、一人でも多く叩き落せっ！」

頃合いを見て、ダレンは新たな射撃命令を出した。

敵の鉄騎兵たちが、やっとの思いでたどり着いた丘の周りには、騎馬の侵入を防ぐ塹壕が至る所に設置され、進路を失い馬の脚が止まる瞬間、二百本の矢が間断なく正確な射撃を加え始めた。

強烈な威力の、かつ間断のない正確な射撃に、鉄騎兵団の騎士たちは次々と落馬していく。全身を矢に貫かれ、息絶えるものも多い。深手を負い、後退しようと馬首を巡らせた瞬間、背中を射抜かれて倒れる者もいる。

丘の上に陣を構えている敵前まで辿り着いたものの、刃を交わせた者は一人としていなかった。

「ソリス騎馬隊、これより敵の後背を衝く、我に続けっ！」

ヴァイスの号令で、二百騎の集団が丘の後方から駆け下りた時、ゴート鉄騎兵団は四百騎を下回るまで数を減らしていた。

本来であれば四百騎の鉄騎兵団に対し、半数の二百騎では敵うはずもない。だが、鉄騎兵たちは丘の上からの矢を受け、満身創痍の者も多く、本来の力を発揮できていない。加えてヴァイスは、味方の射線の邪魔にならないよう考えつつ、敵の退路を断つべく巧妙に馬を走らせている。

退路を塞がれたこと、これが鉄の意志を以て粘り強く戦い続けていた、彼らの戦意を挫いた。

最後まで味方を叱咤激励し、指揮を執っていた鉄騎兵団の隊長は、弓箭兵たちの放った矢を、その身に何本も受け、ハリネズミのようになって大地に沈んでいた。

算を乱して潰走する、疲労困憊の鉄騎兵たちに追いすがり、ヴァイスたちは一方的に彼らを殲滅していった。

『一匹の獅子に率いられた羊の群れは、一匹の羊に率いられた獅子の群れに勝る』

過去の征服王や皇帝、ニシダが好きな空想の未来戦記で用いられた格言は、ここに再現された。

本来、俄《にわ》か作りのソリス男爵軍騎馬隊では、個々の戦力で鉄騎兵団に敵うはずもない。

それが、至る所で敵を翻弄し、戦力を削り取っていく。最後まで集団として抵抗していた、鉄騎兵団の部隊が崩れると、ゴート鉄騎兵団の面々は反撃を諦め、一斉に馬首を巡らせた。

そして、ヴァイスがわざと開けた、包囲陣の一角から壊走していった。


この日、ゴート辺境伯が誇る鉄騎兵団は、戦力の九割近くを失う大損害を受け……、壊滅した。

最強と謳われた鉄騎兵団二千騎の壊滅は、戦局に多大な影響を与えたのは言うまでもなく、戦場全体の流れは、一気に変わっていくことになる。

第十九話　血塗られた大地④　凱歌（カイル歴五〇二年　九歳）

勝利を決定づけるために送り出した最強の槍、二千騎もの鉄騎兵団の壊滅に、ゴート辺境伯軍は酷く動揺した。

「一体何が起こっている！　何故こんなことに……、ありえない！」

ゴート辺境伯は絶叫しながらも、現実を受け止めることができずにいた。

前線に取り残されつつあった、敵の最右翼の小集団。

それは、彼の誇る二千騎もの鉄騎兵団に蹂躙され、抵抗する間もなく踏み潰されるはずだった。

だが、蹂躙する側の鉄騎兵団が、瞬く間に一蹴され、その後も無残に戦力を削られ続けて、今は僅かばかりの騎馬がこちらに向かって壊走している。全滅と言ってもいいほどの被害、目の前で起こっている想像すらできなかった惨状に、彼の思考は硬直し、ただ呆然とするばかりだった。

◇◇◇　（カイル王国陣営）

一方、カイル王国側では、この戦況の変化を確実に読み取り、行動に移した将たちがいた。

「この機を逃すな！　勝機デアル。一気に奴らを押し返せ！」

「今じゃっ！　目の前で呆けておる奴らを押し返し、包囲の両翼を閉じるのじゃ！」

「敵の脅威は既に失われた。次は我らが攻勢に転じ、敵を半包囲する。急げよ！」

ハストブルグ辺境伯の陣営で、同時に、それぞれの軍を率いる三名の主将から檄が飛んでいた。

味方のヒヨリミ子爵軍の潰走で、半包囲の危機にあり守勢に徹していたゴーマン子爵軍が。

敵軍と睨み合い、右翼の救援にも動くに動けなかった、ハストブルグ辺境伯直属の兵士たちが。

左翼側で敵と睨み合い、鉄騎兵団の動きを警戒して動けなかった、キリアス子爵軍が。

これを機に、戦場全体の戦局が一気に傾きだした。

◇◇◇　（ゴート辺境伯陣営）

「て、て、撤退だぁ！　本陣を守りつつ国境線を越え領内まで撤退っ！」

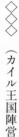

ゴート辺境伯は、戦局の変化に慌てて撤退を始めた。

鉄騎兵団が潰走したため、突出した侵攻軍左翼は逆撃を受け孤立し、防戦一方になりつつある。

同時に、敵左翼のキリアス子爵軍が行動を始め、ゴート辺境伯軍を半包囲する動きに出たからだ。

敵右翼を叩くため突出し、散々に打ちのめしてきたゴート辺境伯左翼軍は、戦場の変化に取り残され、退路を見いだせずに次々と討ち取られていく。

キリアス子爵軍によって半包囲された、ゴート辺境伯軍の右翼と中央軍は、慌てて撤退する過程で縦に長く伸びきった戦列を分断され、混乱しながら大きく数を減らして潰走している。そして、ゴート辺境伯軍は、各所で戦線が崩壊して大きな被害を出しながら、国境に向けて潰走を始めた。

もはや戦いの趨勢《すうせい》は決し、戦いはカイル王国軍による追撃戦に移りつつあった。

◇◇◇（カイル王国陣営）

追撃戦に移行するため、丘を下り移動しつつあったソリス男爵軍に、ハストブルグ辺境伯からの使者が訪れた。

「ソリス男爵軍、コーネル男爵軍は追撃に及ばず、後衛を固め戦果を確保されたし」

この伝令の言葉に、ダレンは辺境伯の意図を図りかねた。

「ヴァイス団長、どういうことだと思う？」

「我々は既に十分過ぎるほど武功を立てました。残敵を掃討する役は他に、ということでしょう」

納得したダレンは使者に向き直った。

「了解した。各隊の武運をお祈り申し上げる」

そう返事をしたソリス男爵は、一旦追撃戦に移行しつつあった味方を再集結させた。

そして、コーネル男爵軍とともに、丘の陣地を離れ、国境へと通じる街道沿いに再布陣し、戦域を確保して、捕虜の捕縛や、ゴート辺境伯軍が遺棄していった物資や軍馬を確保していった。

一方、ハストブルグ辺境伯が率いる追撃軍は、潰走するゴート辺境伯軍の背後を叩き、国境まで追い散らしたあと、勝利の凱歌を上げた。

ゴート辺境伯の軍勢は、今回の戦いで率いた七千余名のうち、半数以上の四千余名の兵士を失い惨敗、最強の精鋭部隊であった鉄騎兵団は、九割の死傷者を出して壊滅した。


こうして、タクヒールの知る前回の歴史では、四割の兵力を失ったはずのソリス男爵軍は、損害らしい損害もなく、ほぼ完璧な勝利で戦いを終え、新しい未来が紡ぎだされることとなった。

ソリス男爵軍と共に追撃戦から外れたコーネル男爵が、街道沿いへの再布陣が終わると、ソリス男爵の陣幕を訪れていた。

「それにしても、此度の戦、義兄上の見事な戦い振り、誠に感服いたしました」

コーネル男爵家は、地魔法に特化した家柄であり、その特性上、裏方の陣地構築や防壁設置などの役割を命じられることが多く、戦場での華々しい武勲に恵まれることがなかった。

そのため彼は、今回目の当たりにしたソリス男爵軍の活躍に心を躍らせていた。

「いやいや、此度はヴァイス団長が事前に策を講じ、適切な時期に適切な指示を進言してくれたことの結果、それに尽きます」

　ソリス男爵がヴァイスを立てると、

「いえいえ、今回の作戦が採れたのも、優秀な地魔法士達が、こちらの意図通りに陣地を構築し、塹壕や罠など騎馬の突進を防ぐ仕掛けを作れたからです。また弓箭兵への助力もいただきました。今回の勝利は、コーネル男爵軍があってこそ、と考えています」

　ヴァイスは、コーネル男爵に対して、感謝と敬意を以て礼を述べた。

「私も同意見だ。感謝の気持ちだけでなく辺境伯には、そのことを強く報告したいと考えている」

　ソリス男爵も謝意を伝えた。

「ありがとうございます。その言葉だけで充分です。いつも戦場では武勲に恵まれなかった、我が兵たちも浮かばれます」

　若きコーネル男爵は、嬉しそうに答えた。

「それにしても、あの弓矢と活用方法、驚きを隠せませんよ」

　コーネル男爵の話が、エストールボウに及んだ時、ソリス男爵の表情は微妙なものに変った。

「弓と射撃方法について、くれぐれも内密にお願いしたい。これらは我が領内でも秘匿しており、もし他の方々と組んで布陣していた場合、これの使用を控えることも検討していたぐらいです」

「ご信頼にはお応えさせていただきます。ただ兵器については今後ご是非相談させてくださいね」

　コーネル男爵も、エストールボウには並々ならぬ興味を持っているようだった。

国境線の残敵を掃討した後、ハストブルグ辺境伯は全軍と共に戻って来た。

こうして後に、サザンゲート殲滅戦と言われた戦いは、カイル王国側の大勝利で終結した。

ハストブルグ辺境伯からは、一旦全軍をサザンゲートの砦に戻し、負傷者の治療と今回の戦功について評価し、改めて戦勝を慰労する旨の通達がなされた。

損害の殆どないソリス男爵軍とコーネル男爵軍は、戦場と街道を整備した後に、サザンゲートの砦に凱旋するよう命を受けていた。後始末、といえば損な役回りに見えるが、遺棄された武具、軍馬などを回収し、配分に優先権を与える旨が、命令に補足されていた。

その他の物資は一旦集約し、主将たる辺境伯に預けたあと、各軍に再分配されると通達された。

戦場で遺棄された敵軍の遺体は、きちんと埋葬しないと疫病の原因や、魔物をおびき寄せる要因ともなるため、街道の保全は直ちに行われ、死者たちは丁重に葬られた。

サザンゲート平原を通る街道の脇には、塚が建立され、花が飾られた。

全ての後処理が終わり、ソリス・コーネル両男爵がサザンゲート砦に帰還したのち、戦功評価が発表された。

戦功第一　ソリス男爵
　ゴート鉄騎兵団二千騎を殲滅し、今回の勝利を導いたこと
戦功第二　コーネル男爵
　巧みな陣地構築により鉄騎兵団殲滅に大きく貢献したこと

戦功第三　キリアス子爵
　機を見た攻勢により、今回の勝利を決定づけたこと
数日後には、エストの街にも早馬で勝利の情報がもたらされた。

「戦場よりご報告いたします。ハストブルグ辺境伯軍の大勝利です、帝国軍は壊走しました。ソリス男爵軍の活躍によりゴート辺境伯鉄騎兵団は壊滅し、ご長男ダレク様は初陣ながら戦功を上げられ、勝利に大きく貢献されました。男爵軍の将兵は、一部の負傷者を除き全員が健在です！　ソリス男爵は戦功第一の栄誉を賜り、男爵軍は今後、王都に凱旋し論功行賞を受けたのち帰領される模様！　繰り返します、我らの大勝利です！」

「ああっ！　ダレクは無事なんですね。良かった、本当に良かった」

クリスは涙を流して喜び、息子の無事を何度も確認していた。

「母上……、父上のことは全く忘れているようですが……、後で知ったら拗ねますよ。きっと」

タクヒールは母の様子を見て、小さくそう呟いたといわれる。周りに聞こえないように……。

「おみやげ……、沢山買ってきてくれるの？」

まだ幼いクリシアは、父や兄の無事より、自身のお土産が最も心配な様子であったらしい。

この一報はエストの街にもたらされ、男爵家はもちろんのこと、領民たちも歓喜に沸いた。

特に従軍した兵士の家族、恋人、関係者は胸を撫でおろし、祝杯は至る所で交わされ、この時ばかりは、領内に酒と食事が振舞われ、男爵領では全ての町、村でお祭り騒ぎとなった。

前期五大災厄の四番目を無事回避できたことで、喜びと安堵のため息を漏らしたタクヒールは、この勝利と引き換えに訪れる、歴史の修正力という名の悪意を、まだ知る由もなかった。

第二十話　残された者たち（カイル歴五〇二年　九歳）

「それではこれより第一回定例会議を行います」

父と兄が出征して間もなく、留守番として残った俺は、ただ戦果を待っていたわけではない。

出征前に両親と相談して、次の災厄、前期五大災厄の最後の災厄に対する行動を始めていた。

『古い文献に大干ばつの数年後には、大雨と洪水の危険性が示唆されている』

という俺の話を前提に、対策を行う会議を立ち上げることに成功していた。


司会進行はレイモンドさん、会議の参加者として規定された者は、父と母と家宰、兄と俺の他、オブザーバーとして母付きの従者で、コーネル男爵家の分家の娘であるサラも参加している。

彼女は分家出身ではあるが、固有スキルとして血統魔法を発現させ、地魔法が行使できる。嫁ぎ先で母が活躍しやすいよう配慮し、コーネル男爵家の好意で、母の従者として派遣された彼女は、エストール領では母以外で唯一の地魔法士であり、貴重な戦力として母を助けてくれている。水車の導入による灌漑工事も、サラやコーネル男爵家が臨時に派遣してくれた、地魔法士たちの活躍があったからこそ、全てが順調に進んだと言っても過言ではない。

まだ父と兄が従軍中で不在だったが、できる準備は事前に進めておく、そんな目的で、彼らの不在中ではあるが会議を開催し、現状の議案について議論し、解決できるもの、策を講じることができるものは随時進めていくことになっている。

「文献などには記載がありませんが、過去マーズの町付近で大きな氾濫があったことは、周辺の村に住む古老より事例が確認できています。タクヒールさまの依頼で、聞き取りを行った結果、これが判明しましたこと報告いたします。引き続き、ここ数年の小規模氾濫など、目立った被害がないため、此方で認識できていない情報などがないか、調査を進めております」

レイモンドさんは、早速調査を進めた結果、今わかっている情報を共有してくれた。

それによると……、エストール領全体の共通事項として、ごく小規模な氾濫は毎年、何処かで発生しており、それらの被害は小さく、行政府では未確認だったらしい。これらのことを受け今後は、他の町や村にも細かく目を配り、調査を進めていくとのことだった。

マーズの町の状況については、十年から二十年に一度は洪水があるものの、ここ二十年は洪水もなく、その事実が忘れ去られつつある。更に、五十年から百年に一度、堤が決壊するほどの大洪水があることが、今回初めて分かったらしい。その場合、濁流が辺り一帯を飲み込み、甚大な被害をもたらすが、今や情報を知る老人もおらず、土地の言い伝えのみが残っているそうだ。それには、『大干ばつの後は、水の災いに注意せよ』そう伝えられているとのことだった。

幸いにも俺の知る歴史が、伝承によってその可能性を裏付けられることとなった。

「タクヒールさまも、この言い伝えを看過できない、そう思われたのですよね？」

「はい、レイモンドさん、古い歴史書のようなものに、そんな記述があったことを思い出して」

……これは半分嘘です。でも歴史書に書かれているのは嘘じゃない。未来の歴史だけど。

「地魔法士の確保は、既に弟に内諾を貰っています。今回の戦が終われば、堤の構築を行うため、地魔法士を派遣してもらえるでしょう」

母も既に動いてくれている。

「マーズの町とその周辺は、ソリス男爵家にとって最も重要な穀倉地帯です。伝承にある百年に一度の水害でここが沈めば、先の干ばつと比較にならないほど被害は甚大です」

レイモンドさんの言葉に、一同は無言でうなずく。

俺は知っている。五十年から百年に一度の規模の、甚大な洪水被害が来年にやってくることを。来年の夏、長雨と豪雨で増水したオルグ川の堤が決壊し、マーズの町は濁流に飲み込まれ、重要な穀倉地帯は洪水に押し流されて泥濘《でいねい》の底に沈む。

一夜にしてマーズの町に住む住民や、点在する農村では多くの命が奪われ、穀倉地帯は、その先数年は回復不可能と言われる規模の、大被害を受けることになる。

これを何とかしないと、今まで頑張って回避してきた全てのフラグ、それらが全部無駄になる。まるでどこかのクイズ番組で、最後の一問が半端ない高配点のため、それまで頑張って積み上げた得点が、一気に逆転されてしまう。そんな気持ちにさせられるほどの危機感だった。

今回氾濫し洪水を起こすオルグ川は、西側の領境を縫うように流れ、マーズの町の手前までは、左岸はゴーマン子爵領、右岸はエストール領となっている。

だが、マーズの町の手前で流れは大きく逆L字形に蛇行し、ゴーマン領との境を離れて、両岸はエストール領となる。この逆L字にカーブした後に広がる流域、オルグ川の両岸に広がるのが、非常に豊かな穀倉地帯であり、ここの収穫が男爵領を支えているといっても過言ではない。

ここ十年、マーズの町は周りに広がる穀倉地帯の発展とともに、その集積地として栄えてきた。

そのためマーズは長い歴史のある町ではない。父と母がエストール領に来て、大規模な農地開拓が進むとともに、急速に発展した町だ。町の周辺は豊かな土壌に恵まれ、穀倉地帯として開発が急速に進み、それに伴いエストール領も豊かになり、マーズの町も発展してきた。

低地のため水路も引きやすく、前回の歴史では、干ばつ被害も少なかったことが、逆にエストール領内での農地としての依存度を高め、それが災いして洪水によるダメージを致命的なまでに大きくしていた。これは正に皮肉としか言いようがない。

干ばつ時に着目されて依存度が高まり、開発されたものが、洪水で全てを失ったのだから。

前回の歴史では、この一帯が当時の男爵領の全収穫量のおよそ三分の一、それだけ担っていた地域だったため、洪水では計り知れないダメージを受けていた。

幸い、今回の世界では、水車の活用、灌漑水路の充実などで、他の地域の干ばつ被害も少なく、低地に比べれば洪水被害の危険性も小さいと思える、比較的安全な土地や、水路のなかった地域の開墾も進んでいる。結果、前回の歴史と比べると、このマーズの町一帯の新規開拓は、前回ほど進んでいなかった。今はソリス男爵領の全収穫量の、恐らく五分の一程度を担っているに過ぎない。

ただそれでも、エストール領内で最も大きく、かつ重要な穀倉地帯であることには変わりない。

更に今は、穀物の集積地としてだけでなく、オルグ川から引いた水路に設置された、動力水車を活用した製粉所の拠点にもなっている。そのため、町が洪水で沈んだ際の被害は、前回の歴史より格段に大きなものとなり、その点は新しい火種となっている。

「レイモンドが今進めている対応はどんな感じ？」

「はい、昨今の小氾濫は、全てオルグ川に繋がる水路から発生しております。そのため、現時点で水路周辺の氾濫対策と、オルグ川を結ぶ水門の強化を進めております」

それだけでなく、彼の予定している対策は盛り沢山だった。

製粉所の移設は不可能だが、集積所を高台に移築しており、全地域で、水車に伴う水門や水路などを見直し、洪水対策として、堤の建設や土嚢の準備と集積を並行して行っているらしい。

「堤の建設はクリス様のお力をお借りして、大規模な工事と強化を軍が戻り次第進めます。ただ、これればかりはどこまで実施すれば有効か、予算面と規模、安全の保障は手探り状態です」

「レイモンドさん、もし洪水が起こったとして、隣のゴーマン子爵領が受ける影響は？」

俺はいつも気になるお隣さん事情を確認した。

「マーズより上流のゴーマン子爵領、川の向こう岸は延々と続く丘になっております。そのため、天然の堤があるので、あちらに水が溢れることは、通常ならまずありません」

「じゃあ、堤のせいで向こうが水浸しになった、そう文句を言われることはないんだよね？」

「タクヒールさまの仰る通りです。ですが……」

俺の質問にレイモンドさんは苦笑しながら続けた。

「ただ、マーズの町より上流、オルグ川が領境となっている流域ですが……、川から新たに水路を引き、ゴーマン子爵側が何箇所かで水車を設置しているようです」

「ええっ！」

散々文句を言っていた割に、勝手に真似しているやんっ！

こちらは特許料でも貰いたいわ、ホンマ！

レイモンドさんの予想外の発言に、思わずニシダの口調で大きな声を上げそうになった。

「三年前の大干ばつのあと、揚水水車や動力水車を独自に作り、水路を建設し設置しているようなのですが……、まぁ、故障も多いようで稼働率は低いそうです」

そうだろうなぁ。

歯車の基本知識も知らないで、見様見真似で作ったとしても、そう簡単に上手く行く訳もない。

俺も詳しい訳ではないが、ラノベ知識に加え試行錯誤を繰り返し、そして最後はプロの、ゲルド親方、カールさんの知恵も借りて生み出した、技術の結晶だし。

「というか、それなら上流のゴーマン子爵領で氾濫が起こることも……」

「十分あります」

レイモンドさんが再び苦笑した。

「水車で使用する水路を引くため、わざわざ堤を切っている地点もありますので……」

うん……、まぁ先方で何かあっても、これって自業自得だよね？　俺はそう思い始めていた。

「ねぇねぇ、もしどっちも水が溢れなかったら……、そのお水はどこに行くの？」

傍らで遊んでいた、妹のクリシアが会話に割ってはいった。

たまたま今回は母にくっついて来て、会議中は大人しくしていると約束の上、横で遊んでいたのだけど……、俺は彼女の指摘に愕然とした。

オルグ川はマーズの町を過ぎると、エストの街をはじめ、領内に点在する農村の脇を通り、その後はエストール領を抜けて、ヒヨリミ子爵領に流れていく。

「……」

実際に洪水が起こる場所を知っているだけに、溢れなかった場合、他の地域へどう影響するか、それは、すっかり頭の中から飛んでいた。色んなケースを想定し、これらの可能性を考えずにいた訳ではないが、自分自身のどこかで意識したくなかったのかもしれない。

堤を強化する場所、めちゃくちゃ増えるし……、俺は嫌な汗が背中を流れるのを感じた。

「その他の流域についても、調査は進めております。堤の強化が必要な場所、水路や水門を見直す場所の候補は既にまとめております」

さすがレイモンドさん、今回も赤点生徒をしっかり裏でフォローしてくれている。

「派遣してもらう地魔法士の増員が必要ですね……」

母は大きくため息をついて、のけ反りながら言った。

依頼するコーネル男爵家への負担も増えるし、そもそも魔法士派遣や領民で行う工事についてもタダではない。場所が増えれば増えるほど、費用はどんどん天井知らずに上がっていく。

取り敢えず、今回の会議では対外的に警告を発することが決まった。


ひとつ、ゴーマン、ヒヨリミ子爵に対し、洪水の恐れを通達すること。

ひとつ、情報源は古い文献なので、信頼性は不明と含みおくこと。

ひとつ、ソリス男爵家では念の為、堤や水路を強化すると表明しておくこと。

ひとつ、コーネル男爵家に、工事のための地魔法士を増員して派遣依頼を行うこと。


この四点を決定事項として追加し、会議は終了した。このような定例会議は、父と兄の帰還後も継続して開催され、翌年の夏に向けて対策は進められていくことになる。

次の災厄、エストール領を襲う大洪水に対する対策は、まだ始まったばかりだった。

第二十一話　英雄達の凱旋（カイル歴五〇二年　九歳）

「ソリス準男爵、只今戻りましたっ！」

俺たちの出迎えに対し、元気いっぱいで報告する兄がいた。

サザンゲートの大勝利の翌月、王都にて論功行賞を受けた父と兄、ソリス男爵軍が帰還した。

「ダレク、無事の帰還、それが何よりです。戦功まで……、貴方も、戦功おめでとうございます。

ダレク、怪我は無い？　本当に心配したのですよ」

目を潤ませて兄を抱きしめる母、そして、さらっと流されて少し寂しそうな父……。

まぁ、そうなるよね。

軍の一部は鹵獲《ろかく》した物資や軍馬、隠蔽のため荷馬車に隠されたエストールボウと共に、先行して帰ってきていたが、本隊は王都への往復と滞在で、一か月ほど遅れた帰還となった。

「無事のご帰還と、武勲をあげられたこと、家臣一同、謹んでお喜び申し上げます。本隊に先行し届いた物資は、既に所定の場所に移しております」

続いてレイモンドさんが父に挨拶した。

父は戦闘が終了後すぐに、全兵士のエストールボウを修理と整備、という名目で荷駄に収容し、代わって往路に各自が持参していた、改良版クロスボウを持たせていた。

エストールボウについては、一緒に戦ったコーネル男爵軍しか見ていないので、当面は色々な目も誤魔化すことができるだろう。

まぁいずれバレてしまうだろうけど、極力新兵器を秘匿することは徹底してやっていた。

挙げた戦果が大きかったので、改良版クロスボウでも十分注目されたようだったが……。


「兄さま、王都での報奨の件、戦場でのお話も、是非聞かせてください」

「兄さま、お土産は？」

俺は今回お留守番だったため、戦闘の様子や兵器、戦術の効果、王都での論功行賞の話など、詳しく知らないため、凄く気になっていた。妹は、お土産が一番の気掛かりだったようだが……。

「作戦はバッチリだったよ！　ヴァイス団長の指揮も完璧だったと思う。後でゆっくり教えてやるから、先ずは館に入ろう」

うん、確かに俺は兄を急かし過ぎたかもしれない。おいおい、詳しく話を聞くことにした。


いち段落したあと、兄からまず論功行賞の経緯と内容を聞いた。

父たちは国境の防衛に成功したあと、戦場の事後処理を行い、サザンゲート砦に入ったそうだ。

そこでの休息と勲功認定のあと、王都に向かって移動し、王宮での論功行賞に参加していた。

それは国王陛下を始めとし、大勢の貴族が居並び、とても華やかでかつ荘厳な場だったらしい。

そんななかで、父と兄は戦功の表彰を受け、報奨を受けたそうだ。

◇全体勲功　一名　　　ハストブルグ辺境伯　　　報奨　金貨　一〇〇〇〇枚
◇個別勲功　勲功第一　ソリス男爵　　　　　　　報奨　金貨　八〇〇〇枚
　　　　　　勲功第二　コーネル男爵　　　　　　報奨　金貨　五〇〇〇枚
　　　　　　勲功第三　キリアス子爵　　　　　　報奨　金貨　三〇〇〇枚
◇勲功表彰　一名　　　ソリス・フォン・ダレク　報奨　金貨　五〇〇枚、準男爵号の叙爵

　今回の戦役は防衛戦であり、新たに獲得した領地はなく、その分配もない。そのため、報奨は金貨での支給となったそうだ。辺境のエストール領は、男爵領だが一般の子爵領を超えるほど広大で、未開の土地も多いため、父にとっては金貨の支給が非常にありがたかったようだ。報奨金の一部は従軍した兵士たちに分配するが、残りの大半は内政予算として、領地開発に使用するらしい。

　コーネル男爵は父から強く推薦されたこともあり、ソリス男爵を陰から支えた勲功者として、王都でも認定されて勲功第二となったそうだ。戦自体はあまり得意とせず、これまでずっと地味な役回りで『戦場の日陰者』と揶揄されていたコーネル男爵も、今回は非常に喜んでいたという。

　そして、僅か十二歳で初陣し大きな勲功を挙げた兄は、一躍有名人になっていた。光魔法で敵軍を翻弄し戦局を大きく変えた功績として、金貨の他に準男爵の称号が与えられていた。父から爵位を継承すれば男爵となるが、それまでは無爵位だった兄も、晴れて爵位持ちとなった。準男爵として、領地や爵位の継承はないけれど、それでも貴族の当主である。そのため、毎年陛下から俸給も

賜れるらしい。うん……、報奨と俸給は羨ましい限りだ。

俺自身、この先やらねばならないこと、それに対して投資できる予算を持っていないことが、段々と苦しく感じ始めているのも事実だったから。


更に、今回の戦役は思わぬ成果もあったようだ。

ハストブルグ辺境伯の指示で、ソリス男爵軍と、コーネル男爵軍が行った戦場の後始末。ここから得られた成果は特筆すべきものだった。恐らくはハストブルグ辺境伯の心遣いだったのだろうが、そこで得られた収穫は非常に大きく、戦利品として、鉄騎兵団が騎乗していた軍馬、剣や防具などの武具装飾品が得られ、中には高価な装備品も多数含まれていたらしい。

軍馬については、さすがに傷ついている馬ばかりだったそうだが、傷も浅くすぐに回復が見込まれた軍馬が百頭、治療すれば再び軍馬として活躍できそうな馬が二百頭。それ以外にも深く傷つき、回復可能かわからない軍馬は三百頭余り確保できたようだ。それらのうち、使えそうな軍馬三百頭を、辺境伯はソリス・コーネル両男爵家に与えてくれた。

武器・防具等は、降伏した兵士や死者の埋葬時に外されたものが、それぞれ千人分以上確保できたらしい。中には穴だらけの物、ひしゃげて使い物にならない物もあったが、修繕のうえ再利用可能な物も多数得られたと聞いた。それ以外で再利用できないものは、素材として鍛冶屋に売却するか、商人を通じて売却するとのことだった。

因みに、分配の内訳は以下のようになったらしい。

◇ソリス男爵軍

軍馬　二五〇頭
武具　一〇〇〇人分相当（再利用不可を含む）
防具　一〇〇〇人分相当（再利用不可を含む）

◇コーネル男爵軍

軍馬　五〇頭
武具　三〇〇人分相当（再利用不可を含む）
防具　三〇〇人分相当（再利用不可を含む）

当初父は、手に入れた軍馬や武具の総数を、両男爵家の間で単純に参加した兵数で割り、それに従い分配しようとしたが、コーネル男爵からこの割合となるように申し出られたとのことだった。

更にコーネル男爵は、エストールボウの運用を目の当たりにしており、その購入も打診してきたそうだが、秘匿が前提の兵器という理由で、父は断ったようだ。もちろん後日相談に乗る、という含みを持たせて。取り急ぎ、エストールボウではないものの、複合弓の要素を取り入れた改良型のクロスボウ二百台を、軍馬等の分配のお礼に、コーネル男爵家に送ることが決まっているらしい。

「では兄上、父上は実質貰った金貨以上の収入があったということですよね？」

「ああ、鹵獲品だけでも相当あったからなぁ。多分、戦力の充実に使うのだろうと思うけど……」

鹵獲品の内容と数を聞いて、俺は思わずにんまりとしてしまった。

馬ひとつとっても、農耕馬より軍馬、軍馬の中でも重装騎兵の使用する軍馬が最も価値が高い。

武具もそうだ。最精鋭の部隊が所持している武具であれば、剣でも槍でもそれなりの物だと想像できる。その辺りの歩兵の装備するものとは、質も価値も全く異なる。

ソリス男爵家の経済的余裕、これはこの先に俺の考えることに凄く大きな意味を持つからだ。

これら兄から得られたこの情報は、俺にとって凄く貴重だった。

「タクヒール！　また何か企んでいるな？　顔に出ているぞ」

やばい！　兄の話で思わず、黄金色のお菓子を見た悪代官、そんな顔にでもなっていたのかも。

気をつけねば……。


後日、報奨や鹵獲品のおかげで、ソリス男爵軍の陣容も大きく改まった。

この戦いで得た軍馬や武具を活用し、新たに鉄騎兵部隊を創設し、騎馬部隊も充実させた結果、常備軍はほぼ全ての兵に騎馬が行き渡ることになった。

そして、多くの者が兼業兵から常備兵に召しあげられた。

◇軍馬の分配
ソリス男爵軍　　二一〇頭（出征一六〇騎　＋　留守部隊五〇騎）＋　新規獲得軍馬二九〇頭
双頭の鷹傭兵団　四〇頭　＋　新規獲得軍馬一〇頭

◇新規戦力編成
ソリス鉄騎兵団　二〇〇騎（常備軍で構成）
ソリス騎兵団　一〇〇騎（常備軍と兼業兵で構成）　＋　予備軍馬二〇〇頭
ソリス弓箭兵団　三五〇人（兼業兵中心で構成）
双頭の鷹傭兵団　五〇騎（傭兵契約の更新）

出征前から比べると、陣容も改まり格段に強化された体制になっている。

ちなみに兼業兵とは、毎年一定の契約金をもらい、定期的に軍事訓練に参加し戦時は従軍の義務を持つが、平時は別の職業に就いている者たちを指している。

彼らの本業は、町や村の門番などの警備兵、狩人、農民、鉱山人足など本職はさまざまである。小さな村では警備や駐屯兵の多くを、兼業兵たちが交代で賄っている場合もあるそうだ。

常備軍に関して、名目上は全てが騎兵となったが、今後は騎兵としての訓練が必要な者たちも多く、それらの対応で双頭の鷹傭兵団には、教官としての役割も期待されているそうだ。

当面必要のない武具は、鍛冶屋にて修繕・修復されて備蓄され、一定数は販売されていった。

それでも将来の軍備拡張を見据え、相当な数の備蓄を残しているらしい。

ヴァイス団長は、王都の往復のついでに新規団員を追加補充しており、新たに父より譲渡された騎馬十頭も加え、五十騎となった傭兵団は、今後も契約を更新してソリス男爵のお抱えとなった。

父は拝領した報奨金のうち、金貨二千枚をヴァイス団長に渡し、今回の報奨金と、この先の契約延長金とし、傭兵団の更なる増員も依頼しているとのことだ。今回の戦で、ヴァイス団長の価値を改めて認識し、今後も囲い込んでおきたいと思ったらしい。不要な武具の売却による臨時収入で、父の懐事情が良くなったことも、思い切った対応を後押ししたようだ。

俺自身、ヴァイス団長の囲い込みが順調に進んでいることで、大きく安堵のため息をついたのは言うまでもない。

ソリス男爵軍は、男爵としては身の丈には合わないぐらいの、充実した軍備を整えはじめ、それは今後も継続されることで、更に陣容を整えていくことが予想された。

すごく変なことだが、よくよく考えてみると、大きな災いをもたらす災厄が、俺たちに多くの幸をもたらし、稀にみる幸運と躍進の契機となっている。これって……、運命の皮肉だよなぁ。

豊作と凶作の狭間でうまく立ち回った結果、投機により男爵家の資金は大きく増えた。

水車によって土地の生産力があがり、小麦粉製品の産業化に成功して、領地の収益が向上した。

義倉や灌漑工事、水害対策によって領地の抗堪性《こうたんせい》、リスクマネジメントが大きく整った。

難民を受け入れることで、領内の生産人口が大きく増えた。

最大の脅威であるグリフォニア帝国のヴァイス軍団長は、逆に味方として囲い込めた。

戦災を被るはずが、逆に大勝利で更に戦力が強化され、豊富な資金を手に入れた。

「災厄転じて幸となす……、かな？　今のところ上手くいってないのは隣領との関係だけだな。まぁ次の洪水対策に関しては、まだ油断がならないけど」

そうひとり呟いた俺は、少し有頂天になっていたかもしれない。

洪水対策は、既に両親と家宰を巻き込み、着実に進んでいる。

その先、前期五大災厄を乗り切った後に押し寄せる、戦災に対応する下地も整いつつある。

だが俺は、それらの持つ意味、変わっていく未来、本当の意味での運命の皮肉をまだ知らない。

災厄はより大きなものとなり、敵はより強大になり、出る杭として叩かれる未来を……。

第二十二話　新しい決意（カイル歴五〇二年　九歳）

父が凱旋してからしばらくたったころ、俺は家宰から面白い話を聞くことができた。

それは今後、俺の飛躍にも関わる大事な話だった。

双頭の鷹傭兵団への報奨金について、父とヴァイス団長の間で少し揉めたそうだ。

ヴァイス団長いわく、そもそも今回の作戦は、事前に俺（兄）からの提案がベースであり、自身は単にそれを実行しただけに過ぎない、そう父に言ったらしい。

「契約金以外の報奨にしては、いただいた金額が多すぎます。彼らの功を奪うことはできません」

「ダレクは既に王室より報奨を受けており、タクヒールには別途褒美を用意するので遠慮は無用」

父がそう説明し、団長はその言葉を受けてやっと、全額を受け取ってくれたらしい。

その話を聞き俺は思わず、ヴァイス団長の漢気に惚れ惚れしたのは言うまでもない。

そして俺には大きな楽しみができた。褒美に何が貰えるのだろう？　そう思い日々を過ごした。


そんな感じで待っていたある日、ずっと待ちかねていた父からの呼び出しがあった。

そこには、父と母、家宰のレイモンドさんと兄が居た。なんとか威厳を保とうとしていた父に、満面の笑顔の母、レイモンドさんと兄はニヤニヤ笑っていた。

「タクヒール、此度の戦において、其方の戦功、少なからず寄与した部分があったと認める」

「父上、それはおかしいです！　光魔法の活用や地魔法の罠、エストールボウの発明と運用、全部タクヒールが考えたものです。少なからず……、ではなく、むしろ戦功第一と考えます！」

兄が追い込むと父は急に焦りだした。

「分かっておる。だが九歳の子供の戦功、そんなことを大っぴらに言える訳もないであろうが！」

「それで、建前上は、少なからず……、そう言った訳ね？」

あーあ父さま、母さまにも追い込まれている。

「此度の功績により、タクヒールには金貨千五百枚を、条件付きで与えるものとする」

おおっ！　それは凄い！　ん？　でも、条件付きってどういうこと？

「あの……、父上、条件付きとは何でしょうか？」

俺が聞く前に兄が質問していた。

「報奨のうち金貨五百枚は、タクヒールが自由に使えるもの、残りの千枚は予算として用意する。今後、タクヒールが提案する内容について、我々の承認さえあれば使用可能なものだ」

それってなんか……。

『イマト、アンマリ、カワリマセンカ？』

俺は心の中で湧き上がった不満の声を、何とか抑えることができた。

まぁ、せっかく貰えると決まったのだし、余計な口出しは止め、貰えるものは貰っておこう。

「ありがたく頂戴いたします」

俺は一礼したあと、気になったことを確認した。

「ところで……、ひとつだけ確認させてください。以前に父上から承認いただいた内容、今進めている堤防工事等の治水予算は、先に仰った予算とは別ですよね？」

「あ、いや、それは……」

父は慌てて口を濁していた。

ちっ、この商売人めっ！　それを見込んで金貨千五百枚かよ。

ちゃっかり、そこで回収する気満々やないかい！

そんな詐欺みたいな話、乗る訳ないでしょうが！

さて、どうしてくれよう……。俺は無言で思案を巡らせていた。

「あ・な・た！　もちろん、それはそれ、これはこれ、で・す・よ・ね？」

母が父に笑顔で詰め寄っている。顔は笑っているが目が全く笑っていない。

「ひっ！」

父も思わず短い悲鳴を上げていたが、その恐怖は俺にも十分伝わった。

母のこれって……。そう、絶対逆らったらアカンやつだ。

「も、も、もちろんだとも！　クリス、は、話せば分かる！　こ、これは、新しい提案に対する予算……、それで良いのだよな？　レイモンド」

おい！　レイモンドさんにバトン振って逃げたな？

「勿論でございます。タクヒールさまは提案により、幾度となくソリス家を救ってこられました。このようなあまりにも些細な金額では、逆に心苦しい限りではありますが……」

華麗に一礼しながら即座に切り返すとは、流石だ。

っていうか……、父上！

レイモンドさんからも盛大な嫌味を言われてないかい？　まさかとは思うが、気付いていない？

妹のクリシアが天然なのは、父さま譲りという訳ですか？

こんな……、コントみたいな家族の団欒も、七年後には永遠に失われてしまう。絶対に嫌だ！

俺が何としても皆を守って新しい未来を手にする。そのためにこそ金貨千五百枚が必要だ。

俺は決意を新たにした。

家族会議の結果、当座の資金として金貨五百枚と、千枚分の予算を俺は手に入れた。

前回の金貨五十枚とは比べ物にならない金額だ！


俺は改めて、ずっと温めてきた内容、これからやりたい、いや、やるべき事柄を考えた。

取り急ぎ、前期五大災厄は最後のひとつを残すだけだが、その先に控える後期四大災厄は非常に厄介で大きい。家族の命を、そして最後は俺自身の命すら奪われてしまうのだから……。

だが、それにはまだクリアしなきゃならない段階があるし、当面はこの先七年、三つの災厄対処を見据え、それに集中しよう。そう決めた。


回避すべき災厄のフラグは三つ。

一年後　大洪水による大被害
四年後　兄の戦死と戦災
七年後　疫病による家族の死と領内の大被害

どれもが破滅級の大フラグで非常に頭が痛い。だが、それら全てを回避しなければならない。

大洪水の対策については、既に着々と進行しており、できる準備はほぼ整う模様となっている。

なので、洪水対策は今の進行を見守り、精度と確度を高めていくこと、それでよいだろう。

新たに資金ができたことにより、早めに次の矢を放ってその次の対策を進めていくことだ。


戦災に対処し、兄を救うためには幾つかの段階が必要になってくる。

俺自身が戦いに参加し、戦局に寄与できる立場と力を得ていなければならない。

だが、その時まだ十三歳の俺に初陣が認められるか？

剣技は凡人の俺がどう戦局を変えるというのか？

このままでは、俺には指揮する兵すらいないまま時を迎えてしまう。それはダメだ！


俺自身が指揮する兵、戦局を変えうる戦術、この二つを手に入れるためにあの計画を実行する。

それも可能な限り急いで！　幸い、その前段階として布石となる二本の矢は、既に放たれている。

四の矢で放った受付所の設置、六の矢で放った弓箭兵育成計画、これらは既に軌道に乗っている。

次は、二つの矢に隠された裏の目的を実施するため、この成果を積み重ねていくことだ。

一方で、たかが辺境のいち男爵家、しかも何の実権もない子供、ただの次男坊ではこの先限界がある。そのための開拓地だ。団長を囲い込むために必死で、単なる方便のひとつとして受け取られているかもしれないが、これもちゃんと事前に考えていた布石のひとつだ。

表と裏、三つの矢に隠された目的が成就されて初めて、兄を守ることができる。急がなきゃ……。

次の課題、今は全く手が付けられていないのが疫病対策だ。

正直言って、今の俺にはまだ具体的な対処法が何も浮かんでいない。その正体も対処法も、感染経路も曖昧で、疫病に関して分かっていることが殆どなく、非常に頭が痛い。
・それが冬の時期に、南の開拓地からエストール領全土に広がること
・伝染する感染症の類で、過去にも同様の疫病は発生し、王国に災いをもたらしていたこと
・具体的な治療法は確立されておらず、特に南部と東部の辺境地域を脅かす災いであること
・この疫病の蔓延により、両親、妹、家宰を失ってしまうこと
こんなことしか情報がないのが現状だった。

何をするにも、人手や予算が必要になり、俺の意を受けて動いてくれる仲間、組織が絶対に必要となってくるだろう。これまで以上の大きな予算、人員、指揮命令権限が必要不可欠だが、今の俺にはその全てが足りていない。

改めて思ったことは、まだ俺自身の力が絶望的に不足していることだ。

来年の大洪水はまだ何とかなるかもしれない。

でもその先の災厄を対処するには、もっともっと大きな力が必要になる。

今までは両親等への提案だけで乗り切ってきたが、この先それでは立ち行かなくなるだろう。

いつまでも未来の歴史を、本に書いてあったこと、そう誤魔化すこともできなくなるだろう。

俺自身が、誰憚ることなく自由に使える豊富な資金、そして、自分の手足となって動いてくれる人材の確保、その人材を配下として雇用し、抱え込むための資金もまた必要になってくる。

結果として最低必要なのは、提案を自己完結できる豊富な資金と、内政を担える程度の権限だ。

これまでのように、提案後はあくまでも他人任せ、他人の土俵で相撲を取っている訳にはいかないし、それではきっと間に合わない。

「何をするにも、先ずは金貨《おかね》かぁ。世知がらいなぁ……」

俺はどう考えても同じ結論に辿りつくばかりで、思わず大きなため息をついた。


これから三年はお金儲けに専念しよう！　もちろん、毟《むし》り取るのは父からだけど……。

守銭奴と言われても問題ない。目的は父をはじめ、家族を救うことなのだから。

そして、集まった資金で人材を集める！　大きな目的のため、力を貸してくれる仲間として。

そして、人材と金貨《おかね》が集まれば、想定していた次の一手に移ることができる！

ひとつの街を自由に動かせるだけの、人材と権限、資金力を手に入れるのだ。

今与えられた千五百枚の金貨はその呼び水として投資していく！　俺は改めてそう決意した。

第三章　画策（決意のもとに）

第二十三話　裏の矢　その一　人材確保（カイル歴五〇三年　十歳）

年が明け俺もやっと十歳になった。まだ十歳だが……、これぱかりはどうしようもない。

これまでは、予定された未来の災厄に対し、受け身の対策中心で提案を進めてきた。

だが、昨年末の決意のもと、そろそろ攻めに転じなければと考えている。

そう、今年は人材と資金、この二つを収集する年にしなくてはならない。

これまでに行ってきたこと、そして現在進めていること、これらの流れで恐らく歴史はかなり変わってゆくはずだし、既に違った流れに乗っている可能性もある。この先も前回の歴史に沿った対応策を進めても、もしかすると誤差が出てきてしまうこともあり得るのではないか？　そんな気持ちもある。これからは、歴史に対して先に動き、自ら歴史を作っていくこと、それに基づいた準備と行動、それが当面の行動方針だ。そして新年早々にその機会はやって来た。


「定例会にて、お集まりの皆様にご裁可いただきたい事案があります」

「弓箭兵の育成と領民を戦力化する目的で、以前お話ししていた案を実行したく思います。これに従い、射的場を建設した上で運営する人材を採用しますので、以前に予算として承認いただいた、金貨の使用許可をください」

新年最初の定例会で俺は行動に出た。全員が、特に可もなく不可もない、そんな反応だった。

「タクヒール、今の時期にかね？」

「はい父上、今だからこそ、です」

「その理由は？」

「射的場運営で雇用した人員は、災害時にも、中核として活躍してもらおうと思っています」

「なるほど、以前に受付所や炊き出し所で活躍した人材を、もう一度確保するのですね？」

父に代わってレイモンドさんが反応してくれた。

「はい、余裕のある今こそ動くべきかと思います。領民の戦力化もいずれ進める予定でしたし」

そう、過去の救済施策で採用した人員は、実施規模の縮小に伴い、徐々に数を絞り込んでいた。

「タクヒールの予算です。好きにやって構わないわ」

「母上、ありがとうございます」

……途中から蚊帳の外にされていた父は、終始無言だった。


定例会議では、人材の継続確保と領民の戦力化、優秀な射手の発掘、三つの名目のもと射的場の建設と運営に対し、予算（金貨千五百枚）使用と、俺が主体となり実施することの許可が下りた。

やっと最初の一手が動き出した。俺は心躍る気持ちで、活動を開始した。

「さぁ、急いで始めないと。アン、悪いけどこれから忙しくなるよ。手伝ってくれるかな？」

「喜んで！　今度は何が飛び出すか楽しみですっ！　是非私もお手伝いをさせてくださいな」

アンは俺のことをびっくり箱のように思っているのかな？

「先ずは今から工房に行くよ。よろしくね」

「はいっ。お供します」

「その次に受付所に行くよ」

「もちろんです。全く問題ありません」

「あと、難民キャンプにも」

「どこへでもお供します！」

こうしてアンと二人で、新たな目的の最初の一歩を踏み出した。

最初にいつも馴染みの工房を訪ね、ゲルド親方、カールさんに依頼事項を伝えた。

「今度のクロスボウは、複合弓をベースに使い易さと頑丈さ、納期を優先してお願いします」

「任せてください、坊ちゃんの依頼は常に最優先ですから」

彼らは二つ返事で対応を快諾してくれた。

その足で、俺たちはエストの街の受付所に立ち寄り、そのあと難民キャンプを訪問した。

現在、受付所の運営を統括しているクレアが、自ら案内してくれるというので、道すがら今後のことを相談しながら、視察を進めている。

「ここの利用率って、今はどれぐらいなのかな？」

「最盛期は九割ほど埋まっていましたが、今は二割程度です。現在入居している者の配置も調整しておりますので、活用できる空き地は十分にあります」

クレアの答えに、俺は満足した。この土地は、父が何かの事業を行うため確保していた一角だ。

彼女はいつでも明け渡せるよう、そして今の居住者が妨げにならないように配慮していた。

難民たちの多くは、開拓地への入植や定職への就業などにより、難民キャンプを出ており、ここの居住者も徐々に少なくなっていた。

そして、この区画の新たな使用目的を伝えると、クレアは少し不思議そうな表情をした。

「あの……、差し出がましいようですが、よろしいのでしょうか？　ここに飲食街や宿泊地が建設されると聞いていましたので、その邪魔にならないかと、少し心配になってしまいますが……」

その話は俺も、定例会議で父と母のやりとりから知っていた。

「エストール領への入植を推進するため、窓口となるエストには新たに飲食街や宿泊街を増やし、一時受け入れが可能な施設を建設する。本来、難民キャンプの区画はそのためのものだ」

「なら余計に好都合ではありませんか？　タクヒールの案では、射的場の景品に飲食店での無料券などを付けるともあります。新規店舗に人を誘引する契機にもなるし、人の集まる場所こそ最高の立地じゃないかしら？」

「いや、クリス、それでは目立ってしま……」

「何か不都合でも？」

「いや、ない……。タクヒールよ、射的場の配置はこちらで決めさせてもらうが、良いな？」

こんなやり取りがあった。父が用意していた区画は相当広く、土地にも十分な余裕があった。

何故か渋る父をよそに、母の鶴の一声で全てが決まり、今に至っている。


「クレア、他に何か心配事でもあるのかな？」

「その……、間違いだったら申し訳ありません。人足の方やその、受付所に来る方たちの話で、近くここに、その……、しょ、娼館が建設されると……、あくまでも噂ですが、そんな話が……、聞いたところによると、難民の方々にもそんな求人もあったとか……」

あのオヤジ！　満面の笑みで言っていた直営事業って、それなんかいっ！

どうりで、人の出入りも多く、目立つ射的場の建設を渋っていた訳だ。

「クレア、それは俺も初めて知ったけど、射的場の周りは飲食施設になる予定だし、気にせずに、俺たちはそのまま進めよう。さっきの話で受付所の機能も拡充する予定だから、職に困っている人や働き口を探している人など、積極的に採用を進めてくれるかな？　特に若い女性を中心に」

父さん、知りませんよ俺は。直営娼館なんて母上にバレたらとんでもないことになりますから。

俺は一切加担しませんし、協力も妨害もしませんからね。まぁ、妨害は……、しているかな？

気を取り直して、その後アンとクレアで射的場の建設と運営について話し合った。

ひとつ、射的場は流れ矢が周囲に行かないよう、建物の周囲三方には囲いの外壁を設けること。

ひとつ、建物の中は壁のない開放型にし、高めの天井を設置、隣に受付所などの施設を整える。

ひとつ、射的場の利用には、受付所での事前登録を必須とし、受付所にはその機能を追加する。


これに対応するため、受付所は、現在のものと射的場脇の出張所、この二か所を設置し、さらに今のものも規模を拡大し、人員も補充することなど、大まかな概要を伝えた。

受付所は、今後、俺が考え実施しようとしていることの、核となる大切な機能だ。

そのため、規模が縮小されても、クレアのように抱え込みたい人員はずっと手放さずにいた。今の受付所は、移住者対応の窓口やエストの街の職業紹介所としての役割を担っていたが、今後は新しい目的のもと、この受付所がフル回転し、俺が考える目論見の中核となり活躍していくはずだ。

難民や貧民街、孤児院出身者などの働き口確保や、保護としての雇用に加え、これまで炊き出しや受付所に関わり、今は離れている人材でも、優秀な者は予算を気にせずどんどん確保してほしいことをクレアに伝えた。彼女たちには新しいこの施策で、中心となり活躍してもらいたいからだ。


なお、射的場自体の運営は、別のところで話がついていた。

クロスボウの扱いや管理には、それなりの人間が必要だったため、サザンゲート戦後に増えた、常備兵の業務の一環として、彼らに交代で詰めてもらうことにした。兵員数にも余力がある今、夜間と午前中は兵たち専用の訓練施設とするという条件で、父の了承を取り付けることができた。

建設が始まると、クレアは採用と人員の教育で精力的に動き始めた。

過去に働いていた優秀なスタッフたちにも声を掛けてくれたお陰で、核となる人材も十分に揃いつつある。彼女が非常に優秀であり、以前から非常に熱心に働いていたことも、俺は知っていた。

まだ明かせないもうひとつの理由も含め、彼女は何があっても囲い込みたい人物の最有力候補だ。

その後もクレアは、俺の期待通りに、いや、それ以上に懸命に働き、俺の考える取り組みを支えてくれる柱石として、更に存在感を増していった。


数ヶ月後、射的場の施設も完成し、全ての準備が整ったところで、領民たちの娯楽の場として、射的場を開放するに至った。受付所でも事前案内などの周知と宣伝を行っていた。

「射的をする方は、こちらで登録札を確認して矢をお渡しします。お一人様一日三十射までです。初めての方は、そちらの受付所で登録し、登録札をもらってから、此方の列に並んでください」

案内の女性たちが声を張り上げて誘導している。開放してすぐ、ピーク時には並んで順番を待つほど賑わいを見せ始め、数週間後になると、毎日行列ができるぐらいの盛況な場所となった。

もちろんこれには理由がある。射的場では単に的を設けるだけでなく、的に点数を付けていた。

当然のことだが、難易度の高い高得点の的もある。そして、三十射で設定された以上の点数を獲得できれば、ちょっとした景品が貰える。射的の開放感と景品、それらが領民たちの心を刺激した。

ちなみに、今出している景品はもちろん、あくまでもちょっとしたものだ。

・向かいにある酒場にて、お酒《エール》一杯の無料券
・乾麺セット一家族一日分
・景品の対価より少な目に設定した、銀貨《げんきん》

これらのなかから、高得点者は好きなものが選べる。

点数制とこのちょっとした景品が、多くの領民たちを惹きつけた。

「今日の酒、俺がいただきだ！」

「今日はカカアから乾麺取って来いと言われているからなぁ……、エールはお預けだ」

「ほう、ならどっちがいただくか、その点数で一杯賭けるか？」

このような会話がなされ、夕方は仕事帰りの男たちがひっきりなしに訪れだした。

実は最初の頃は、敢えて景品が出やすいように調整していた。そして少しずつ、的の位置を変え難易度を調整して、景品を入手しにくく変えた。現在、景品を入手できるのは一日で数名程度だ。

無料で参加でき、ちょっとした景品が貰える。この成功体験で次第に毎日通うようになる。

そして段々と面白くなり、仲間と得点を競うなど、娯楽として暇な時間や仕事帰りに立ち寄る、定例の習慣として射的を楽しむ人が増えていった。

もちろん、不正防止も含め予め幾つかのルールも設けた。

この説明や景品の受け渡し、点数の認定も受付所の人員が担い、ルールの監視役も兼ねている。

利用ルールは、大前提として、エストール領の領民と難民登録した難民のみ利用可能とした。

利用者に年齢や性別の制限は設けていないが、事前に受付所で必要事項を登録した者のみ、この施設を利用可能とした。なお、登録のイメージは、よくある会員登録と同じものだ。

そしてこれに加え、最低限の参加条件は三点のみ。

・自力で弓をセット、構えられること。
・利用する際、射的場の受付で登録札を提示すること。
・射的できる回数は一日ひとり最大三十射までとすること。

その他にも、受付所や射的場では利用案内に加え、定期大会開催の案内も掲示している。

開催時期はまだ明記していないが、運用が落ち着けば開催する予定とし、最終的には月に一度を目途に、定期大会を開催する予定であることを記載している。

なお、定期大会は登録札を持っている者なら誰でも参加可能で、上位者には日々の景品とは比べ物にならない景品《きんか》を出すことが、予め告知されている。

文字の読めない者への対策として、定期的にこれらをアナウンスし、噂になるよう配慮もした。

「定期大会ってのは、登録札さえ持っていれば誰でも無料で参加できるらしいぜ」

「ああ、それに勝つと賞金は金貨らしいぞ！」

「だが、年に一度はその上の大会があって、賞金は金貨数十枚って話だぜ？」

「なんだと！　そんなおいしい話があるのか？」

「まぁ、その大会は定期大会の上位三人、そこに入らねぇと参加できないらしいがな」

「ははは

っ！　お前さんのしょぼい腕なら、とうてい夢のまた夢の話よ」

「違いねぇ、まぁ俺たちは、日々のエール狙いでいいってことよ」

「いや、俺は目指すぜ。毎日通ってタダで遊んで、最後は金貨をいただく！　俺は本気だぜ」

領民たちがこんな話をしている傍らで、俺は満面の笑みを浮かべていた。

噂が噂を呼び、登録者は日々増え、日々の射的でも、驚くほど高い技量を持つ者も出始めた。

領民たちは、楽しみながら自主的に、練兵に参加してくれているのだ。


そして俺が満面の笑みを浮かべていた理由はもうひとつ。

増え続ける登録者の情報と景品受領者の情報は、行政府に集約されていく。実は俺自身、六の矢の裏に控える目的を遂行するため、この情報が一番欲しくて、この取り組みを始めたのだから……。

その詳細はおいおい……。


こうして、日々射的場が盛況を極める中、工房では改良版クロスボウも日々増産されていった。

後日、クロスボウの在庫や運営要員にある程度余裕ができた時点で、エストール領の四つの町、フラン、マーズ、フォボス、ディモスにおいても、簡易の射的場と受付所を順次設立していった。

これは、エストの街にある射的場が賑わいを見せる中で、

『自分達の町にも射的場を！』

そんな声に応える形で設立されたが、もちろんこれも、俺にとっては思うツボの話だった。

余談だが、射的場がある町からは、遠く離れた村のひとつが思わぬ声を上げてきた。

『自分たちで射的場を作ったので、クロスボウと矢を支給してほしい』

それには俺も予想以上の効果に面食らった。

まぁ……、俺たちはその熱意をかい、管理ができないため景品は出さない、村の世話役が登録札を管理発行し、駐留兵や警備兵が交代でクロスボウを管理すること、そんな条件で許可を出した。

そして……、ソリス男爵領では射的ブームが巻き起こった。

「うーん、この様子では……、定期大会だけでなく、早めに最上位大会《チャンピオン》も行った方がいいかなぁ？まだその二つは運営も中身も、何も考えていないのだけどなぁ」

俺は嬉しい悲鳴を上げるに至っていた。

ちなみに、射的場を管理してくれている兵士たちの俸給は、男爵家の常備軍なので一切負担することなく済んでいる。射的場が開放されている間も、護衛として何人かの兵士が配置されていた。

実はこの仕事、兵士たちの間でも人気の高い当番となっており、その担当は取り合いとなっているらしい。むさ苦しく殺伐とした職場の彼らにとって、女性たちに囲まれたこの場所は正にオアシスのような存在らしく、この報告を聞いた俺は、思わず笑ってしまったあと、妙に納得していた。

大きく数を増やした受付所で働くスタッフの俸給支出には、自分自身が言い出したこととはいえ少し頭を抱えていたが、救いの神もあった。

「受付所は旧来の業務も並行してこなし、今や行政府の出先機関、そう言っても過言ではないでしょう。ですので、その対価はこちらで面倒をみますよ」

そう言って、レイモンドさんは行政府の予算からも、運営要員の俸給について支援してくれた。

ホント、顔だけでなくやることもイケメンだなぁ。俺は思わずそう呟き、彼には再度感謝した。

その他にも、クロスボウの代金、各種消耗品、景品代などの支出は日々増えていき、当然だが、目に見えて予算は目減りしていった。だが俺は、そのことを全く気にしなかった。

まだ自由に使える金貨には手を付けていないし、次に金貨を確保するための算段もしている。

「いずれ投資は回収しなくてはならないけど、今は突っ走るだけだしね」

そう呟き、自分自身を叱咤した。

そうこうしているうちに三か月が過ぎた。

「昨日の登録者情報、集まりました。昨日は新規登録者が百名を超えました！」

受付所のクレアから、そんな報告も入るようになった。射的場の運営も軌道に乗り、住民の参加も増えてきた。他の町や村からも随時、登録者の情報が集まり、登録者を管理する部署では、山積になった書類を前に頭を抱える事態になっていた。

「タクヒールさま、累計登録者も既に千人を超えました。そろそろ定期大会を始める時期かと思いますが……、いかがでしょうか？」

彼女とは、前回の歴史でも縁があったが、今回の世界ではそれより少し早く俺と接点を持った。難民対応を進めるとき、受付所の要員として最初に雇用したひとりで、孤児院出身の女性だった。孤児院では、年少の子供たちの面倒をずっと見てきたせいか、仕事以外でも頼れる姉御肌として、働く者たちからの信頼も篤く、面倒見もいい。いつの間にか彼女は、五つの町の受付所を統括する立場に立ち、俺の実施する施策については、既に補佐官に近い役割を担うまでになっていた。

難民対応時代から俺と共に働いていた彼女は、俺の意図をよく理解し、万事きめ細かく対応してくれるので、今やもう、欠かすことのできない右腕として、非常に大切な存在となっていた。

今や彼女を通じ、俺には五十名以上の人員が、手足となって動いてくれるようになっている。

「それは凄い！　クレアを始め、皆のお陰だね。改めてありがとう。定期大会……、忘れていた。教えてくれて助かったよ。千人超えたとすると、全領民の八分の一を超えているよね？　年齢や遠隔地などの理由で来ない人たちもいるから、実際はそれ以上かな」

他の四箇所の射的場建設や、運営人員の手配、教育などで、俺自身も日々走り回っていたため、定期大会の開催まで頭が回っていなかった。

大会運営やその他諸々、色々な準備もあるため、定例会議での承認を得る必要はあるが、暫定で第一回定期大会は三か月後に開催することを決めた。そろそろ定期大会が開催されるのでは？

射的に来る領民たちの間でも、そんな雰囲気になっているらしい。俺は一気に焦り始めた。

「クレア、それぞれの部署で、優秀な人を集めてもらえるかな？　最初は数人で良いから。定期大会実施に向けた、実行委員会を作ろうと思うんだ」

「はい、お役に立ちそうな人材の選定は、既に済ませております。直ぐに召集しますね」

……うん、クレアも凄く仕事ができる。この後俺は、実行委員会を立ち上げ、定期大会開催に向けたプランの協議を重ねて、ある程度の原案が整った時点で定例会議にその実施を図った。

「ほう？　もう開催できるのか？　大丈夫なのか？」

俺の報告に、父は意外そうに驚いていた。

「タクヒールさまの下には、各町の優秀な者たちが集い始めています。実際、彼女たちの勢いには目を見張るものがありますよ。お任せしても大丈夫でしょう」

「レイモンドの言うとおりね。私も先日、射的場を見に行ったけど毎日盛況で、受付所も賑わっていたし、領民の射的の技量や女性の活躍も目立ってきたようだし、そろそろじゃないかしら？」

「クリスとレイモンドに異存がなければ、大会実施を許可しよう」

「父上、母上、レイモンドさん、ありがとうございます。では定期大会の開催を進めていきます」

俺は各射的場に、一ヶ月後に定期大会を開催予定である事、その準備を進めることを通達し、実行委員会に選ばれたメンバーたちと運営面の課題や検討事項を、日々協議していった。

第二十四話　裏の矢　その二　資金確保（カイル歴五〇三年　十歳）

射的場の運営はひとまず順調に進んでいる。

だがこの流れはあくまでも手段であって、目的は別にある。

目的のための土台がやっとできたことに過ぎなかった。


「レイモンドさん、今日はお時間をいただきありがとうございます」

「いえいえ、なんでも個人的に質問があるとお伺いしました。私でお役に立てれば良いのですが」

「はい、魔法士のことでお話を伺いたくて……。もし仮に、ウチで働いている人が、実は魔法士だと分かった時、どうすれば良いかなぁと」

「どどど、どうして……、そ、そ、それを？」

あれ？　変だな。今日のレイモンドさん、らしくない。いつもと違って言葉にキレがないし……。

常に冷静沈着な家宰が、変に動揺している。

「いえ、もしこれから見つかった場合、待遇とか一般的な常識が分からないのでお聞きしたくて」

「あ……、そういうことですね。なるほど。ふう」

明らかに安心した顔をし、ため息をついている。俺、変なことでも言ったっけ？

俺はちょっと不安になった。

「まず第一に、王都あたりでは魔法士は高給取りですね。ざっくりと言うと、王都騎士団の中核を担う騎士と同等、そう言えばご想像いただけるでしょうか？　ただ、その魔法士がどの属性、どういった魔法を行使できるかによっても評価は変わります」

「なるほど、相場みたいのがあるのかなぁ？」

「雇用主側が何の目的で、どういった魔法士を求めているか、それで価値は変わってしまいます。ただ、高位の貴族の中には、見栄だけのために、魔法士を何名も囲い込んでいる方もいますが」

「なるほど、基本は需要と供給なのですね？」

「はい、例えば国境に近いソリス男爵家では、開発と軍事、この点が最重要課題です。そのため、開発面では地・水などの属性の魔法士が重宝されます。そして、軍事面では火・雷など殺傷能力の高い魔法を持つ魔法士が望まれます。ただ他の領地では、また事情が異なってくるでしょう」

「そっかぁ……、うちで払うとすると、百人の兵を統率する兵士長、それと同等ぐらいなのかな？現実的にはそこが精いっぱいだよね？」

「そうですね、それでも中央と比べれば、かなり見劣りすることは否めませんが……、それぞれの魔法士は、それ以前がどういった待遇だったかにもよると思います。例えば、元々が一般の兵士として雇用されていれば、当面は倍額の報酬でも十分かと思います。ただ、他領に引き抜かれる可能性を無視できるのであれば……、と条件は付きますが」

レイモンドさんの説明はすごく分かりやすかった。

当初動揺していた彼も、いつの間にか平常運転、いつものできる男モードに戻っていた。

「ありがとうございます。凄く参考になりました」

「タクヒールさまは、新たな魔法士の心当たりがあるのでしょうか？」

「まぁ可能性がある、そんな確度のものですが……」

「それは楽しみです！　吉報をお待ちしておりますね」

家宰のお陰で、魔法士の待遇についてはよく分かった。

そう、俺が射的場の運営に首を突っ込んでいる最大の理由、それは独自の戦力として、魔法士を配下に集めたかったからだ。戦場で戦局を一気に変化させること、そんなことが今の俺にできる訳がない。魔法を戦術に組み込んで、戦力を足し算ではなく掛け算にして強化する方法以外は……。

俺は既に、そのための攻略ルート自体は見つけていた。チートというべきヒントと共に。

だが、実施に当たるための手がなかっただけだ。裏の矢の一本目と二本目は、そのために必要な環境を整えるためのものだった。人材の情報を集めて囲い込み、十分な資金を集め、そして最後に魔法士を囲い込むこと、これが俺の考えた攻略ルートとなる。

この世界で魔法を使える魔法士と呼ばれる者は、大きく二種に分けられる。

貴族の中では一般的で数も多い血統魔法士と、血統に関係なく魔法の適性を持つ魔法士たちだ。

血統魔法士については、貴族間で一般的といっても、全ての貴族が血統魔法を行使できる訳でもない。領主として国王から任命された領主貴族の一族で、権限の影響を受けた者、通常は領主直系の血族で八割強、一族なら発現する確率は二割以下程度と言われている。

カイル王国内の領主貴族が二百五十家、詳細は分からないが単純計算では、国内には二百五十人から二千人程度の血統魔法士がいることになるが、俺の集めたい魔法士はそちらではない。

下級貴族の最下層、辺境領の男爵家次男、こんな俺が彼らを糾合できる訳がない。もしそんなことを言い出したら、『ちょっと頭のおかしな子供』として、周りから白眼視されてしまうだろう。

今回俺が、独自の戦力として集めたいのは、市井に住む魔法の適性を持つ魔法士だ。

それは人口比でも五千人に一人以下と言われ、そのことが大きな課題となる。男爵領内の人口が八千人程度でしかないなかで、本来は集めるどころの話ではなく、こちらについても『かなり頭のおかしな子供』と言われても仕方のない、完全に論理が破綻してしまっている話だ。

そう、本来であれば……。

この点、俺には誰にも言えない解決策があった。だからこそ、この作戦が成立したといえる。

市井の魔法士を集めるにあたって、一般に言われている課題は二つ。

一つ目は、適性者を探し出すことの難しさだ。そもそも、素養のある属性に見合った確認儀式を受けてみないと適性は確認できず、昔から適性者を絞り出す試みは行われているものの、どれも気休め程度のものでしかない。

二つ目は、魔法士の存在が希少であるがゆえに、ひとたび魔法士となれば引く手あまたとなり、事実、多くの者たちが有力貴族たちに囲い込まれてしまっている。辺境の、しかも待遇の良くない男爵家などに、好んで仕えようとする奇特な者は、まずいないと言っていいだろう。

事実、ソリス男爵領には、身内の血統魔法士を除けば、魔法士は皆無だった。家族以外で、唯一の魔法士であるサラは、コーネル男爵の一族で、彼女の地魔法は先代領主からの血統魔法だった。


俺の解決策も、この課題の一つ目は解決できていたが、二番目がまだ未解決だったため、レイモンドさんに相談したのも、その解決法を探る一環だった。

ちなみに、気休め程度ではあるが、昔から風説として言われた魔法士の素養を示す特徴として、幾つかの事例が書物にも記載されていた。あくまでも、無いよりマシ、そんなあやふやなもので、職人技との線引きが難しいものも多々あった。

地魔法の適性者　　地脈を読み、未開の鉱山を発見することに長け、土木工事に秀でている
水魔法の適性者　　水脈を読み当てることに長け、井戸に適した場所を高確率で的中させる
火魔法の適性者　　火の流れを読み、炎に巻かれることがなく、火の広がる範囲を予測できる
風魔法の適性者　　風の流れを読むことに長け、特に弓の腕前に秀でた者が多い
音魔法の適性者　　聴力に優れ、音の聞き分けや音楽の才に秀でた者が多い

今の俺には、こんな風説自体は必要なかったが、俺の行動に対する理由付けに必要だったので、このあたりも情報を集め、今後の糧としている。

◇◇◇

ソリス男爵家内で行われる、洪水対策で始まった毎月の定例会議も、既に五回目を迎えていた。

会議の内容としては、洪水対策の課題の共有と定期大会についての報告が主な議題だった。

先ずは洪水対応についての課題が共有された。

「洪水対策の工事ですが、地魔法士の不足で予定より遅れ気味です。理由としては、他領でも治水工事の需要が高まり、コーネル男爵家にその依頼が来ているようです。それもあり、先方ではソリス男爵家に回せる地魔法士の確保が、とても厳しくなっているようです」

「レイモンド、その他領とはどこだ？」

「ダレンさま、ゴーマン子爵家です。周辺領主全てに洪水に関わる警告を発し、それぞれの対処を促しましたが、ゴーマン子爵はそれを真摯に受け止め、洪水対策の工事に取り掛かっております」

「あの男か……」

父は短く呟き押し黙った。母の表情も冴えない。

母の実家であるコーネル男爵家でも、格上のゴーマン子爵から地魔法士派遣依頼が届けば、否とも言えず、こちらに派遣する地魔法士のやりくりに苦慮しているらしい。

この問題は具体的な対応策と結論が出ることなく、他に決まったことは、洪水発生時の救済施策や難民対策は、前回の飢饉の際に実施した対応を踏襲すること、それが確定したぐらいであった。

射的大会については、議論もなく報告で済んだ。

「来月に第一回射的大会を実施することが決定しました。その準備は順調に進んでいます。実施にあたり、実行委員会が運営の主体となるべく、人員は整っております」

その報告に加え、上位入賞者への賞金金額を提案し、それは異論なく確定した。

定期大会開催についても、俺に対して自由な裁量権と運営を任せてもらえることが確認できた。

主要な議題も終わり、閉会の前に俺にとってこの日の最大の目的、追加提案の発議を行った。

「最後に私から、提案させていただきたいことがあります。地魔法士の確保が今は一番の課題だと先ほどの報告であったと思います。それに対し、古い文献にあった方法で、領内の魔法士を探す試みを始めたいと考えています」

また、突飛なことを、と両親はちょっと呆れた顔をしたが、それは敢えて無視して続けた。

「仮にですが、私が独自に魔法士の候補者を発見し、正式にソリス男爵家の魔法士として採用すること、それが叶った暁には、その対価をいただくことは可能ですか？」

「タクヒール、そんなことができるのか？　正直言って、できるとは思わんが……」

「父上、できるとは言えません。確実な方法が見つかった訳でもないので。ただ当面の間、自分の持っている金貨を使い、試したいことがあるので、この点どうかご裁可ください」

「ううん……」

両親はそんな眉唾な話……、明らかに消極的だ。

「自己の責任の範疇で行うのであれば止めはしない。但し貴重な金貨だ。二つほど約束しなさい。無駄な投資はせず、少しずつ様子を見て行うこと、試して駄目なら素直に諦めること」

許可にあたり父からはそんな条件を付けられた。

「お約束いたします。ただ、魔法士紹介の対価として幾つかご了承いただきたいのですが……」

そう、ここからが俺にとって大切な本番だ！

ここでしっかり小銭《きんか》を稼ぐ算段を立てておかなければならない。

「魔法士として適性のある者を紹介できた場合、その対価として確認儀式五回分の金貨をください。そして五人を紹介するごとに一人、私の専任従者とし、もちろんその者の対価も頂戴したいです。紹介した魔法士の俸給は、ソリス男爵家の支払いとしていただきたく思います」

「タクヒールよ、結構な金額を要求してきたな」

父は訝しがりながらも、余裕綽々で笑っていた。

『まぁ、すぐにその笑みは引き攣ることになるのですけどね……』

そう思ったが、もちろん俺は言葉にしない。

現実問題として、父も魔法士は一人でもほしい。儀式五回分の対価など効率でいえば相当お得な額であり、八千人の人口なら、統計的に魔法士の適性を持つものは一人か二人程度でしかない。

その前提で、五人を発見、紹介するなんて夢物語でしかなく、どう転んでも無理だろう。

父の考えの裏には、そんな計算もあったようだ。まぁ……、実際そうはならないんだけどね。

俺は周りには見えないように、ほくそ笑みながら、次の手立てに思いを馳せていた。

父の金貨に余裕のある間に、今後の資金をしっかりむしり取らないといけない。

当面の目標であった俺の金貨稼《おかね》ぎは、ここから一気に加速することになる。

この先に控える、大きな目的に向かって……。

第二十五話　裏の矢　その三　候補者選定（カイル歴五〇三年　十歳）

会議の終わり、兄が笑いながら指摘してきた。

「タクヒール、またいつもの悪い顔になっているぞ！」

兄とレイモンドさん、二人ともニヤニヤしながら俺を見て笑っていた。

ともあれ、会議で両親の許可は得た！

これで小銭稼ぎができ、同時に人材確保もできる。俺はそれが嬉しくて仕方なかった。

その後は黙々と地味な作業に取りかかった。そう、俺には誰にも知られていないチートがある。

俺が歴史書と呼んでいるソリス男爵領史には、領地の歴史だけでなく領民一覧の頁がある。

前回の歴史でエストール領に住み、ソリス男爵家の領民だった者全ての名前が、歴史書には記載されていた。もちろん、内容は至極簡潔だった。

氏名　なお、領民の殆どは苗字を持っておらず、名前しか記載されていない
年齢　カイル歴五一三年時点の年齢で、死亡者については没年と亡くなった時点の年齢
居住地　カイル歴五一三年時点の居住地で、その町や村の名称
特性　ここに記載されていた内容が、チート過ぎる情報だった

この特性に記載されている情報を初めて見たとき、俺は狂喜した。

そこには本来、高額な適性確認の儀式を受けないと分からない、本人の魔法適性が整然と記載されていたからだ。誰に適性があり、それが何の適性なのか、歴史書を見れば一目瞭然だった！

事前に分かってさえいれば、少ない費用で効率的に魔法適性を持つ者、魔法士を集められる。歴史書の特性欄をざっと目を通しただけで、恐ろしい数の魔法士適性者が確認できていた。

ピンポイントで、数多くの魔法士を一本釣りができること、このメリットは計り知れない。

『単に歴史を知っているというチートに、簡単な一発逆転なんてない』

そんなこと誰が言ったのだ？

「これってめちゃめちゃ一発逆転の情報じゃん！」

俺はひとり舞い上がっていた。

ただ……、思いもよらぬ所に落とし穴があった。この世界にはちゃんとした戸籍がないっ！

徴税の為の戸別情報はあっても、個人別情報が全くないのだ。

「行政府にある領民の情報って、まさかこれだけ？　こんな物でしか領地を管理していないのか？

なんでだよっ、これじゃあ全く使えないじゃん！」

俺は怒りの余り、思わず手にした資料を叩き付けてしまっていた。

「お役に立てず申し訳ありません。家宰にも確認しましたが、これ以上の情報はないようです」

「あ、ごめん。アンを責めている訳じゃないんだ」

恐縮する彼女に八つ当たりを謝罪し、自身が迂闊だったことを思い知った。

俺はこの世界に戸籍制度が無いことを恨めしく思い、ニシダの常識で動いていたことを恥じた。

「やっぱり……、簡単な一発逆転なんて……、ないよね」

最初の大喜びで一気に跳ね上がった気持ちは、反動でマイナス域まで急降下していった。


例えば歴史書の領民一覧に、地魔法の適性を持つ◯◯村在住のメアリーという人がいたとする。

彼女が税金を払う一家の戸長であれば、行政府に〇〇村のメアリーと名前を記載した資料がある。

但し、年齢の記載が無く、同名の他人でも区別がつかず、戸長でなければ、それ以外の家族は、
妻一名娘二名、といった記載しかない。

そのため、〇〇村のメアリーが戸長でなかった場合は、行政府の資料では調べようが無いのだ。

◯◯村に人を派遣し、メアリーという名で年齢が合致する人を、虱潰しに調べあげるしかない。た

だ、そこに同名で同じ年齢の人がいる可能性もありえる。
更に問題を複雑にしているのが、住まいや年齢は今から十年後、カイル歴五一三年時点での情報であり、今現在、該当するメアリーが○○村に住んでいないことも十分にあり得る。

言ってみれば歴史書の記載情報はこんな感じだ。

◇氏名　メアリー
居住地　マーズ
年齢　十四歳（カイル歴五〇三年没）
特性　地魔法士

◇氏名　メアリー
居住地　エスト
年齢　十八歳（カイル歴五一三年）
特性　鍛冶職人

◇氏名　メアリー
居住地　エール

年齢　二十四歳（カイル歴五一三年）
特性　風魔法士

◇氏名　メアリー
居住地　エスト
年齢　三十二歳（カイル歴五一三年）
特性　剣士（剣豪）

仮に三番目の、カイル歴五一三年時点でエールの村に住むメアリーを探したくても、現時点では十四歳であり、二十四歳ではエール在住であっても、今の時点でエールに居るとは限らない。

今時点の情報が分からないこと、そして、既に俺が歴史を変えてしまっているため、誤差が発生していること、この二点も大きな課題だった。

目的も伝えられず、◯◯村、または近辺に住む十四歳のメアリーという名の娘を、全て探し出してほしいと命じること、この方法は採ることができない。

怪し過ぎるし、これで魔法士をどんどん発見すれば、周囲に余計な疑念を持たれてしまう。

仮に上手く見つけられたとしても、もう一つの課題もある。


これを解決する為、考え出した手段の一つが、射的場であり受付所の登録システムだった。この世界に戸籍がないなら、必要な情報を自ら収集して作ればいい。射的場の景品は俺にとって、より多くの登録者情報を集めるための、いわば撒き餌にしか過ぎない。

定期大会に出なくてもいいから、娯楽として該当する十四歳のメアリーさんが、受付所で登録さえしてくれれば……、少なくとも候補として絞りこむことができる。

同じ名前でかつ、同じ年齢の他人という可能性は残るが、この地道な絞り込みを続ければ、高い確率で該当する候補者を見つけることができるだろう。

そんな考えが元になり、俺は受付所と登録の流れを考案していた。もっとも、難民対応で受付所自体の稼働は、予定した射的場との連動より早くなったが、そこで登録の流れを試していた。

最初に受付所が稼働したとき、俺は並行して、ある面倒くさくて地道な作業に取り掛かった。

毎日ずっと歴史書と睨み合い、魔法適性がある人を片っ端から抽出し、俺が歴史を改変する以前に亡くなった人をまず除外した。次に、残った人の年齢を全て現時点に換算しなおす作業を進め、最後に、居住地別、年齢別に一覧表として作り直すこと。そして日々、この作業に没頭した。

「……」

正直、パソコンとエクセルが欲しかった。

手作業で行うのは大変な作業だったが、まだソートしなおす母数が少なくて助かったといえる。

一旦適性者全員を記載した表を作り、それを一名一名短冊状に切って、再度それを整理して張りなおした。正直、かなり頑張ったと思う。そしてやっと、何とか全ての人名の抽出が完了した。

出てきた候補者の数は、なんと二百名！　を超えていた。

「なんだこの数字？　有り得ないんだけど！」

思わず叫んでしまった。

本来、約八千人の人口で、統計的には二人以下しか居ないとされている魔法士。

だが、潜在的に能力が有る者を調べることができれば、二百人も居ることが分かった。

これは凄く嬉しい誤算だったが、やり過ぎると余計な誤解や猜疑《さいぎ》の元となってしまうだろう。

ここからは警戒しながら、そしてもう一つの理由も含め慎重に事を進めていくことにした。

次のステップとして、作成したリストを元に、現時点で十歳以上、子供を含む比較的若い領民を絞り込み、五十人程度のリストが完成した。この時点で俺は、ほぼ燃え尽きてしまった……。

それでも毎日、射的場の受付から上がってきた登録情報を、手持ちのリストと照合する。

そんな苦しい作業を。地道に繰り返した。


因みに最初の一人はもの凄く身近に居た！　俺がよく知る人物で照合する必要すら無かった。

もう一つの課題である心配も皆無だった。これも何かの巡り合わせだったのかも知れない。

見つけた時は、大喜びし過ぎて踊りだし、周りから怪訝な目で見られてしまったが……。


その後も、過去の難民救済や、射的場の運営で雇用していた人員、そして前回の歴史で出会い、悲しい別れをした人物たちと思しき名前も見つかり、この奇縁に喜び、改めて感慨深く思った。

彼ら、彼女らなら、もう一つの課題も無視していい。為人《ひととなり》はもう十分に知っているのだから……。

ここまで来ると、やっと単純な作業は人任せにすることができた。

といっても、俺の指示に何の疑念もなく取り組み、黙々と作業をこなせる人たち限定だったが。

アンやクレアなど、信頼できる限られた人にしか、依頼することはできなかったが、取り組む人手が増えれば、もちろん発見の効率も上がる。その後も、着々と候補者は見つかった結果、第一弾として十名近くの候補者を割り出すことができた。

ただ、全員を直ちに適性確認の儀式へ進める訳にはいかない。候補者の為人の確認やソリス男爵家への忠誠度、そして、強引でも良いから儀式を受けるための理由付けが必要だった。

最悪の事態、魔法士適性が確認できた途端、他領に売り込みに行かれては目も当てられない。

そう、これが俺の考えていたもう一つの課題だ。


最初の理由付けは定期大会を利用しよう！　そう考えた俺は、定期大会の打ち合わせや進捗状況の確認といった名目で、日々、射的場に顔を出しては、心当たりの人物が来るのを待ちわびた。

彼らに直接声を掛けるために。

候補者には、定期大会の運営要員という理由を付け、囲い込みが可能と思えた人員は、どんどん囲い込み、またある者たちには、定期大会の出場を強く勧めた。

魔法士として儀式を受けてもらう理由を無理やりつくるために。

第二十六話　第一回定期大会（カイル歴五〇三年　十歳）

俺の人材収集が進む中、定期大会も本番の日を迎えた。

「これより第一回定期大会を開催する。皆、日頃の鍛錬の成果を存分に発揮してほしい」

父の挨拶で開始された第一回の大会は、予想以上の申し込みと参加者で賑わっている。

あまりの参加者の多さに、大会は三部制とした。

「何故大会を三部制にするのだ？」

「開催の目的には、優秀な領民から弓箭兵の発掘することもあります。兵士たちは常に訓練で技術を磨いており、一緒に開催すると差が有り過ぎる、そう考えて配慮しました」

父の質問に俺はそう答えるしかなかった。

実は領民の部で魔法士の候補者を際立たせたい、このことが主な理由だったが……。

◇参加者の構成
兵士の部　参加者一〇〇名
領民の部　参加者三〇〇名
若者の部　参加者一〇〇名

兵士の部は、騎兵、歩兵（専業、兼業）を含め、ほぼ全員が参加を希望していた。

だが規模が大きくなり過ぎることと、現実問題として兵士を全てエストに集め大会に参加させることは不可能であり、彼らには月ごとに交代で参加してもらうことで折り合いをつけ、無理やり数を百名にした。

領民の部も、今回参加できなかった者は、翌月に優先的に参加できることにして三百名にした。

若者の部は十五歳以下であれば、誰でも参加できるようにした。


エストの街は、他の町や村から来た参加者、見物客などで大賑わいとなった。

予想外の申し込み数で賑わいが予想されたため、射的場の一部を急遽改築することで対応した。

会場の周りには臨時で観客席も設けられ、露店も立ち並び、正にお祭りの様相になっていた。

本来は俺が全ての運営を行う予定だったが、あまりの参加者の多さから、実行委員長は父が、運営統括はレイモンドさんが務め、兄と俺は実行委員として走り回っていた。

「あら、彼らも頑張ってお仕事しているのね」

実行委員下部組織の運営要員として、一生懸命走り回っている青年や少年、少女などの子供たちがいることに、微笑ましく目を細める住民も何人かいた。

もちろんそのうちの何人かは、リスト情報を元に、俺が射的場や各方面から新規採用《スカウト》した魔法適性があると思われる者たちだ。

候補者と同じ年齢で名前も同じだが、全くの他人という可能性は、気にしないことにしている。

まずは仕事を与え、仲間として囲い込んでから、次の段階に進めば良いだけだ。


「先ずは、双頭の鷹傭兵団による射撃をご覧ください」

兄の案内とともに、大会はヴァイス団長率いる双頭の鷹傭兵団の演武射撃から始まった。

彼らも情報秘匿のためエストールボウではなく、競技で使う改良型クロスボウを使用している。

「おおっ、素晴らしい！」

「キャー、恰好いい！」

さながら弓騎兵のごとく、騎馬に乗りながら行われる射撃は、次々と的に命中していった。

他にも動く目標への射撃など、観衆は手を叩いて彼らの妙技に魅入っていた。

日頃から訓練で魔境に出入りし、実戦経験豊富な傭兵団の射撃はまさに圧巻だった。先の戦い、サザンゲート殲滅戦で名を挙げたこともあり、傭兵団の人気は凄まじく何度も大きな歓声があがる。

観衆の中からもきっと、今後傭兵団に入団を希望する者が出てくるんだろうなぁ……。

俺自身、見ていてそう感じたぐらいだ。


次に若者の部を開催した。

参加者全員に参加賞で乾麺が配られ、一定の得点を超えれば、優秀者には賞金も用意している。

そのため、予想より多くの少年少女が参加することになった。

十五歳以下は全て若者の部での出場となるが、参加条件に、クロスボウの弦を自身で引き絞れること、そう規定しており、兄と同世代か、その少し上の年齢の参加者が大勢を占めていた。

そして驚くべきことに、若者の部参加者の中にも、大人顔負けの腕前を披露する者たちがいた。

「団長、彼女はうちの弓箭兵と比べても、極めて優秀じゃないかね？」

「そうですね、私は彼女と腕を競っているあの少年、できれば傭兵団に招き入れたい。そう思って見ておりました」

父、ソリス男爵とヴァイス団長は、当初は所詮、若者の部《こどもたち》、と気楽に眺めていたようだが、予想外の優秀な技量を目にして、青田買いを目論む衝動に駆られだしていた。

実はこの若者の部にも、魔法適性があるであろう候補者が参加者に混じっている。

父と団長が話していた二人の少女と少年だ。

まだ本人達も気付いてないが、彼らは風魔法士としての適性を持っており、射撃の腕も抜群だ。

俺は候補者リストと射的場の登録者情報を元に、この大会の開催前からずっと網を張っていた。

彼らが射的場を訪れるのを待ち、やっとの思いで出会えた時は、迷わず声を掛けた。

そして二人に、今回の大会参加を促していた。


一人はエストの街に住む少女で、カーリーン十四歳。

彼女は父親と一緒に、いや父親の娯楽に付き合わされて射的場を訪れていた。その時から彼女は飛び抜けた実力を持っており、彼女の父親は、娘が得た景品をいつも嬉しそうに持ち帰っていた。

彼女は当初、定期大会への参加意思は無かったが、俺の勧誘を受け参加を決意してくれた。

もう一人は狩人の息子でクリストフ十五歳。

魔境で魔物を狩る狩人である父親に師事し、既に幾度かは実践で狩りにも出ていた少年だった。

どこかで見たことのある顔だったが、それがいつ、どこでだったかは思い出せなかった。なので、もしかすると前回の歴史で、彼とは接点があったのかもしれない。

本人は領民の部での参加を希望していたが、大会規定のためやむなく若者の部に参加していた。

もちろん彼にも事前に声を掛けている。


二人は順当に予選を勝ち進み、決勝では天才的ともいえる射的の腕前を披露し、観衆はみなため息を漏らしていた。二人の腕前は甲乙つけ難く、異例の同時優勝となった。

「この二人の優勝者には、賞金の授与と、特例として決勝大会への参加を認める」

父の宣言に、観衆は一斉に大きな拍手で歓迎した。

本来、若者の部では、決勝大会に進む資格はないが、余りにも優秀だったため惜しい、父もそう思ったのだろう。そしてそれは、大会を見守る観衆たちも同じ気持ちだった。


熱狂も冷めやらぬ中、領民の部と、兵士の部の予選が開始された。

さすがに兵士の部はレベルが高かった。

だが領民の部でも、兵士の部に負けないぐらいの腕前を披露する者も出てきていた。そして、日が暮れる前には、翌日の決勝大会へと駒を進める者たちが確定した。

なお、決勝大会は領民や兵士なども関係なく、一括で実施され、各部それぞれで本選に勝ち進んだ十名ずつが参加することになる。

初日はここで終了し、若者の部優勝者への賞金授与式で幕を閉じた。

カーリーンとクリストフは、大人顔負けの優秀な成績を残し、父からは領民一か月分の稼ぎ相当の報酬が授与されていた。この様子を見て後日、射的場に通う少年少女の数が一気に増え、親たちも積極的に通わせるようになったのは、俺自身が思ってもみなかった嬉しい誤算だった。


翌日は決勝大会が行われた。

兵士の部から十名、領民の部から十名、若者の部から二名の計二十二名が参加していた。

実は決勝大会ではちょっとした意地悪もしている。これまでは全ての標的が静止目標だったが、決勝大会では一部の的が動く仕掛けを作っていた。更に、静止目標についても、目標までの距離を実戦に合わせた想定とし、通常射的場にある目標と比べて遠い、中距離射撃に変更されている。

「くそっ！　あのように動く的では狙いが付けられんっ！」

『……、そうですか？　でも当ててくださいね。だって敵は動きますから』

「こんなの聞いてないっ」

『……、はい、事前に言ったら勝負になりません。戦場では何が起こるか分からないでしょ』

「こんなの、練習場には無かったぞ！」

『……、もちろんです。あくまでも練習と実戦は違いますし。その想定ですからね』

「こんなの……、当てられる奴がいるのか？」

『……、きっといると思いますよ、多分。逆にいないと少し困りますが……』

決勝大会の参加者からは、苦渋に満ちた声が至る所から聞こえていた。

俺はその叫びにも似た声に対し、都度心の中で答えていた。

「だって実戦では、敵は止まってくれないもんね」

俺はどこ吹く風、と言わんばかりに参加者たちの嘆きに満ちた声を聞き流し、最後に呟いた。

予選を勝ち抜いた強者たちが悪戦苦闘するなか、実戦の経験もあり、日頃から訓練を受けている兵士たちは、それぞれ安定した成績を残していた。

領民の部からの参加者、街の射的場でしか練習をしたことのない者は、決勝で大いに苦戦した。

そして、優勝は兵士の部を勝ち進んだ者が制した。

元々彼は解散した弓兵部隊出身であり、そもそも経験値や技量の底力が他の参加者とは違う。

だが、準優勝は領民の部から出た！　観衆は彼の成果に大きな拍手と歓呼で迎えた。

ゲイルという名の男性だが、実は彼も風魔法士の適性があると思われる候補者のひとりだ。

そして若者の部から出場したクリストフは、なんと三位に入る好成績を残していた。

四位以下は兵士の部出身者が続き、八位には領民の部出身者、九位にはカーリーンが入った。

カーリーンは、静止目標までは上位三名に入る成績を残したが、慣れない移動目標で苦戦し点数を落としてしまっていた。逆に、日頃から狩りで腕を磨いていたクリストフは、移動目標でも遺憾なくその実力を発揮していた。

大会が終わり、上位十名のうち、優勝者を含め六名が兵士の部からの参加者だったが、結果からみると、兵士以外の者が大健闘したといえ、領民の技量もある程度満足できるレベルに成長しつつあることが窺えた。

こうして、第一回射撃大会は大いに盛り上がり、エストール領の領民にとってほぼ毎月行われる恒例行事、お祭りとして定着することとなった。この大会の期間中、父はちゃっかり商人達とやり取りしながら、特設店舗、大会に合わせた市の開催など、商機を掴むことにも余念がなかった。

娯楽の少ないこの世界では、貴重な娯楽機会として領民に定着する確かな手応えを、俺も父も、今回の大会を通じて知るよい機会となったのは言うまでもない。


「今日は二人とも素晴らしい成績だったね」

二日目の表彰と賞金授与式が終わった後、俺はクリストフとカーリーンに声を掛けた。

ここからが俺にとっては勝負の瞬間だ。

「ありがとうございます。優勝こそできなくてとても残念でしたが、これもタクヒールさまが参加を勧めてくださったお陰です。俺は領民の部に出られなくて拗ねていましたので……」

「私もここまでできるなんて……、思ってもいませんでした。でも、移動目標は散々だったので、また参加して次は優勝を狙います！」

それぞれが、一定レベルの結果への満足と、悔しさの混じった顔で答えてきた。

ここで俺は、本来の目的であった話を、彼らに切り出した。

「この大会は今後も継続して開催予定なのは知っていると思うけど、実は二人にお願いがあって。二人にはこの先、実行委員としてもっと深く、大会運営に関わってほしいと考えているんだ。今後は仕事として正式に、俺たちと一緒に働いてほしいと思っているのだけど、お願いできないかな？　もちろん、今後も大会参加はできるし、空いている時間は自由に射的場を使って構わないよ。こんな特典しかなくて申し訳ないけれど、できれば色々と力を借りたいと思っているんだよね」

そう言って俺は、少し緊張しながら二人をじっと見つめた。

二人は少しの間沈黙していたが、先に答えたのはカーリーンだった。

「こんな私でも、その……、大丈夫でしょうか？　お仕事をいただけることは、凄く嬉しいですし、私が働けば家族の支えにもなります。私でよければ喜んでお手伝いさせていただきます！」

クリストフはカーリーンの回答に釣られるように答えた。

「俺でお役に立てるのでしたら……、俺は狩りしか知りません。なんの知識もない俺が、男爵家の役に立てるのでしょうか？　そこは自信がありませんが、ここが自由に使えるのは正直言って、とても有難いお話です。狩りの訓練にもなり、次回こそは一位を目指したいので……」

「二人とも、もちろんです！　お願いしたい仕事も沢山あるし、これからも是非よろしくっ！」

二人の魔法適性を持つ領民が取り込めた瞬間だった。

彼らが去ったあと、俺は一人、大きなガッツポーズを取っていた。

第二十七話　裏の矢　その四　ソリス魔法兵団の誕生（カイル歴五〇三年　十歳）

最初の定期大会から三か月も経たないうちに、ソリス男爵家当主であるダレンは、次男の予想外の行動に驚愕させられることとなった。

以前彼が気軽に応じた、息子との口約束の重さを改めて思い知り、大きな後悔とともに……。

「タクヒール、また……、なのかっ？」

父は顔を引きつらせながら、大きな声を上げた。

「はい、新たに三名が魔法士としての適性を確認できました。これで累計十名になります」

「いったい、お前という奴は……」

開いた口が塞がらない、半分呆れながらも、少し父は嬉しそうだった。

これまでの短期間に、俺は既に七名の魔法士を父に紹介し、彼らはソリス男爵家お抱えの魔法士として取り立てられていた。

◇一人目と二人目

始まりは三か月前、第一回射撃大会が終わったしばらく後だ。

若年ながらに高い才能を示していた、クリストフとカーリーンについて、俺は両親に作戦の開始を告げた。

「特異な弓の才能を持つ者は風に愛されている者、という話もあります。二人に対して、風魔法士の可能性を確認するため、適性確認儀式を受けさせてみたいと考えています」

そう、父に申し出た。

「そんな都合の良い話が……、まぁ良いだろう。物は試しだ。だがこの先、無駄遣いはするなよ」

俺の言葉を信じるというより、失敗して現実を知るのも勉強だろう、そんな感じで許可された。

そして結果は予定通り、二人は風魔法士としての適性があることが確認された。

「タクヒール！　それは誠かっ？」

父は狂喜して喜んだ。それも当然だ。

「はい、ソリス男爵家で初めての魔法士です」

領内で初めての魔法士発見に、父は早速二人を厚遇して男爵家に迎え入れた。

この二人はまだ若く、実戦に出ることは憚られていたが、兄や俺と一緒に学ぶ機会が与えられ、ソリス男爵家家臣として働きながら学べるという、破格の待遇が保証されていた。

「俺が……、男爵様の家臣に？　本当ですか？」

「ありがとうございます。でも、本当に良いのですか？」

二人はあまりの好待遇に、遠慮しつつも、喜んで受け入れてくれた。

大会後しばらく、俺は彼らの仕事ぶりをじっくり観察し、他のスタッフからの評判も聞き、人柄に問題もないとクレアも太鼓判を押していたので、事前に個別面接したあと儀式に臨んでいた。

そして彼らは記念すべき、ソリス男爵家初の魔法士となった。

◇三人目と四人目

俺はその勢いで数日後に、領民の部で上位入賞（二位、八位）した二人に対しても、魔法適性の確認を提案し、彼らに儀式を受けてもらった。実は二人とも俺の中で既にリストアップされていた人材なので、完全な出来レースだったのだが……。

ゲイルとゴルドは、元々エストの街で土木工事を生業とする人足として働き、仕事終わりに毎日射的場に来ては、景品のエール目当てで腕を磨いていた。

実はこの二人を俺は知っていた。だが、もちろん互いに面識はない。今回の世界では……。

前回の歴史で、悲しい別れをした彼らとの、思いもよらぬ再会に俺は涙した。

もちろん、彼らの前では平常を装っていたが。そのためこの二人も為人の確認は不要だった。前回、あんな状況のなか、志願してこの領地を守るため戦い、その命を捧げてくれたのだから……。

彼らは大会の結果を受け、父から弓箭兵として正式に召し抱えられていたが、最初の二人の事例を持ち出して俺が割り込んだ。彼らは今、従軍魔法士としてソリス弓箭兵部隊の一員となり、今後は指揮官クラスになるべく訓練を受けている。

◇五人目

五人目も前回の歴史で俺に関わりのある人物だった。

それだけではない。今回の世界でもいち早く俺の仲間となり、今は欠かせない右腕として活躍してくれている。実際、俺が最初に発見した適性者は彼女だった。身近にいた人物であり、名前と年齢も知っていたし、歴史書で彼女の特性を見出した時は、嬉しさのあまり跳びはねて喜んでいた。

彼女については、根拠も理由付けも無かったため、両親には黙って適性確認を受けさせており、後日に発見した者たちとセットで伝えるつもりだ。

「わ、私にこんな力があったなんて……、信じられません！　これで、これでやっと、タクヒールさまのご恩に報いることができますっ！」

クレアは自身に魔法士としての適性があると分かったとき、涙を流して喜んでいた。

「クレアは今までも十分報いてくれているよ。だから、気楽に構えてね。これからも何かが変わる訳でもないけど、仲間として、改めてよろしくね」

俺が最初に彼女を孤児院から採用したこと、それを凄く恩に感じているようだった。

だがもう十分過ぎるほど期待に応え活躍してくれているので、気にしないでほしいなぁ。

孤児院からは、年長者でまとめ役のクレア以外にも、働くことが可能な子供たちを何人も雇用している。仕事を希望する子供たちには清掃や後片付け、比較的年長の者たちは射的大会のスタッフとして正規採用している者もいる。今や射的場や実行委員会の仕事は、彼らにとって貴重な働き口になっているのだ。孤児院には他にも何人か魔法士候補者がおり、簡単なお手伝いなどの一時雇用を含め、射的場や受付所、大会運営に関わる者全てに対して、登録を義務付けている。

エストの街の孤児院は、街の規模に比べかなり大きい。両親が孤児の救済に熱心で、孤児院への支援金も十分に行き渡るよう配慮されていたからだ。近隣の領地にはそういった施設もなく、エストの孤児院には、周辺地域からも孤児が集まり……、いや、引き取られてくる。

今では百人前後の孤児がいるはずだ。

孤児たちは成長すると、少しでも他の子供たちの食い扶持を稼ぐため、中には幼いころから望んで一生懸命働こうとする者もいる。だが、彼らが働ける場所は限られており、しかも賃金は安い。

そういう事情もあって、俺の取り組みでは彼らを積極的に雇用している。魔法士の確保という目的以外でも、弱者救済を積極的に進めたい俺の思惑に、父も母も積極的に支援を表明してくれており、資金面でも援助してくれている。孤児たちにとっては、真っ当なお仕事、俺が用意したような好待遇かつ厚待遇な定職など、まず他にはない。彼らを積極的に採用し続けていることが、クレアだけでなく、多くの孤児たちからも感謝されることに繋がっていた。

◇六人目と七人目

六人目はエランだ。彼も射的場を通じて、実行委員の補佐として当初から囲い込んでいた。

「本当に、本当に僕にお仕事をいただけるのですか？」

初めて声を掛けた時、俺の申し出が信じられない、そんな感じで少し怪訝な顔をしながら、聞き返した顔が印象的だった。彼はエストの街の貧民街出身で、少しでも家族の食べ物や食費を得るため、景品目的で毎日飽きることなく、射的場に通って来ていた。そんな彼は、定期大会の実行委員補佐という思いがけない幸運で得た仕事を真面目にこなし、懸命に走り回った。

「エラン、そんなに根を詰めなくて良いよ！　そろそろ帰ろう」

「あ、タクヒールさま、ありがとうございます。もう少ししたら帰ります」

「頑張ってくれるのは嬉しいけど、程々にねっ」

「はい、僕、お仕事をいただけていることが、いつも嬉しくてつい……」

こんなやり取りも、エランと俺の間ではお決まりの会話だった。

毎日遅くまで頑張るエランに、気分転換も兼ねてエストの街の郊外に同行してもらった。その日俺が行く、近隣で行われている治水工事視察のお供として。

現地に着くと、そこでは洪水に備えた治水工事のため、数百人の兵士や人足が汗まみれになって働いている傍らで、地魔法士が大地を削っており、その様子をエランは興味深く見つめていた。

「エラン、工事をすごく一生懸命に見ているけど、何か思う所でもあるかい？」

俺はこの時ばかりと、彼に質問を投げかけた。

「この堤、オルグ川の氾濫を防ぐための堤防工事、そう思ったのですが、間違いないでしょうか？　そうだとすると、これでは足らない……、いや危ない、そう僕は思います」

エランは即座に思っていることを話した。

「君はどうしてそう思ったのかね？」

横からレイモンドさんが優しい言葉で入ってきた。

「このままだと……、水が逃げません！　単に周りを削って土を盛るよりも、水の逃げ道を作り、そこの周りに掘った土で堤をつくるべきです」

普通なら家宰に声を掛けられた時点で、彼は恐縮かつ緊張して、恐らく何も答えられなかったことだろう。だが、工事のことについては、不思議なぐらい堂々として自身の意見を述べていた。

「タクヒールさま、暫く彼をお借りしてもよろしいですか？」

「はい、レイモンドさんにエランをお預けします」

全く事前知識がない彼が、堂々と述べた意見に感じるものがあったのだろう。レイモンドさんは地魔法士に彼を引き合わせ、何と彼の意見を今進めている工事に採用した。地魔法士側も、地形を正確に読み、適切な提案ができるエランに対し、驚きながらも、彼の意見が価値のあるものとして評価してくれていた。

その後エランは本当に暫く、数週間ほど帰って来なかった。その地域の工事が終わった後も……。

こんな経緯もあり、エランの適性確認は簡単に許可が下りた。

「エランと同様に、兆候がある者が数名いるので、ついでに儀式を受けさせ確認しますね」

俺はこの機会に、『ついでに○○もいかがですか？』作戦を実行した。

その結果、エランとメアリー、この二人には地魔法士としての適性が確認できた。

メアリーは、マーズの町の射的場で受付として働いていたのを発見し、すぐに囲い込んでいた。

もちろん彼女の場合、儀式を受けるための根拠《いいわけ》はなかったが……。

敢えて理由を求められれば、エランのついで、たまたま一緒に居たから、その程度でしかない。

歴史書の記載によると、彼女はマーズの町出身で今年が没年になっていた。これは恐らく、前回の歴史では彼女が、洪水の犠牲となってしまっていたことを示唆している。

だが、今回の世界は違う。彼女は地魔法士として、町を守る側になったのだ。

そこにクレアも今回発見したことにして、抱き合せで一気に三名を確保した旨の報告を上げた。

彼らを両親に紹介した時、一番喜んでくれたのは母だった。

「今、一番大事な時に貴方は……、タクヒール、本当にありがとう」

母は何かを言いたげだったが、言葉を飲んでそっと俺を抱きしめてくれた。

その瞳には、喜びに溢れた感謝の涙が浮かんでいた。

「少しでもお役に立てたのであれば、とても嬉しいです。これより先、エランとメアリーは母上にお預けしますね。彼らが地魔法士として、今後も活躍できるように育ててあげてください」

本来、工事に携わる地魔法士の手配については、母の実家、コーネル男爵家頼みだった。

だが、ゴーマン子爵家からの派遣要望もあったため、コーネル男爵は非常に苦しい立場にいた。

元々数の限られた魔法士を、片方だけに派遣するわけにも行かず、とは言え、両家の要望に従うと数が足りない。公平にどちらにも数を減らして派遣すれば、両方から不満に思われてしまう。

こんな状態に陥ったため、コーネル男爵は姉である母に泣きついていたのだ。その結果、ソリス男爵家では地魔法士の数が足らず、工事の進捗が遅れた。このことを、母は殊更憂いていた。自分の実家が板挟みになっていることに、ひとり心を痛めていたが、二人の地魔法士が新たに獲得できた今となっては、実家の顔も立ち、此方も工事が進む目処も立ったため、母は凄く喜んでいた。

エランとメアリーの参入により、数か月経過したころには、遅れていた土木工事も一気に進み、工事の進捗は一気に予定を巻き返すところまで至った。

同時に母は、エランやメアリー、それ以外にもクリストフやカーリーン、クレアの世話や教育など、仕事以外の面倒も親身になって見てくれており、実の子供のように可愛がってくれていた。

このような経緯で、ここまで七人を全員的中させ、新たに男爵家に仕えてもらうことができた。

既に父から貰った紹介料《きんか》は、儀式五回分金貨×七人分であり、必要経費を除いても相当な額になっていた。それにより、最初に与えられていた俺が自由に使える予算、金貨五百枚を軽く超える額が、最終的に収益として俺の手元へと入ってきた。

「今後は候補者が見つかれば、此方の責任で進めても構わないですか？」

もう父から『無駄遣い……』という言葉は出てこない。

「もう、そろそろ……」

「貴方のお陰で非常に助かっています。これからも、思うようになさい」

何か言葉を言いかけていた父を、母が横から別の言葉で上書きした。

そんな父を見て少しだけ心が痛んだが、結局、俺はそれを完全にスルーし、母の言葉に従った。

父はまだふんだんに資金を持っている、そんな裏付けもあったし、なにより未来の男爵家を救う、そのための必要経費だ。この先もっともっと、資金は必要になってくるのだから……。

◇八人目、九人目、十人目

ちょっと最初に飛ばし過ぎて調子に乗ってしまったが、そろそろ警戒しなくてはならない。

あまりにも的中率が高すぎると怪しまれるので、その次からわざと失敗も交えることにした。

「みんな、一度目は練習だから、好きな属性を選んでほしい」

俺は悪戯をする子供の顔で、目の前の三人に語り掛けた。

「いやそれは、もったいなくて……」

「練習だなんて……、そんなこと」

「あの……、本当に良いのですか？」

躊躇する三人に対し、俺は説明した。

「実はね、これまで上手く行きすぎて、このまま十連続で成功なんてしたら、ちょっと周りの目が厳しくなるんだよね……。正直に言うと、三人には魔法士としての適性があると思っているんだ。根拠のない確信だけど……、周りの目を少しでも誤魔化すため、失敗事例も作りたいんだよね」

うん……、正直に話したけど、自分自身が物凄く怪しい話をしている自覚はあった。

それは三人の表情を見ていてもよく分かった。でも強引に押し込むしかない。

「サシャ、ローザ、バルト、金貨《おかね》のことは気にせず、本番前に少しだけ協力してほしい」

「わかりました！　では、あたしは水魔法士を選びます！」

え……？　よりによって何でまたそれを？　まぁ一人ぐらいいいか……。

「サシャは本当にそれでいいんだね？」

「はい！　それしか考えていませんでした！」

仕方ない、あとの二人で失敗事例を作ればよいことだ。


「では私は、聖魔法士でお願いします！」

いや……、それは今、選んでほしくなかったんだけど、どうしてまた？

「ローザは本当にそれでいいの？　練習だよ？」

「はい、施療院で働く者にとって、それ以外の選択なんてあり得ませんから」

笑顔で断言する彼女に、俺は何も言えなくなった。

この時点で俺は『自由に選んで』と言った自分の迂闊さを呪った。


「僕は……」

バルト、頼む！　今は君だけが頼りだ。悩むバルトを前に俺は祈った。

「クレア姉さんと同じ、火魔法士がいいです！」

ありがとう、バルト。君を友と呼ばせてもらおう。

「わかったよ、じゃあ、それで始めるね」

当初の目論見では、三連敗したのち三連勝する予定だったが、無情にも結果は二勝一敗だった。

女性たちは、強く望んだ属性の魔法士になれ、嬉しさのあまり歓喜の声を上げている。

うん、バルト、落ち込まなくていいよ。君の選択は正しかったのだから。ありがとう！

俺は一人だけ外れを選んでしまい、しょげるバルトをなだめつつ、再び儀式に臨ませた。

そしてバルトも晴れて、時空魔法士としての適性が確認できた。

最後は三人で手を取り合って喜ぶ姿を見て、俺は少しだけ困惑していた。

「いや……、通算成績十勝一敗って、これは十分怪しすぎるよなぁ……、この先どうしようか？」

驚く教会の神父の傍らで、俺は小さく呟いた。


水魔法士となったサシャは、元々難民だった。

エストール領の中で最果ての村に住み、三年前の干ばつでは耕作地が全滅したため、難民として家族と共にエストの街に流れ着いていた。難民の自立支援策の一環として、彼女は受付所で働き、それ以降も継続してクレアの指揮下で仕事をしてもらっている。

そっか……、干ばつが原因で故郷を去ったのなら、彼女にとって水魔法は必須の選択だよな。

聖魔法士となったローザは、エストの街の施療院で働いていた。

施療院とは、誰でも無料で治療が受けられる病院のようなものだ。この世界でも医者はいるが、そもそも数も少ないうえに治療費が高額となるため、一般の人間が医師にかかることはまずない。

そのため、施療院は教会と連携した医療機関として、無償で治療を行い、薬代のみ有料となる。

この施療院は領主からの支援や寄付で運営されており、戦時には看護兵を供出する役割をもつ。

俺は大会の際、万が一の怪我や負傷に備える、そういう理由を付けて彼女をずっと確保していた。

そりゃ……、彼女も仕事柄、聖魔法士一択になるよな。今度は事前に背景もちゃんと調べよう。

時空魔法士となったバルトは、クレアと同じ孤児院出身だ。

孤児たちのまとめ役である年長のクレアに対し、彼は面倒見の良い兄貴分として孤児達から慕われており、クレアと人気を二分していた。バルト自身は、クレアを姉のように慕っているが……。

バルトもクレア経由で採用したのち、定期大会の実行委員補佐として、事前に囲い込んでいた。


こうして彼ら三人も、新しい世界にその一歩を踏み出した。

父に無事十人を発見、囲い込んだことを報告した流れに繋がる。

「もう勝手にやってよい」

悲鳴のように声を出し、諦めた父は苦笑いした。ソリス家は短期間に、これまで一人も居なかった魔法士を、一気に十名も抱えることになった。ただ、変な疑惑や流言飛語を防ぐ必要もあった。

あらぬ脅威として誤解されると面倒だったので、魔法士の件は、非公開情報として秘匿された。

従軍魔法士として軍に所属しているゲイル、ゴルドの立ち位置は少し微妙だったが……。

この二人以外の八名は、男爵家に直接出仕する者として新たに囲い込まれた。名目上は母や兄、俺、妹を世話する従者として、実際にはこれまで通り、射的場の運営や定期大会実行委員の一員として、まずは目先の業務に従事してもらっている。

これが後に、ソリス弓箭兵団、ソリス鉄騎兵団と並び、ソリス三兵団として称され、敵にとって最も恐れられる存在として、味方にとっては躍進につながる尖兵として、名を馳せることになる、ソリス魔法兵団の始まりである。

第二十八話　七の矢、新たなる一手（カイル歴五〇三年　十歳）

魔法士発掘の報告も落ち着いたある日、父に対し俺は唐突に、以前の約束の履行を求めた。

「父上、母上、お願いがあります。以前にお約束いただいた通り、バルトを私の専属従者として、配属していただきたく思います」

十人の魔法士を揃えた時点で、父との約束により俺は、一千枚を超える金貨を手に入れており、儀式の必要経費を引いても、残った手持ち金貨の合計は、軽く一千枚を超えていた。

承認が必要な予算として与えられていた一千枚は、射的場の運営や受付所の拡充などで使用し、今は相当目減りしているが、俺が自由に使えるこの一千枚以上の金貨の存在は非常に大きい。

そこで、父の伝手を借り、次の手を打つ決心をしたのだ。

「バルトを使って何をするつもりだ？」

「はい、彼は時空魔法士で、父上と同じく空間収納が使えます。今後は交易商人に同行してもらい、ある役割を果たしてもらいたい、そう考えています」

もしかすると、父も似たようなことを考えていたのかもしれない。少し渋い顔をされた。

「うむ……、その件か……、実は、儂もな……」

「領主の貴方が約束を違えてどうなりますか？」

言葉を濁していた父に、母が笑いながら差し込んだ。

いや眼だけは笑ってない。いつもの、絶対逆らったらアカンやつ、です。

「も、もちろんだともっ！　約束通りバルトを、タクヒールの専属使用人として認める」

母の背後から、どす黒い霧のようなものが上がるように感じた父は、慌ててそれを認めた。

「もう一名については、今は専属という形ではなく、必要に応じ都度手を借りたく思います。既に定期大会の運営要員として、皆には手を貸してもらっていますし」

「元々タクヒールが、射的大会の運営のため見つけて来た子たちです。貴方！　当然ですよね？」

「も、も、もちろんだとも。ただ、何人かは魔法士としての戦闘訓練に参加してもらいたいと考えているが、その点、お前には異存はないな？」

母さまは、ちゃんと父を追い込んでくれる。感謝！

「はい、もちろん当然のことと考えます。そのあたりは本人の適性に応じて、差配はお任せいたします。バルトの件で父上にお願いしたいことは、信頼のおける交易商人、特に北の隣国、この国にない海の沿岸部で交易を行っている商人を、ぜひ紹介いただきたく思っています。また、交易商人に対してバルトの同行を願う際、父上からの依頼、といった形で商人にお話しいただけませんか？本日の私のお願いは、この三点です」

そう、商人を信用していない訳じゃないが、俺からの依頼では全く重みがなく軽すぎる。商人男爵の異名を持つ父からの依頼となると、商人たちもきっと無下にはできないはずだ。

「それは構わんが、タクヒールよ、お前は何を始める気だ？」

「海辺にある、打ち捨てられている素材を使って、このエストールの大地を豊かにする算段です。それをこれから試すために、彼の力が必要です」

「ふむ、面白そうだな。その素材が入手できたら私にも報告すること、結果を全て共有すること。それが口添えの条件だな」

「勿論です。ご了承いただきありがとうございます」

まぁ、牡蠣殻を収集する目的は他にもあるのだけど。それについては、おいおい後ほど……。

元々交易に才のある父と、好景気に沸くエストール領、この二つの理由で商人の出入りも多い。そのため、ほどなくしてある交易商がバルトの同行を認めてくれることとなった。

そしてある晴れた日、領主館付きになった魔法士の仲間たち、受付所のみんな、射的場関係者、孤児院の仲間たちに見送られ、バルトは交易へと旅立っていった。

見送るために俺の周りに一緒にいるのは、これから俺の目論見を進める大切な仲間たちだ。

一気に走り出してから、やっとここまで来たと思うと、凄く感慨深かった。


交易に出たバルトには、大きく三つのことをお願いしていた。

そのために、それなりの数の金貨も彼に預けている。自身の判断で使って構わないと伝えて。

・ひとつ、牡蠣殻を収集すること。
これは最優先の依頼として対応し、海辺の町などで捨てられている牡蠣殻を回収することだ。

可能な限り多くを。それに対価が発生しても構わないので、先ずは量を集めることを優先する。
・ひとつ、穀物の種を収集すること。
これはできる範囲での依頼であり、領内で栽培されていない種類の穀物の種を入手することだ。

その中に、特に米が有れば優先して収集し、併せて栽培方法を確認することも申し添えていた。
・ひとつ、芋を収集すること。
こちらもできる範囲での依頼だが、領内では栽培されていない種類の種芋を収集することだ。

もちろん、その栽培方法も併せて確認してもらう。


バルトに説明した後、俺は意外な落とし穴があることに気付かされた。

「タクヒールさま、牡蠣って何ですか？」

「えっと、海の岩場や岸壁のいたる所に張り付いている平らな貝で……」

「申し訳ありません……、その……、貝ってなんですか？」

「！」

海を知らない者なら当然の疑問だった。そもそもカイル王国は海に面しておらず、海なし国だ。しかもエストール領は、海の方向とは正反対の位置の、山側にある最辺境なのだから……。そもそも海を見たことがある者が皆無、そう言っても差し支えないぐらいの状況だった。

俺自身、絵を描こうにも牡蠣の絵って意外と難しかった。個体によって形が全然違うし……。見たこともない牡蠣について、バルトに説明するのに相当苦労したが、幸いにも同行する交易商人が知っていたので助かった。彼が道中、実物を見せてバルトに教えてくれることで解決した。あと、往路は何も運ぶものが無いので、自由に空間収納を活用して構わないとも伝えていた。

米はもちろん、いつか叶えたい俺の願望！　もうそれは熱望と言った方が良いかもしれない。この世界でも、いつか白米のご飯を食べること、それは俺の夢だ。青竹を飯盒にしたご飯だって食べてみたい。運よく米が入手でき、エストール領で稲作ができればそれこそ最高だ！　ただこの世界に米があるのか、入手できるかどうかも分からない今、この優先度は低い。

バルトに対し、米を説明することも難しかったので、穀物なら何でも良いからと表現を変えた。

そして芋！　これは食料事情の改善に大きく寄与するものだ。

カイル王国内でも、北部地域では芋の生産も行われており、食料として活用されているが、中央から南部一帯ではまだ馴染みがなく、エストール領でも芋は、一部を除きあまり浸透していない。

荒地でも育つ芋、いろいろな気候に適合した芋など、ジャガイモやサツマイモ、タロイモなど、多種多様な芋が見つかれば良いのだが……。それらが、テイグーンの土壌でうまく育てば最高だ。

芋についても、同行する商人が詳しく知っていたので、道中で見掛けたらその都度教えてやってほしい旨をお願いしていた。俺自身がこの世界で読んだ書物や交易商人の話からも、数多くの種類の芋が存在することは確認している。良い種芋が見つかれば活用方法の案もバルトには伝えている。

それは孤児院や学校など、子供たちの手で栽培を進め、収穫物が彼らの収入となる仕組みだ。


牡蠣殻も、米を始めとする穀物も、そして芋も、全てが何年か先のための大事な布石となる。

今はまだ、そのための準備で俺たちは動き出したばかりだ。今後、バルトの活躍次第で六年後、九年後の未来はきっと変わるはず。俺はそう考えていた。この交易は、そのための第一歩であり、やっと踏み出せたものだ。よくよく考えてみると、様々な作戦はあるが、それら全部がまだ第一歩、またはその準備段階であり、足さえ踏み出せていないものもある。

「まだまだ先は長いな……」

思わず呟かずにはいられなかった。その割に残された時間は少なく、刻々と減り続けている。

「必ずや成果を持って帰ってきます！」

バルトは無事の帰還を祈る皆に、何度も手を振って旅立っていった。

バルトを送り出した後、益々盛り上がる射的場の利用や次の定期大会、登録者の増加を受けて、魔法士候補者の洗い出し、洪水対策など、俺たちが立ち止まり休息を取る時間は、まだなかった。

次回の魔法士適性の確認は、もう少し目立たぬよう候補者の選定と囲い込みを進めてゆき、時期が来たら一気に行うつもりでいる。

そうそう、年に一度の最上位大会、この企画や賭け事（お金儲け）の仕組みも考えないといけない……。多分一年なんてあっという間だろうし。

ここ最近、忙しくしているせいか月日の流れがすごく早い気がするな……。

俺は机に向かいぶつぶつと独り言を言いながら、構想を練るためにペンを走らせていた。

第二十九話　前期五大災厄　その五　水龍の怒り（カイル歴五〇三年　十歳）

～～～ソリス男爵領史　滅亡の階梯《かいてい》～～～～～～～～～～～～～～～～～～～～～

カイル歴五〇三年、エストールの地、大いなる水の禍に見舞われる

国境の高き峰々より湧き起こりし黒雲、幾重にも重なりエストールの大地を覆う

慈雨ときに荒れ狂い、大地を激しく叩き収まることなし

オルグと呼ばれし川、猛る水龍となりて大地を穿ち、荒々しく流域を駆け抜ける

水龍の怒り、水の護りを打ち砕き、豊穣の地を飲み込む
マーズと呼ばれし町、民と共に濁流に呑まれ、実り多き大地もまた泥濘の底に沈む
民は大いに嘆き、飢え、エストールの大地は涙に濡れ、地を治める者を滅亡の階梯へと誘う

〜〜〜〜〜〜〜〜〜〜〜〜〜〜〜〜〜〜〜〜〜〜〜〜〜〜〜〜〜〜〜〜〜〜〜〜〜〜


時は、カイル歴五〇三年の夏の出来事に少し遡る。

オルグ川が大氾濫を起こし、穀倉地帯を押し流したうえ、マーズの町を濁流に沈める、災厄の夏がやって来ようとしていた。ソリス家では、これまで主導してきた洪水対策や治水工事も大詰めを迎え、最後の定例会議が行われようとしていた。

「クリス、工事の状況はどうなっているかね？」

「あなた、問題ありませんわ。当初遅延していた予定も、エランとメアリー、地魔法士が二人加入したことにより、遅れていた予定は全て挽回しました」

「では、間もなく工事は完了すると？」

「はい、既に予定していた工事は全て完了していますが、今は更に追加の補強を実施しています」

「それは何よりだ。ところでレイモンド、水路と水門、そして緊急時の対応はどうなっている？」

「水路と水門の改修、補強は完了しております。緊急時の対応も、全て手配は完了しております」

父の質問に答えると、レイモンドさんは俺の方に向き直った。

「タクヒールさま、例の配置はどうなりましたか？」

「はい、マーズの護りは、地魔法士のメアリーと水魔法士のサシャが行います。メアリーの地魔法で堤を都度修復し、その間はサシャが水魔法を使い水流を調整して、メアリーをサポートします。エランはエストの街から下流域を担当しますが、担当する範囲が広大で彼一人では厳しいですね。状況によって、本部付きのサラを支援に回していただけると助かります」

「タクヒールさま、ありがとうございます。では彼らの配置はそのように」

「タクヒール、サラの件は承知しました。此方から指示しておきましょう」

「母上、ありがとうございます。因みにメアリーは、自分の町を必ず守ると息巻いていますよ」

「俺とタクヒールは後方部隊だから、皆の活躍が見られないので残念だけどな」

兄のダレクと俺の役割は、後方部隊として炊き出しや避難所誘導などを行うことになっている。射的場や受付所の人員、定期大会の実行委員などが直属部隊として、手足となって動く予定だ。

「行政府の指導で流域の領民にはこれまで何度も、防災出動、避難訓練なども実施しております。洪水に備えるよう事前の周知と、実際に洪水が起こった際の対応は準備できております」

そう、俺たちはみな、ここ一年ずっと準備してきた。それぞれが必死になって頑張ってきた。やるべきことは、全て対応済み……、のはずだよね？　恐らく。

会議も終わり、数日後、天候が急変した。

国境の山脈から湧き出たドス黒い雲は、急速に厚みを増しこちらに向かって来る。エストール領全土が黒雲に覆われると、にわかに雨が降り出した。雨はだんだん激しく、そして一向に止む気配が無く降り続いた。

「これは……、来るな？」

「来ますね」

父と家宰のレイモンドさんは、二人で空を見上げて呟いていた。

雨が降り始めてから三日経ったが、激しい雨は未だに止む気配がなかった。

天の底が抜けたような雨、まさにそんな感じの豪雨は、激しく大地を叩き続けた。

「オルグ川の水位、危険水位に入りました！」

切迫した兵士の報告に皆が立ち上がった。

「これより非常事態に入ったと宣言する！　直ちに全員、予め決められていた配置に就くように。レイモンド！　流域の各村、町に対し避難勧告を出し、指揮下の防災部隊を招集し詰所に待機！クリス！　直ちにマーズに移動し現地の指揮を頼む。皆の安全を優先してマーズの守りを任せる！ダレクとタクヒール！　炊き出しや避難民の受け入れ準備を開始！　全員直ちに行動を始めよ！」

父の指示を受け、皆が一斉に動き出した。

降り続く豪雨のなか、川はまだ氾濫していないが、既に辺り一帯は水浸しだった。

「これは、エラン発案の水抜き水路が、洪水にならなくても役に立ちそうですね……」

そう呟いたレイモンドさんは、防災部隊を率いて、堤の状況を確認するため巡回を始めた。

「貴方、後は頼みましたよ」

そう言い残した母は、メアリーとサシャが待機している、マーズの町へ急ぎ移動していった。

最高指揮官である父、ソリス男爵は、街外れの射的場を防災本部とし、そこに詰めている。

「射的場にこんな使い方もあるとはな」

嘆息してひとり呟きを漏らしていた。

そう、屋根と壁があり雨風がしのげ、高さもある広い空間の屋内施設。奥行きも十分あり、多くの人員を収容できるうえ、屋内で煮炊きが可能で食事の配給もできる。これは俺の意向で、射的場が非常時の対応施設となることも想定して、建設されていたからだ。

兄ダレクや俺たちが率いる輜重部隊も、ここに待機し、各方面に配給する食事を用意していた。

輜重部隊は兵士だけでなく、受付所や実行委員の者たちで構成され、予め役割も決まっていた。

こうしている間にも、オルグ川の濁流はさらに勢いを増していった。

そして……、大いなる水の禍、後になって『水龍の怒り』と呼ばれた悪夢の一日が始まった。

「報告っ、報告っ！」

早馬が到着し、父と俺の元にオルグ川氾濫の第一報がもたらされた。

「父上、何処ですか?」

「下流だ！　ここより先、フランに抜ける街道上に架かった橋と、その一帯だ」

俺も父も予想外の場所だった。

いや、数ある想定の中には一応あったが、最初にここが溢れるとは思ってもいなかった。

この橋が架かる街道は、南へ抜ける最も重要な街道であり、領内の生命線のひとつだ。橋を越えた街道の終点には鉱山があり、その手前には、集積地兼中継地であるフランの町がある。大量の鉱石や鉄を運ぶため、橋は頑丈な構造に造られていたが……、その頑丈さが災いしてしまったのか？

「状況を説明せよっ」

「橋自体は堅固に改修されており健在ですが、橋に流れ着いた流木が水流を堰《せ》き止めております。そのため一帯は川が氾濫して水浸しです。現在は新たに築いた堤で洪水をくい止めております」

そういえば日本でも、頑丈な橋を造ったがために、土石流を食い止めてしまい却って被害を拡大させたと言われた橋があったような。確か、眼鏡橋……。こんな時に思い出しても遅いのだが……。

「レイモンド、部隊を率いて橋より下流へ！　橋が限界を超えると、一気に大量の水が下流に押し寄せるぞ！　対策と撤退の判断を見誤るなよ」

「はっ！　了解しました。これより直ちに出動致します。エラン、サラさまと二人で私と共に！　急ぎ水の逃げ道を作りましょう」

慌ただしく彼らも出動していった。

◇◇◇　（同時刻　マーズの町近く）

視界を遮るほどの雨が激しく降りしきる中、轟音を上げて濁流が流れるすぐ脇の堤防で、必死に作業を進める女性たちの姿があった。

「サシャ、もう少しだけこの濁流、支えてね」

「はい……、奥さ、ま……、だ、い、じょうぶ……、です」

クリスにも分かっていた。サシャは限界まで頑張り、水流を何とか別の方向に逃している。

そして間もなく、それが限界を迎えることを。

「メアリー、サシャが支えてくれている今よ！」

「はい、奥さま。絶対護ってみせます！」

クリスの地魔法はかなり特殊だった。普通の地魔法士は大地の形状を変化させることに特化しているが、クリスは大地そのものの性質を推し量ること、言ってみれば土地の鑑定ができるのだ。ただその代わり、大地の形状変化をもたらす力は弱く、土木工事よりも事前調査に向いている。

クリスはいまその能力を発揮し、現在崩壊しそうな場所、濁流に削られて弱体化しつつある場所などを次々と指摘し、それをメアリーが補強していく。二人で役割を分担し作業に当たっていた。

三人はずぶ濡れになり、そして激しい風に飛ばされそうになるのを耐えながら必死に対応した。

その傍らには、土嚢を抱えた防災部隊が待機し、クリスの指示で次々と土嚢を積み上げていった。

「マーズの町を護る！」

この思いだけが、不眠不休で濁流と戦う、危険で辛い作業を行う彼女たちを支えていた。

◇◇◇　（エスト郊外　街道付近）

他にも、荒れ狂う自然の猛威を前に必死に戦い、自らの無力さを悔やむ男達がいた。

「レイモンドさまっ！　もう橋は限界です、どうか退避を！」

「残念だが全員、この場を放棄して堤まで退避！　エラン、サラ、放水路を開放してくださいっ！下流域への警報も忘れずにっ」

彼の決断のあと、ついに橋が限界を超えて崩壊し、支えがなくなった川の水は鉄砲水となった。奔流は一気に下流域を襲った。

これまでなんとか濁流に持ち堪えていた堤も、ついに限界を超え、次々と崩落しはじめた。それにより堤は各所で寸断され、そこから新たな氾濫が発生していった。

「くっ！　水の勢いが強すぎる……、これではもたない。ここで何とか堤を……」

「エラン！　残念だがここは諦める！　これより我々は速やかに安全な下流域へ移動する！」

悔しそうに、その場に留まろうとするエランに対し、レイモンドは撤退を指示した。橋があった付近は既に氾濫した濁流で満たされており、それを外側の堤で何とか持ち堪えていたが、橋の崩壊に伴い、鉄砲水となり狂奔した濁流は容赦なく下流の堤を削っていた。

それらによって轟音と共に堤が崩落し、新たな一帯を泥濘に飲み込みつつ、更に下流域を襲う。激しい流れにさらされた下流域には、土石流が押し寄せて更に被害は広がっていった。流木や土砂を含んだ流れは、怒涛の勢いで流域を駆け回り大地を削っていく。

◇◇◇　（エストール領内）

ソリス男爵一家を始め、地魔法士たち、防災部隊は夜を徹して各地を飛び回り対応に奔走した。

いつ終わるかもわからない水龍との戦いに。

それは、永遠に続くかと思われ、俺を含め全員が疲労の極地に達していた。

だがやがて、悪夢の夜が明けはじめたころ、やっと風雨の勢いが少しだけ落ち着きだした。

「あともう少しだ！」

誰からともなく、希望の言葉が出始めたころになって、水龍の怒りはその終焉の兆しを見せ始めていた。多くの大地を泥濘の底に沈めたのちに……。


夜が明けると、雨は小降りとなり、雲も心なしか薄く、明るい空も見え隠れしはじめた。

それに合わせるように、水の勢いも徐々に弱くなり、視界も開けてきはじめた。

それでも誰もが、戦場のような忙しさで走り回っている。

本部に詰めている父の所には、続々と各地の状況報告が入る。

それらを集約し、部隊の移動や新たな対処が命じられていく。

やがて徐々に、切迫した報告は減り、被害状況や復旧状況の報告にとって代わっていた。

それらの報告を受け、各所にも安堵のため息が漏れ始めた。

「クリス様より報告です。マーズと周辺一帯の穀倉地帯は無事、人も農地も被害はありません！堤防を点検し、補修を終えたのち、対策本部にお戻りになるとのことです！」

「レイモンド様より報告です。防災部隊の人的被害はありませんが、下流域の被害状況は調査中！　現時点でまだ確認できていないとのことです。なお、これまでに確認できた被害状況を報告します。フランに通じる街道より下流域の被害は甚大で、街道の橋は完全に崩壊し、一帯は水浸しとなり通行も復旧もままなりません。新たに設けた堤は各所で寸断されておりますが、近隣の村々には被害が及んでおりません。確認できた範囲内の農地は被害もないようですが、下流域に行くほど土石流の爪痕は大きく、最下流に位置するエール村は相当な被害を受けた模様だとのことです」


対策本部では、その後も報告が続き、次第におおまかな被害の全容が見えてくるようになった。

今回の洪水被害は、エストール領に限って言えば、甚大という程のものではないが、それでも無視できないほどの大きなものだった。その中でも、オルグ川流域の最下流に位置するエール村ではそれなりに大きな被害を受けたが、避難指示が徹底していたため、人的被害は免れていた。

被害を大きくした原因はやはり、最後の土石流だったらしい。堅牢な橋によって堰き止められていた流れが、橋の崩落で一気に解放され、大量の水と土砂が一気に下流を襲ったからだ。

それにより、エール村や更にもっと下流の、ヒヨリミ子爵領の一帯が泥濘に沈んだらしい。


洪水が落ち着き、事態は沈静化しつつあったが、逆に慌ただしさを増した部署もあった。エストの街に設けられた避難所、炊き出し所は、数百の避難民であふれ返り、兄と俺はここからが本番、そんな忙しさで対応に忙殺されていた。

「兄さん、俺は避難民対応の指揮を執るので、この対策本部は任せていいかな？」

「ああ、任せてくれ。ただこちらにも、炊き出し関係の人員を預けてもらえると助かる！」

「クレア！　聞いての通りだ。炊き出し関係は二隊に分割して、両方の部隊への振り分けを頼む。一隊はここに残って、帰還して来た防災部隊に対し、温かい食事やスープを振舞ってほしい。もう一隊は俺と共に避難民の対応に。カーリーンは兄さんの指揮下に入り、炊き出しへの誘導を頼む。クリストフは実行委員補佐の人間を率い、町の入口にて帰還者と避難民、それぞれの誘導を頼む。ローザは負傷者の対応を継続し、ここの臨時救護所を引き続き見てほしい」

「承知しました。射的場関係者はここで対応し、受付所関係者はタクヒールさまと共に！」

「はい、今から私たちはダレクさまの指揮下に入ります」

「了解しました。実行委員補佐、全員集合しこれより街の城門前まで移動する！」

続々と帰還してくる防災部隊、そして夜が明けてからも増え続ける避難民など、その対応は多忙を極めていた。

前期五大災厄の最後、エストールの地に壊滅的被害をもたらす洪水被害は、なんとか対処の目途はついた。それなりの被害はあったものの、前回の歴史と比べれば、洪水によって残された爪痕は驚くべき程小さく、失われた命はなかった。これはもちろん、前回の歴史にはない三つのことがあったからこそ、回避できたといえる。
・事前の堤防工事や、防災部隊、避難指示など、水害対策が十分に行われていたこと

・地魔法士の増員ができ、現場でも対応ができたこと
・今回の災害を事前に予期していたため、現場で混乱がなく全て迅速な対応ができたこと

「ふぅっ、なんとか……、なったか？」

俺はこの結果に満足して安堵のため息をついた。

後日になって、歴史がもたらす悪意、真の凶報を知るまでは……。

第三十話　歴史は繰り返す（カイル歴五〇三年　十歳）

洪水が収まった翌々日、レイモンドさんが各地に放った諜報員から、エストール領内外の被害状況が届き、俺達のもとに真の凶報がもたらされた。

「あくまでも現時点で、調査がまとまった範囲内での情報です。エストール領内に限って言えば、この規模の災害としては、非常に軽微な被害だったといえます」

「領内で被害を受けたのは、エール村のみかね？」

「人の住まう地域、農地の被害だけを見れば、今回被害を受けたのはエール村だけとなります」

「では、人の住まない場所、農地以外の場所はどうなっている？」

「差し当たり急ぎ復旧が必要な被害は、フランに通じる街道と橋、その一帯ですね」

「レイモンド、現状で不都合な点は何かしら？」

「現在、フランの町とは街道を利用した食料や鉱物の輸送ができません。ここは重要な街道ですが物流が完全に止まってしまうため、早急に修復工事を行うことが必要です。その他の地域では、堤が崩れて水に沈み、今なお通行不可能な場所はそれなりに有りますが、これらは当面後回しで構わないでしょう。クリスさまには、この対応を優先していただきたく思います」

「ところで近隣の被害はどうなっているの？　レイモンドが把握している範囲で構わないわ」

「クリスさま、大前提として、あくまでも諜報の及ぶ範囲で得た情報という点はご容赦ください。ゴーマン子爵領でも、それなりの被害を受けた模様ですが、既に復旧作業に入っているようです。深刻なのはヒヨリミ子爵領です。下流域は甚大な被害を受けており、全容は掴めていませんが、領境に接する町は完全に水没したようで、近隣の村々も深刻な被害を受けているとのことです」

そう、今回の水害は、隣接する領地の方が格段に大きい被害を受けていた。

家宰が収集した被害情報は、俺の予想を遥かに超える痛ましいものだった。

◇エストール領
被災者　約一五〇名（死者行方不明者なし）
被災地　エール村（床上浸水、農地は全滅）
他被害　フラン方面の街道、橋（通行不能）

◇ゴーマン子爵領
被災者　推定約四〇〇名（人的被害は不明）
被災地　農村二か所（床上・床下浸水、農地も全滅または被害甚大と推定）
他被害　水車を用いた施設群（損壊多数）

◇ヒヨリミ子爵領
被災者　推定約二〇〇〇名（死者行方不明者多数）
被災地　町一か所と農村五か所（家屋全壊、死者行方不明者多数、農地被害多数）

「そんな……」

報告を聞いて俺は絶句して言葉も出なかった。

「ゴーマン子爵領では、事前に洪水対策を行っていたため、被害も小さく抑えられたようです。ただ、ヒヨリミ子爵領では何の対策も行われず……」

「サザンゲートの戦で三分の一の兵力を失ったばかりだ、余力もなかったのであろう」

父の返答はあえて好意的に表現した内容だったと思う。

実際は、我々の忠告にも聞く耳を持っていなかった。

少しでも真摯に受け取ってもらえていたら……、こちらがもう少し粘り強く警告していたら……、失われた命を少しでも救えていたかもしれない。

俺は後悔とともに激しく落ち込んだ。

第一回定例会議の時、妹のクリシアが何気なく言った一言、それが何度も頭を何度もよぎる。

『ねぇねぇ、もしどっちも水が溢れなかったら……、そのお水はどこに行くの？』

その言葉の意味すること、事の重大性に気付いていなかった。いや気付かない振りをしていた。

失われた命はもう帰ってこない。だが、これから失われる命は少しでも救いたい。

落ち込んでばかりじゃ駄目だ。俺は決心した。


「父上、母上、お願いがあります！　被災地対応のために編成していた災害救援部隊を、ヒヨリミ子爵領に派遣しましょう。被災した一人でも多くの人に、救いの手を差し伸べたく思います」

「うむ……、これぱかりは相手のあることゆえ、何とも言えんが……」

父は少し弱気だった。まぁ、これまでがこれまでだし、相手は貴族として格上だ。

「貴方、こういう時こそ、私たちの在り様を見せるべきだと思います」

母が後押ししてくれた。

「タクヒールさまも配下の救援部隊を編成して、いつでも出られるよう準備を整えておいでです。供出できる救援物資の用意は、全て整っております」

レイモンドさんも後押ししてくれた。

「よし！　時間は貴重だ。タクヒールよ、救援部隊を率いてヒヨリミ領に向けて直ちに出発せよ！

こちらからはヒヨリミ子爵に対し、災害援助の用意がある旨をしたため、直ちに早馬を送り出す。

万が一、先方で拒絶されれば、手前のエールの村に留まって、予定していた救援活動を実施せよ。

タクヒールは男爵家の名代として同行、護衛には兵士百五十名と双頭の鷹傭兵団を付ける」

心が定まれば、父の決断は早かった。

俺は会議終了後、事前に編成していた部隊と救援物資を伴い、直ちにエストを出立した。


救援に向かう途上でも、俺の表情は冴えなかった。今回の対応で自己嫌悪に陥っていたからだ。

「貴方はできる最善のことをされたのです。ヒヨリミ子爵領にも、事前に通告し対策を促しました。

救われた多くの命のこと、いま苦しんでいる方に何ができるか、それだけをお考えください」

沈んでいる俺に、アンは優しく語り掛け、そっと抱きしめてくれた。

「一人でも多くの命を救うため、懸命に動かれています。おひとりで全て背負わないでください。

人はみなそれぞれが、できる範囲のことしかできないのですよ」

そう慰めてくれたアンの言葉で、ほんの少しだけ気持ちが軽くなった。


今回の災害では、三つの領地で合計、一つの町と八つの村が被害を受けた。

前回の歴史でマーズの町と穀倉地帯に集中した災厄が、今回は他領に分散したとも考えられる。

そう、本来は被害を受ける予定ではなかった地域に。

そういえば、サザンゲート殲滅戦でも、ソリス男爵軍が受ける被害は回避したものの、代わりにヒヨリミ子爵軍が全軍の三分の一を失うという、甚大な被害を受けていたはずだ……。

『歴史という名の悪意』は、俺が行った改変に対して、常に帳尻を合わせるため、その爪痕を残してくるのではないか？


本来は失われる予定ではなかった命に対する罪悪感、この先に俺が行う改変に対しても、歴史は等量の代償を要求してくるのではないだろうか……、俺はそんな恐怖をずっと感じていた。

今まで俺は、歴史からうまく逃げることだけを考えていたのかもしれない。

だが、いくら逃げても、歴史という名の悪意は、俺を追ってくる可能性があることに気付いた。

そのことに心を痛め、悩んでいた。

ここから先、もう逃げるだけでは済まない。正面から向き合い、戦って行かなければならないのだ。

アンのお陰で、改めてそう思い直し、覚悟を決めることができた。


ヒヨリミ子爵から正式に救援受諾の返答が来てからは、俺たちは移動の足を更に速めた。

「エラン、メアリー、サシャ、みんな、連日休みなしで辛いだろうけど、もう少し力を貸してね」

「勿論ですっ！　せっかく力を与えていただいたのです。こんな時でもご恩に報いないと」

「もしかすると、私の町がそうなっていたかも知れません。なので他人事には思えなくて……」

「私も今回のことで初めて人の役に立てました。こんな私でも役に立てるのが嬉しいです！」

それぞれ三人から嬉しい返事があった。あともう少しだけ……、彼らの好意に甘えよう。

今回の救援部隊は、中核となる射的大会実行委員たち、受付所や難民救済時に活躍した人たち、そして、過去に難民として救済を受けた側の人たちで構成されていた。

「私たちは以前受けた、ご恩に報いる機会をいただいたのです。救われた感謝を、今度は自分たちが救援する側でお返ししたいです」

そんな声を上げて、彼らは真っ先に駆けつけてくれていた。

そういった訳で、救援部隊には俺が見知っている者も多く、気心も知れているため、彼らは俺の思いを知り、それを前提に動いてくれている。彼らには基本的な指示など必要なかった。しかも、炊き出しや救援活動に慣れ、指揮系統含め組織としての動きができ、非常にやりやすかった。


災害救援部隊の構成は、大きく三つの指揮系統に分かれている。

指揮系統　五〇名　実行委員メンバーや受付所などの直属部隊
実働部隊　一五〇名　以前に共に働いたスタッフや、過去に救済された元難民たち志願者
護衛部隊　一五〇名　傭兵団三〇名と常備軍兵士一二〇名

俺たちはオルグ川沿いに東へと移動したが、進むにつれて周りは洪水の爪痕を多く残していた。

ヒヨリミ領へ向かう途上、エストール領で唯一被害を受けたエールの村に差し掛かったとき……。

「人的被害がなかったとはいえ、多くの住居は倒壊し、畑は全滅している。アン、これではエール村の被害も無視できないんじゃないかな？」

「そうですね。数字を聞いただけでは、私もここまで酷いとは思っていませんでした……」

ここで俺はもう一つ決断した。

「クレア、申し訳ないけどお願いしていいかな？　指揮系統から十名、実働部隊から三十名、護衛部隊から三十名を預けるので、ここに留まり救援部隊を指揮してエールを救ってくれないかな？　クレアなら安心して任せることができる。ここの被害も深刻だし、素通りするのは心が痛むからね」

「承知しました。そう仰っていただけて嬉しいです。受付所にも、エール出身の者もおりますし、私自身も、少しでも村の方々をお助けしたく思っていました」

正直、アンに次いで俺と長く行動を共にしてきたクレアは、俺の思いを十分に理解している。

そして、こういった場面では、彼女は遺憾なくその指揮能力を発揮するはずだ。

俺は安心してクレアに部隊の一部を預け、エールの対処を任せると、その先へと進んだ。


そして、派遣部隊が領境を越え、しばらく進むと景色が一変した。

「これほどとは……」

「酷い……」

救援部隊に所属するそれぞれの者たちが、被害の凄まじさに驚き、言葉を失った。

俺自身、かつて日本に居た際、映像を通じ色んな災害現場を見てきたが、現地の凄惨さは実際に目にするのと、映像で見るだけでは全く違っていた。

濁流に押し流された、かつては町だった泥濘の地、泥にまみれ飢餓で苦しむ人たち、まだ埋葬もままならない多くの遺体、行方知らずの身内を探し、呆然とあたりを彷徨い回る人々……。

正直、何も言葉にならなかった。

これから、少しでも彼らに救いの手を！　皆が共通してそんな思いを強くした。

俺たちは到着後、直ちに指揮所を設営し、物資を集積しつつ、炊き出しなどの準備にかかった。

そこでヒヨリミ子爵領家側、現地の救援活動を行っている、先方の家宰一行に合流した。

「この度はソリス男爵による、迅速なご支援、領主領民に代わって深く御礼申し上げます。皆様の受け入れと、こちらでの復旧作業を指揮しております、家宰のヒンデルと申します」

長年の苦労を重ねた深い皺が刻まれた、銀髪の壮年男性が丁寧に挨拶してきた。

「困った時はお互い様です。私は今回の派遣部隊を率いる、ソリス男爵家次男のタクヒールです。この度の水害、ソリス男爵に代わりお見舞い申し上げます」

第一印象だけだけど、これまで噂に聞いていたヒヨリミ子爵領の人間にしては印象が良かった。

尊大で傲慢だけど白黒はっきりした、ある意味わかりやすいゴーマン子爵。表立って態度を明確にしないが、裏では何かを画策し、何を考えているか分からないヒヨリミ子爵。

どちらも領主を鑑として、家臣も似たり寄ったり。そんな話を聞いていたこともあったため、彼の丁寧な、そして表裏のない誠実な対応は意外だった。

もちろん、中にはすごく嫌な奴も居た。

先方の領主名代としてやって来た、ヒヨリミ子爵次男、ヒヨリミ・フォン・エロールだ。

前回の歴史では、六年後の疫病で亡くなった、父親と長男に代わり奴が次期当主となる。

「なんだ、蕪男爵の一族は、貴族でありながら幼い子供でも、領民と共に泥まみれで働くのか？」

第一声がこれだった。

「我らには到底真似のできない、まさに偉業というべきだな」

助けに来てもらって、それが言えること自体、違う意味でお前の偉業だよ！

そう思ったが、俺は黙っていた。


尊大で陰険な目つきのこの男、俺が会うのは初めてではない。もっともそれは前回の歴史でだ。

彼とは幾度ともなく王都や戦場で出会い、そして良い印象は全く残っていない。

典型的な嫌な奴……、訂正、凄く嫌な奴だった。

力のある目上には媚びへつらい、力のないもの、身分が下の者には徹底的に尊大に振る舞う男。

彼こそが、前回の歴史にて俺の破滅を導いた男であり、グリフォニア帝国に内通して、エストール領内にヴァイス軍団長の軍勢を招き入れる男だ。最後に俺が降伏したとき、奴はヴァイス軍団長の傍らで薄笑いを浮かべて俺を見下していた。あの時の奴の顔は、今でも決して忘れることはない。

会った瞬間、俺の中で奴への殺意が溢れ出た。


「ヒィッ！」

奴が短く悲鳴を上げたのは、もちろん俺の殺気に反応したわけではない。

ヴァイス団長やアンから、俺でも引いてしまうような本物の、凄い殺気が立ち上ったからだ。

「は、働きに期待するが、これに乗じて我が領民を勝手に懐柔することのないようになっ！」

捨て台詞だけ残して、逃げるように立ち去って行った。

多分……、いや絶対、今回の世界でも彼とはうまくやっていけないだろうと、一瞬で確信した。

これが、度し難く最も注意すべき危険な男。今後、俺と因縁の関係となる男との出会いだった。

この後、改変された歴史でも、俺と奴は何度も邂逅することになる。

紐付けられた運命だけでなく、全く新しい、歩みのなかで……。

第三十一話　ソリス男爵家の勇と智（カイル歴五〇三年　十歳）

『ソリス男爵家に過ぎたるもの二つあり、勇のダレクに智のタクヒール』

石田三成かよっ！　俺は思わずそんなツッコミを入れてしまった。

兄が島左近で俺が佐和山の城か……。まぁ、ダレク兄さんなら島左近に匹敵するけど……。

元々俺は、領内では五歳の時点で既にソリス家の神童……、そんな恥ずかしい呼称を付けられ、人の噂に上がっていたが、それはあくまでもエストール領内の限られた人たちの中でだけだった。

ところが今回の災害派遣で、それに尾ひれが付き、変な方向で他領にまで広まってしまった。

「なんでもあのお方は、自分のところも災害で混乱しているなか、号令を発して災害派遣部隊を編成するや、民を救うため真っ先にヒヨリミ領に飛び出していったって聞いたぜ」

この行動が評価を受けたことは、かなり噂に尾ひれが付いてしまった気がする。

だって救援部隊は、エストール領内の災害対応で事前に編成していたもので、ただ派遣先を隣領に変更しただけに過ぎないし、そもそも当時のエストール領は、混乱すらしていなかった。

「いやいや、災害現場では強面の傭兵たちをまるで手足の如く使い、女子供も含め、軍の輜重部隊みたいに一糸乱れず従っていたそうだ。その子供は、一軍を率いる将のようだったらしいぜ」

これも実際には誇張だ。俺は傭兵団を手足のようになんか使っていない。

先のサザンゲートの戦いにて、近隣まで名を轟かせた双頭の鷹傭兵団も、団長自らが常に俺の傍らにいて、色々とお願いを聞いてくれていただけだし、実行委員のメンバーはいつもの指揮系統に従い、炊き出しなど手慣れた作業を行っていただけだ。組織は既に出来上がっていたに過ぎない。

「それによ、食料だって不思議な物を用意していたって聞いたぜ。水を入れて火にくべるだけだ。それだけで美味い料理が出来上がるって、まるで魔法みたいじゃねえか？　ただ家畜の餌だった蕪ですら、あの子供の手にかかれば美味しく食べられちまうんだぜ。不思議なことだと思わねぇか？あの子供、十歳になる前からそんな物を作り、災厄に備えるよう考えていたらしいぜ」

それは正しくもあり、正しくもない。

美味しく食べることができたのは、レシピを開発したゲイルさんの腕であり、俺は何もしてない。

ただ、蕪を育ててもらうために、俺はゲイルさんのレシピ通りに調理法の実演をしただけだ。

まぁ、おみくじ乾麺のキットは俺のオリジナルだけど……。

「いやいや、一番凄いことは今回の洪水を予期していたらしいぜ。だからエストール領だけは被害が少なかったってことだ。俺の仲間に救援部隊の人から直接聞いた奴がいるから、嘘じゃねぇよ。なんでも、これまでも過去に読んだ本から、未来の災厄を予知してきたらしいぜ。凄くねぇか？　今回も事前に災厄に対する準備を進め、近隣の領主たちにも予め警告を出していたらしい」

「そりゃ……、凄ぇな。うちの領主なんかと大違いじゃねぇか！　ってか、事前に聞いていたのなら、何故何もしなかったんだよ！　税は重いし、何もしない……。能無し領主から逃げ出すか？」


……、これはあくまでも噂だ。誰だ、そんなことを言ったのは！

これじゃあまるで神童じゃないか。変に目立つことはしないよう気を付けていたのに……。

まぁ、救援部隊に参加してくれた元難民たちや、クレアを通じて受付所や実行委員として、俺が拾い上げた（採用した）人達から感謝されているのは知っているし、その話を周りに話しているのも知っている。特に、元ゴーマン子爵領から流れてきた難民たちとか、涙を流して喜んでいたし。

「いやいや、もっと驚くことがあるぜ。そんな神童さまが自ら泥まみれになって、平民に交じって働いていたらしいぞ？　貴族さまだぞ？　そんなこと、他の領地じゃあ聞いたことがねぇ」

これは……、言い訳のしようがありません。はい、貴族らしくなくてごめんなさい。

昔はアンにもよく怒られた。でも、今回はアンも何も言わず、むしろ笑って俺と一緒に泥まみれになっていた気がする。最近は両親ですら俺の奇行に文句を言わなくなっているし……、何故だ？

被災地のこのような声が、各地に広まり、この恥ずかしい二つ名に繋がってしまったようだ。

ただ今回、嬉しいこともあった。

お蔵入りになっていた、おみくじ乾麺が、今回、大いに役に立ったことだ。

発想自体は良かったが、水分の多い青竹では保存に問題があったし、乾燥した竹では火にかけると燃えてしまって中身が出てしまう。そんな企画倒れで終わっていた商品だった。

だが今回、救援物資として長期保存の必要もなかったため、持参する物資の中におみくじ乾麺を大量に用意していた。青竹と乾麺、調味料はそれぞれ個別に準備していたので、出発前に中身を詰めて持ち込んでいた。被災現場でも、青竹に詰めた乾麺は水を入れ、火にかけるだけで簡単に調理することができ、食器類を全て流されてしまった被災者にとって、器の代わりにもなった。

調理に鍋も調理場も必要ない。多くの人がそれを受け取り、至る所で火にかけられ、人々の空腹を満たしていった。


他にも、大量に持参していた蕪の種は、どこでも育ち僅か二月後には食料として、茎や葉までが被災者たちの貴重な食材となった。派遣部隊は、ある程度支援体制が整い、ハストブルグ辺境伯からの支援も入った時点で撤収したが、被災者たちに残された蕪は、彼らの感謝の声とともに食卓に上った。救済されたヒヨリミ子爵領の被災者たちは、ソリス男爵に敬意を込めて『蕪男爵さま』と呼び、食事の際は感謝の祈りを行ってから、食事を始めたという。

『蕪男爵さまの恵みに感謝を』

多くの領民たちの祈りは、その後も習慣化し、蕪を使った料理を食するときは、必ずその祈りが捧げられるようになったという。きっと父も涙を流して喜ぶだろう……。

「ゴメンナサイ。ワルギガアッテ、シタワケデワ……、ナイデスヨ」

後日この噂を聞いて頭を抱えていた父の後ろ姿に、俺は心のこもっていない声で詫びた。

◇◇◇

「父上、母上、ヒヨリミ子爵領派遣部隊、誰一人欠けることなく只今帰還しました」

そういって帰着の報告をする俺に、父は鷹揚に答えた。

「此度の救援派遣、大儀であった。其方の働きぶり、先方の家宰からも感謝の書状があり、更に、ハストブルグ辺境伯からもお褒めの言葉を記した文をいただいたぞ」

「恐縮です、いささか出過ぎたことをしてしまい、男爵家の名誉を汚してなければ幸いです」

蕪男爵の二つ名……、余計に広めてしまいましたけど……。

「ところで……」

今度は父が先ほどとは打って変わって、ニヤニヤしながら言葉を続けた。

「洪水に対する対応はひとまずなんとかなったな。この先、智のタクヒール殿はなんとする？」

「父上っ！」

動揺する俺に、母や兄、レイモンドさんまで笑っている。

くそっ！　それなら前々から思っていた、言いたいことを全部言ってやる！

「改めて父上、エストールの地は今回の災厄を無事回避でき、幸運にも恵まれたと思っています。ここ数年の間、それまで以上の発展と繁栄を成し遂げ、領地と領民には力が蓄えられてきました。また、先日のサザンゲートの戦いでは武威を示し、得た戦果も非常に大きかったと考えています。今やその力は、男爵領の域を遥かに超え、いち男爵領として無視できない存在となっています」

そう、俺がいろいろやらかす前から、ソリス男爵家は子爵級といわれるほどの経済力があった。辺境に位置するため、領土は広大で未開の地も多く、魔境に隣接していることなどにより、正直、活用できない土地もあるが、広さだけなら中央の伯爵領に近い広大な領土を抱えているぐらいだ。

「しかしながら、無礼を承知で申し上げれば、辺境のいち男爵領であり、大勢には逆らえません。人口は未だに男爵の域を出ず、持てる兵力にも限りがあり、その牙はまだまだ小さいといえます。成長し続ける豊かな男爵領と、商売上手な現当主、内政に抜きんでた妻、武勇の誉ある次期当主。これでは周囲の敵も味方も益々警戒し、この先、思わぬ所で足を取られかねません」

ここまで話して一息ついた。この程度の現状分析なら、この場にいる者全員ができている話だ。

「私としては、対外的な部分でまだ危うく、予断のならない状態が続いていると認識しています。前回の戦役が、帝国の皇位継承権争いに絡んでいる以上、この先まだ続きがあると考えています。第一皇子側は、このまま収まるはずもなく、第三皇子側の意図も見えず、全く油断ができません。そして次がある時、矢面に立たされるのは我々です。前回はたまたま、策が功を奏しただけです。次は恐らく、同じ手は通用しないでしょう。現状で我々は、千騎程度の鉄騎兵さえ、まともに対峙

すれば壊滅的被害を受けてしまう、まだそんな程度ですから」

そう、ヒヨリミ領に災害援助で向かう途上、俺は歴史の逆襲について考えていた。

確かに、帝国のゴート辺境伯は先の戦いで壊滅的被害を受けたが、それで俺たちが安泰となる訳でもない。より巨大な敵が、より多くの兵を率いて三年後にはやって来ることになるだろう。

きっと歴史という得体のしれないものは、俺が改変した内容に対して、負の利息を付けて修正をかけてくるだろう。確信に近い思いで、俺はそう予測している。

「父上は近い未来の危機に備え、せめてゴーマン子爵級、できればキリアス子爵級の陣容を整え、帝国と相対する覚悟と準備が必要となります。今は力を蓄え、牙を研ぐことです。そのためには、父上が今の実力と相応の立場になることが必要です。それにより経済と兵力の強化を急ぐのです。今はそのために動く時期だと考えています。父上にはまず子爵となる覚悟を決めていただきます。そうなれば、家格に合わせるために大手を振って、兵力増強や領民募集が可能になりますよね？そのことについて、ハストブルグ辺境伯を通じて働きかけをお願いすることが先決と思います」

「んなっ！」

思いもよらぬ俺の反撃に父は絶句した。

辺境の男爵である限界、それは今後のソリス男爵家で大きな足枷となっていくだろう。

それを俺はずっと以前から考えていた。

「ハストブルグ辺境伯からも、子爵への昇爵について内示はあるのですよね？」

これは根拠のないカマかけだった。ただ、飢饉の際の隣領支援、サザンゲート殲滅戦の戦功、今回の救援部隊派遣など、大義名分たる功績は既に十分に積んでいる。

さらに一息おいて、敢えてゆっくり、力強く続けた。ここからが、俺にとっては一番の本題だ。

「戦力の強化に並行して、魔法士の確保を更に進め、同時に可能な限り秘匿することも必要です。戦場にて窮地に対する逆転の一手となる戦力として、ソリス魔法兵団の創設を強くお勧めします。父上！　この任を私に一任してくれませんか？　魔法兵団を私に預けていただけないでしょうか？必ずや、戦場で戦局を変えうる力を、その存在感を発揮させていただきます」

「くっ……」

父は何かを言いたそうだが、言葉に詰まっているようだ。

ですが父上、まだこの先もありますからね！

「魔法士の運用、有効な戦術を編み出す相談役として、ヴァイス団長を迎えて魔法兵団を強化し、戦力化してご覧に入れます。この件で、傭兵団、ヴァイス団長に協力を依頼する許可をください。そして、魔法兵団を秘匿する拠点として、男爵領の南の護りとして、傭兵団の駐留地でもある地、テイグーンとその一帯の統治を、何卒、私にお任せいただきたく……」

「タクヒール、お前だけずるいぞっ！」

ここで兄が突っ込んできた。

「ダレク兄さまは男爵家の次期当主です。我々の上に立つ立場であり、つい先日、ソリス鉄騎兵団の団長になったばかりではないですか？」

兄は、ヴァイスさんに師事してから、剣術の腕前は既に達人クラスに、騎乗の能力も上がり軍略にも通じてきている。既にソリス男爵家では、父を含め三人しかいない剣豪クラスを除き、最上位のレベルになっている。そして、今後も更に伸びること、一軍を指揮させれば、とんでもない力を発揮する将才のあること、これらを俺は事実として知っている。

「以上が父上の『問』に対して、私が考えている『解』となります。父上のご存念や如何に！」

ここまで言って、俺は思いっきり悪い笑顔になった。

「……」

父は沈黙してしまった。

「ふふふ、どうやら完全に貴方の負けですわね。今度は貴方自身が、智者の提言を受け入れる度量があるかどうか、息子から試されている時ですわよ」

母が笑って話していた。そう、俺が一番敵にできないのはもちろん母だ。

自分から言い出したことに、父は頭を抱えていた。

俺がなかなか言い出せなかったことを、偶然にも父の悪戯心から、言い放つ機会をもらえた。

俺は少し嬉しくなり調子に乗って、ずっと前から考えていた未来のための作戦を披露した。

できればこのまま、父から言質を取っておきたい。

「採るべき点は多々あると思われる、が、しかしだ……」

「あ・な・た！」

「献策に対し、できうる所から実施……、しようと思うが……」

「そ・れ・で？」

「魔法士含め魔法兵団は、やはり私が……」

ピキッという、聞こえないはずの何か割れるような、恐怖を伴う音がしたような気がした。

それと同時に、母の笑顔が凍り付き、母の周囲からどす黒い霧のようなものが……。

「ひっ！」

父は思わず、短い悲鳴のような声を上げた。

「ま……、魔法兵団に関わること、テイグーン一帯の代官として……、正式に認める」

「だ・れ・を？」

「本件、す……、全てタクヒールの提言を認めるものとし、魔法士及び魔法兵団を一任する……、それに関わり、テイグーン一帯をタクヒールに全て任せること……、と、する」

「よくできました♡」

母はこの日一番の笑顔で笑った。

俺は母に深く感謝した。言いようのない恐怖と共に。

第三十二話　新しい道の始まり（カイル歴五〇四年　十一歳）

新しい年を迎え、新年を祝う宴が領主館で開催された。

「今年も無事、皆で新しい年を迎えることができたこと、非常にうれしく思う。皆の日々の働き、感謝を込めて今日の宴を用意した。皆が等しく、そして存分に楽しんでほしい」

父の挨拶とともに始まった、毎年の恒例行事である宴は、無礼講が前提であり、館にて働く者、招待された者など、皆が身分に関係なく楽しんでもらうためのものだった。

「最低限の礼儀以外は全て不要とします。全ての者たちが楽しむこと、これが参加者の義務です」

実質この館で一番の権力者、母から皆にそう強く言い渡されている。

配膳などの人手も極力省き、食事も酒も皆セルフサービスで楽しむ。そういう決まりだった。

俺はこの雰囲気が大好きだ。

既に凛々しく成長しつつある兄の周りを、若いメイド達が取り囲んでいる。兄は、エストール領一番のできる男、家宰のレイモンドと人気を二分しているぐらいだ。それを羨まし気に見ていた父の背中に、少しばかり哀愁のようなものが漂っていたのを見て、俺は思わず笑ってしまったが。

「皆も遠慮せずに、ゆっくり楽しんでね」

慣れない場に緊張している、十人の魔法士たちに向かって俺は話しかけた。

新年の宴に合わせて、交易に出ていたバルトも一時的に帰郷している。

「こんなこと、まるで夢のようです」

女性の魔法士達は、緊張と遠慮はあるものの、いつもより着飾った様子で場を楽しんでいた。母はこの日に合わせ、事前に彼女たちの衣装も用意していた。

反面、男性達、特に軍に所属しているゲイルとゴルドは緊張でガチガチだった。

まぁ、彼らにとっては当主だけでなく軍の上官たちもいるし、全く落ち着かないのだろう。

他の若者達は、ただひたすら食欲を満たしていた。


俺も今年は十一歳になる。まだ十一歳だが、やっと十一歳までできたとも言える。

正直、子供の振りは非常に疲れるし神経をすり減らすため、外見上は早く成長したかった。

その思いとは逆に、あと二年後と五年後、八年後と九年後には必ず災厄が襲ってくる。

俺が後期四大災厄と名付けているものだ。

これらは、前期五大災厄と比べると、一つ一つが致命的であり、その三つで家族は命を失う。

そのひとつはもちろん俺自身だ。

「改めて考えると、攻略ルートに乗せる対策は大きく進んでるけど、攻略は進んでないよな……」

俺は大きなため息をついた。

計画の端緒には乗った。だが、そのゴールまではまだ果てしなく遠い。ほんと、遠すぎる……。

領民の戦力化、射撃大会を活用して優秀な成績を残した者を引き抜くことなど、ゆっくりと戦力増強は進んでいる。魔法士の件も傭兵団の件も、そしてテイグーンの件も、父からは承認を得た。

ここまで放った七本の矢、そして四本の裏の矢は、あくまでもここに辿り着くまでの準備、環境を整える手段でしかない。この先、レールに乗せた電車をゴールまで走らせなくてはならない。

改変されたこの世界で、歴史は帳尻を合わせに来るだろう。二年後の悲劇、これの回避は絶対の条件だが、恐らくグリフォニア帝国は雪辱に燃え、兄を、我々を目の敵にして狙って来るだろう。

その時までに、十分に対応できるレベルの戦力強化は、現実的に不可能であり、何をするにも間に合わないだろう。次回の戦役で、戦地に出せるソリス男爵兵は五百名前後が関の山だ。

そうなると、戦局を変えることができる必殺技、隠し玉が絶対に必要となってくる。

俺は宴の中で、ずっとそんなことを考えていた。

「タクヒールさま、こんな場所でも今後の戦略をお考えですか？」

レイモンドさんが女性たちの輪から脱して、思案顔の俺に話しかけてきた。

「そうですね。今年もやるべきことが沢山あり過ぎて、つい……」

「タクヒールさまは働き過ぎです。お年に合わせて遊ぶことも、あっても良いかとと思いますよ」

うん、お年に合った遊びか……、心の積算年齢なら、もうすぐ八十代……。

日本で住んでいた町の、毎朝公園にて日々繰り広げられていた、よく見た光景が頭に浮かんだ。

いや、それはないな。想像してひとり笑ってしまった。

そんななか、新年の宴は賑わいを見せつつ、つつがなく終わった。

宴のあと俺は、自室で現状と今後の課題を整理していた。

ソリス男爵家の兵力は、サザンゲートの殲滅戦後、若干だが増えている。

◇サザンゲート殲滅戦前
最大動員兵力　　五五〇名（うち常備兵は二一五名）
双頭の鷹傭兵団　四〇名
◇現在の兵力
最大動員兵力　　六二〇名（うち常備兵は三〇〇名）
双頭の鷹傭兵団　五〇名

ただ、いくら戦争になっても全ての兵力を動員することはできない。

兼業兵も平時は、門番や治安維持に携わっている者も多く、治安や防備をゼロにはできない。

そのため、前回の戦役でも父は動員兵力五百五十名中、三百六十名しか戦場に伴っていない。

百九十名は領内各所に配備し、残留部隊として治安維持のため残っていた。

現在は若干増えたとはいえ、それでも傭兵団を加えた従軍可能兵力は五百名前後でしかない。

ゴーマン子爵のように八百名を戦場に連れて行こうとすると、動員可能な最大兵力が今の倍以上必要な計算になってしまう。人口や生産力に応じて供出できる兵力は変わるから、今の人口八千人では到底無理な話だ。人口を増やし生産力と経済力を上げ、兵力を増強するには相応の時間が必要であるため、今できることを全て行っても、二年後の最大動員可能数に大きな変化はないだろう。

射的大会を通じて領民を戦力化し、優秀な人材を兼業兵として増やすこと、領民たちが守備兵を兼ねる仕組みが整えば、守りに残す兵力は今より少なく済むかもしれない。

それに加え、一騎当千の魔法兵団、これができれば……。

以前からそんなことをずっと考えていたが、俺にはそのことに踏み込めない悩みがひとつある。

魔法兵団とテイグーンに関わることは、母の強引とも言える後押しで、父からの言質は取ったし、戦術面でヴァイスさんに指導を仰ぐ許可も得ている。ただ俺や父、母にも共通する思いがある。

兵士でもない彼ら、まだ子供といっても差し支えない者もおり、彼らを戦場に駆り出すことへの葛藤や戸惑いが、大きな壁となっている。今年は、その壁と正面から向き合うことを決意した。

「彼らには事実を話して、自らの道を自ら選んでもらおう。無理や遠慮はさせたくない。望まぬ戦いに駆り出すことだけはないよう、重々気を付けないと……」

◇◇◇

受付所の一角で、俺は候補者リストを眺めていた。

魔法士の候補者はあれから五人増えていた。いや、正確には候補者自体は百名近くいるが、為人などの確認が終わり、あとは儀式を受けるだけとなった者たちが五人だ。

「これでまた仲間が増えるのですね」

「うん、確認が終わったからね」

俺はクレアの問いに答えた。リストから適性のある領民は確認できる。でも、性格や考え方などは全く分からない。得体の知れない者に力を与えること、無原則に魔法士とすることはできない。性格や考え方に問題がないか？　すぐに他領に売り込みに行くような人間ではないか？　信頼に値する人物かどうかの調査のため、一旦は雇用して囲い込み、ある程度の期間、俺の仲間と一緒に仕事をしてもらうこと、候補者たちにはこんな段階を踏ませていた。

そのため、いまのところ最終選考に進む候補者は、兵士として既に男爵家に雇用されているか、まだ若く定職を持っておらず、俺のスカウトに応じる余地のある者が大半を占めていた。

当面の間、この迂遠なやり方で我慢するしかなかった。

「家宰として、レイモンドの人を見る目は確かですよ。彼は決して間違った人材を登用しません」

以前に、母に言われた言葉だ。そのため最近は、家宰にも候補者を見てもらう機会を設けた。

始めてみると、その効果は驚くべきものだった。

「彼はダメですね。適性があると分かった途端に、他領に売り込みに行く可能性があります」

実際ダメな場合は、レイモンドさんは候補者を一目見ただけで、まさに一刀両断だった。

その選考過程を加えた絞り込みにより、最終的に五人が新たに仲間に加わった。

元から兵士だった三名、常備軍の騎兵長マルス（火魔法士）、騎兵のダンケ（火魔法士）、歩兵のウォルス（水魔法士）については、為人の確認は不要だった。

前回の歴史でも、彼らはソリス男爵軍の兵士として俺と面識があり、俺の最後の戦いにおいて、自らの意思で参じたのち、ゲイルやゴルドらと共に、悲しい決別をした者たちだったからだ。

今回の世界では、まだ互いに面識もないこの五人は、従軍魔法士としてソリス男爵軍に引き続き所属してもらい、今後、魔法士だけの訓練を行う際は、役務の一環で参加してもらう予定だ。

因みにこの五人に関して、ゲイルとゴルドの二名は魔法士であることを公開、他の三名については、現段階では秘匿扱いとしている。

エストの街在住者で新たに仲間に加わったのは、クレアと同じく孤児院出身で最年少の少女ミア（聖魔法士）と、エランと同じく貧民街出身のクラン（光魔法士）の二名だった。

この二人は事前に実行委員の補佐として雇用しており、ミアは意図的にローザのお手伝いとして配属し、クランも同年代のエランの補佐で動いてもらっていた。

二人は日々真面目に仕事をこなし、ローザとエランからそれぞれ働きぶりに問題なしとの報告をもらい、最後は家宰にも面接してもらっていた。この二人は、他の魔法士たちと同様に、俺や家族の従者として雇用され、魔法士であることは秘匿されている。

このような経緯で十五人の魔法士たちが揃い、俺は以前に決心した話をすることにした。

それは、俺と彼らが、どうしても通らなければならない大きな関門だった。

年明け早々のある日、俺は従軍している五名以外の、十名の魔法士たちを招集した。

「今日は皆の本当の気持ちを聞かせてもらいたいです」

先ずはそう言って全員を見渡した。

「今この場にいる全員が、ソリス男爵家で貴重で大切な魔法士です。それはこの話が終わった後も変わりません。ですが、このまま時が過ぎれば、いつかは私と共に戦場に出ることになります。皆の魔法で人を殺めることもあるかもしれませんし、逆に皆が戦いの中で敵から命を奪われることもありえます。正直言って、私自身も人を殺めたくはないです。ですが、戦場に出ればその思いは叶いません。なので今日は、今の皆さんの本当の気持ち、それを聞きたくて集まってもらいました」

そこで俺は一息ついて皆を見回した。

彼らは戦いすら出たことがなく、ましてその意思を持っていたわけではない。

誰もが一様に蒼白な顔をしてこちらを見つめている。

「後で個別に、私と共に戦場へ出ることが可能なのか、できれば避けたいのか、教えてください。決して無理強いするつもりもなく、返事の内容によって、現在の立場が変わることもありません。これだけは最初に断言しておきます。皆が考えている本当の気持ち、今それを聞きたいだけです。戦いに臨むには、魔法戦闘の訓練なども必要になります。希望者には今後それを行う予定です」

うん、正直な気持ちを聞かせてと言っても、なかなか皆の前では言いにくいこともあるよね？

昔あった、特攻隊の志願じゃあるまいし。

「では、これから一人ずつ順番に別室で……」

そこまで言いかけた時、クレアが前に進み出て膝を突いた。

「私はタクヒールさまに生きる力を与えていただきました。今の私があるのは当然そのお陰です。タクヒールさまが行かれるところ、戦場でもどこでも、喜んで付いて行きたいと考えております。いえ、是非お連れください。これは逆に私からのお願いです。孤児院の仲間たち、そして、難民や被災地に対しても、いつも救いの手を差し伸べられてきた皆様、このソリス男爵家を守るために、これからも働きたいと思っています」

最も付き合いの長いクレア（火魔法）が真っ先に意思を表明してくれた。

「クレア、ありがとう。じゃあ、他の皆は別室で……」

そう言いかけたとき、もう一人前に進み出てきた。

「俺はダレクさまの活躍を聞いて、ずっと憧れていました。貧民街出身の俺には夢がありました。そのために、なんとか軍に入りたくって、ゲイルさんを目標にして毎日射的場に通っていました。そんな俺が、ダレクさまと同じ光魔法を使えるようになったときは、本当に嬉しくて泣きました。タクヒールさまのもと、ソリス男爵家に雇ってもらえて、夢が叶って再び思いっきり泣きました。なので、何も気にしないでください。是非俺も連れて行ってください」

魔法士たちの中では、最後に仲間に加わったクラン（光魔法）が続いた。

「クラン、ありがとう。そう言われて兄さんも喜んでいると思うよ。じゃあ他の皆は別室で……」

そしてまた一人、クランが話し終わるのを待っていたかのように……、いや、別室で……。

「あの洪水の日、ヒヨリミ様の領地にお手伝いに行ったとき、ずっと震えが止まりませんでした。皆様が何もしてくださらなければ、私の町も、そして私自身も、同じ運命を辿っていたでしょう。現場にいればそれはよく分かります。マーズの町を守ってくれた、タクヒールさまやクリスさま、男爵家のみなさま。今度は私の力がお役に立つのであれば、どうか私にお手伝いさせてください。それは戦場でも、どこででも何一つ変わりません」

前回の歴史では、洪水により命を失っていたはずのメアリー（地魔法）が続いた。

「僕は……、その日の暮らしさえ困る貧民街の出身です。ただ生きるためだけに毎日必死でした。ですが、ここでのお仕事は毎日が楽しく、やっと自分らしく生きていけると思い感謝しています。僕の魔法は人を傷つけるよりは、守ることしかできない地魔法ですが、守るために僕は戦います。戦場でもこの領内でも、色んな所でタクヒールさまを、男爵家の皆さまを魔法で守りたいです」

洪水対応でも大活躍したエラン（地魔法）も、メアリーが話し終わると間髪入れず続いた。

「メアリー、エラン、ありがとう。先の戦いでコーネル男爵軍の地魔法士たちは、陣地の構築や、戦場で罠を用意したりして、立派に皆を守っていたよ。じゃあ、他のみんなは後ほど……」

「あ、待ってください！　私の魔法も皆さんを守るものだと思っています。それに、施療院に所属する者は本来、救護兵として従軍する義務を負っています。それがなくても、私は進んで従軍しようと思っていました。私はこの地を治める皆さまが、為されていることに日々感謝しています。守りたいと思っています。救える命があるのなら、それは戦場でも施療院でも同じです」

「私もローザ姉さまと一緒！」

ローザ（聖魔法）が膝を突いて話すと、彼女を姉のように慕っているミア（聖魔法）も続いた。

「ローザ、ミア、ありがとうね。他の皆も正直な気持ちで、ダメな場合は遠慮なく別室で……」

「申し訳ありません。私は分かりません。正直言って凄く怖いです。私の水魔法が戦場で役に立つかどうかすら分からないし、考えると震えが止まらないです。私もクリスさまやメアリーさんと一緒に災害とは戦いました。あの時はすごく怖かったけど……、皆から勇気をもらいました。後になって頑張って良かったと思うようになりました。戦場に出てもそんな気持ちになるのか、今はまだ分かりません」

サシャ（水魔法）は従軍魔法士の男性たちを除けば、クレアに次いで最年長だが、それでもまだ十七歳でしかない。普通なら、そんな意思表明をすることすら難しいだろう。

と言うか、みんな、別室で……、ね。でないと、俺が虐めているようになってしまうから……。

「大丈夫だよ、サシャ。返答しづらいことを聞いているのは重々承知しているから。正直な気持ちを伝えるのも辛いよね。言ってくれてありがとうね。二人は別室で聞くから、遠慮なくね」

俺は沈黙したままのクリストフとカーリーンに対し、努めて優しく語りかけた。

俺の予想通り、一番答えに困っているのは、風魔法士の二人だ。

彼らの特技（弓矢）は、直接人を狙って殺めるものだ。敢えて殺めるために意思をもって狙いを定め、そして矢を放つ。ひとたび彼らが風魔法を併用した上でエストールボウを使えば、放たれた矢は常人では有り得ない射撃精度と、射程距離、そして貫通力を持つ。殺傷力がとても高いのだ。

恐らく戦場に出れば、その特性から真っ先に人を殺める必要に迫られることになるだろう。だからこそ彼らは、一層現実味を帯びた話として、他の魔法士たちに比べると余計に心を悩ませているであろうことを、俺には彼らの気持ちが痛いほど伝わってくる。

もう……、あれほど何度も別室で、そう言ったのにも拘らず、クリストフが話し出した。

「まだ修行中とはいえ、俺は狩人として生きるため、これまでに獣や魔物の命を奪ってきました。最初は心が痛んで震えて……、怖くて仕方がなかった。でも、いつの間にか慣れてしまっていた。今でも戦場にお供し戦える自信はあります。何でもお役に立ちたい、そう考えているのも本心です。でも俺はこの先、人の命を奪うことに慣れてしまうことが、怖い……」

その気持ちは俺にもある。かく言う俺自身が、人を殺めたことも動物の命を奪ったこともない。戦いのない平和な日本で育ち、人の命は決して奪ってはならないもの、そう教えられて育った。この世界とは全く違った価値観で成長した、俺の中にある記憶は、常に今の俺に問いかける。

『家族や領民を守るためとはいえ、残酷な戦術を考案し、命を奪うことが許されることなのか？』

『では逆に、どうやって家族や仲間を守るのか？　この世界でそんな手段がある訳もないだろう』

ニシダの疑問に、タクヒールが答える。そんな自問自答をずっと繰り返していた。

悩んだ結果、俺は罪を自覚し、常に背負う覚悟を持ち続けることしかできない。そう結論を出して、無理やり自分自身を納得させている。ラノベでよく見た『ヒャッハー』なんて正直あり得ない。

俺の祖父は太平洋戦争で従軍し、実際に敵と戦った経験もあったらしい。敵に照準を合わせ、引き金を引く時の気持ちはどうだったのか？　祖父は多くを語らず、思いを背負ったまま他界した。

だからこそ、彼らの気持ちはよく分かる。


「私はまだ、動物さえ撃ったことがありません。生き物に、まして人に向かって、矢を射ること、魔法を放つことができるか……、全く分かりません。そんなことをする自分自身を、怖くなってしまうかもしれません。今はただ怖い……。それしか言えず、本当に申し訳ありません」

「ふたりとも、正直にありがとうね。決して無理強いをするつもりはないので安心してください。皆が魔法士であることも秘匿しており、魔法士としての生き方も、選択権は皆にあります」

今は皆の正直な思いが確認できたこと、それで十分だと思っている。


「ちなみに今後、希望者のみヴァイス団長を教官に、実戦を想定した魔法使用の訓練を始めます。この中で希望する人だけ、挙手してください」

俺は希望者のみ、確かにそう言ったはずだけど、何故全員が迷うことなく手をあげているんだ？

「戦場での実戦を想定した訓練だよ？　参加は希望者だけで良いのだよ？　脅す訳ではないけど、団長の訓練って、かなり厳しいと思うのだけど……」

敢えてもう一度聞き直した。そして、敢えてもう一度手を挙げてもらった。

全員の表情は全く変わらず、迷うことなく手を挙げている……、サシャやカーリーンまで。

いいの？　ほんとうにいいの？　俺はちゃんと言ったからね。団長はすごく厳しいと……。

結果、魔法戦闘の訓練は、全員の強い希望により実施されることになった。まぁ、ヴァイス団長に指導を仰ぐにしろ、指導の方向性だけは間違わないよう、団長としっかり話し合わないと……。

第三十三話　改変後の世界　幻の初陣①（カイル歴五〇四年　十一歳）

〜〜〜〜ソリス男爵領史　滅亡の階梯　光の剣士の初陣〜〜〜〜〜〜〜〜〜〜〜〜〜〜〜〜〜〜〜〜

カイル歴五〇四年、ソリス男爵家長男、ダレクは初陣し、その武功を近隣に轟かす
春の終わり、エストール領に不吉な影が現われる
隣領から溢れ出た流浪の輩、徒党を組み盗賊と化し、エストール領の村々を襲う
民たちの守り手、遥か東にて戦に備え不在の隙を衝き、不逞の輩は蛮行の限りを尽くす
ソリス男爵家の若き雄、民を守るため、寡兵を以てこれの討伐に立つ
その剣は衆に秀で、その軍略は敵を圧倒し、民、畏敬の念を込め、光の剣士と呼び大いに称える
近隣の兵《つわもの》たち、この若く眩き光を賞するも、その心面白からず

〜〜〜〜〜〜〜〜〜〜〜〜〜〜〜〜〜〜〜〜〜〜〜〜〜〜〜〜〜〜〜〜〜〜

もうすぐカイル歴五〇四年の春がやってくる。

前回の歴史では、この年、この時期に兄は初陣する予定であった。

ただ今回の世界では、兄は既に初陣し戦功も上げているので、歴史には差異が出ているが……。

だが、歴史が変わっていたとしても決して油断できないことを、俺は十分に思い知らされている。

さすがに十一歳の頃の出来事となると、前回の歴史の内容でも、俺は比較的よく覚えている。

隣国に不穏な動きありとの報に、父は軍を率いサザンゲート方面に出動するが、その間隙を狙っていたかのように、ヒヨリミ子爵領から出てきた盗賊団が領境の村々を襲い始める。急報を聞き、兄は残った留守部隊を率い、寡兵ながら倍以上の盗賊団を各個撃破し、見事な初陣を飾っていた。

だが今回の世界では、ゴート辺境伯が二年前のサザンゲート殲滅戦で大打撃を受け、国境周辺を脅かす余裕などないだろう。そのため、父や兵士たちも領内に駐屯することになり、留守を狙った襲撃はできないはずだ。通常であれば……。


「この度、ハストブルグ辺境伯の命を受け、サザンゲート平原にて行われる演習に参加する」

俺は父の言葉に耳を疑った。

「なお今回は騎兵のみ参加とするため、我が領内からは、鉄騎兵団の全部隊を派遣する予定だ」

おいおい！　それって非常に不味いのでは？

「今回、ダレク兄さまはどうされるのですか？」

「ダレクは今回、留守部隊を統括する経験をしてもらう」

「では兄さまは、領内に残られるのですね？」

「そうだ」

兄は不満気な顔をしているが、何も言わない。事前に父から言い含められているのだろう。

「今回の演習はヒヨリミ子爵が発案者として、自ら申し出たものらしい。前回、不甲斐ない戦いをした自軍を、再編して鍛え上げたいと言って、辺境伯に演習実施を提案したそうだ」

父の説明に、歴史がまた帳尻を合わせに来ている……、そんなことを思い、震えが来た。

「昨年の水害で、ヒヨリミ子爵領はかなり微妙な状況だと聞いています。流民となり、盗賊に身を落とした者も多いとか……」

俺は、歴史の中の事実、この先起こるであろう危惧を言葉にしかけた。

「その為にも、留守部隊を指揮できる者を置いていくのだ」

成る程、父もその点は考慮しているのか。


柔らかな春の陽光が降り注ぐある日、父は鉄騎兵団二百騎を率いてエストの街を出発した。

そして何もない平穏な日が数日続いた。

既に父が率いる軍勢は、ヒヨリミ領を抜け国境地帯に達している頃だ。

そろそろ……、来るよな。きっと。

「あれ？　兄さん、今日はどちらにお出掛けですか？」

「ああ、領境の村々の近くに、不審な者が出没していると聞いたからな。示威行動の意味で残った騎兵を率い、ヒヨリミ領との境にある村を巡回するつもりだ」

「そうですか……、お気をつけて」

この時俺は、腑に落ちない点はあったが、状況の推移の不自然さにはまだ気付いていなかった。

変わったはずの歴史が、無理やり同じ方向に進もうとしていることに、多少の違和感こそあったものの、兄が辺境で活躍するのは史実通りの流れだったからだ。

◇◇◇　（とある辺境の地）

エストール領とヒヨリミ領の境界部分は、低い山や森が入り組んだ場所も多く、行き来する者の数は少ない。そんななか、日も暮れた暗闇に小さな灯りを灯し、密かに会話する者たちがいた。

「おい、首尾はどうだ？」

「はい、敢えて発見されるよう、これ見よがしに動いております」

「では予定通り奴は来るか？」

「はい、奴が残る騎兵を率いて、エストを出てここに来るのは確実かと思います」

「そして、残る戦力はほぼ空になるか……、今度こそ、あ奴らには苦汁を舐めさせてくれるわ」

そう話したあと彼らは、再び闇に消えた。

周囲には再び暗闇と静寂が戻っていた。

◇◇◇（エストの街）

「ヴァイス団長、今日はちょっと相談があって……」

「タクヒールさま、どうかされましたか？」

双頭の鷹傭兵団は今回、領地を留守にした父の依頼で、エストの街の護りを託されていた。

「今回の演習、一連の動き……、どうも腑に落ちなくて」

「色々と不自然な状況が続いていますからね。でも、さすがご兄弟ですね！　ダレクさまも同様のことをこぼしていらっしゃいましたよ」

「敢えて主力を留守にさせ、ガラ空きになったエストール領を狙う、それは考え過ぎですか？」

「そうでもないと思いますよ。ダレクさまもご出立の際、全ての町、村へ指示を出されています。各地で警戒態勢を敷き、居残り部隊の兼業兵も全て召集され、臨戦態勢を取っていますからね」

「では、ヒヨリミ領の境が不穏なのも……、危険信号なのかなぁ？」

「タクヒールさまが敵軍なら、エストール領を荒らす場合、どういった作戦を取りますか？」

「えっと……、領境で揉め事を起こし、そちらに注意を向けさせて隙を作ります。そして領内の、ただでさえ少ない兵をそちらに向かわせ、ガラ空きになった中央を……、あっ！」

「正解です！」

「でも……、兄さん、領境に向けて出動しちゃいましたけど……」

「ダレクさまは、軍略では私の一番弟子ですよ。この程度のことが分からないはずがありません」

「ソウデスネ……、すっかり騙されていました……、兄に。では私は、このまま騙された振りで、予想もしていなかった敵襲に慌てふためく、哀れな次男坊になり切れば良いのですね？」

「まぁそこまでしなくても良いとは思いますが……、エストの街とその周辺は最大限の警戒態勢を敷いておくべきでしょう」

「では、目立たぬよう兵を配置し、人の出入りに目を配り、特に夜間の警備は十分に行うべきでしょう」

「それがよろしいかと思います」

兄はヴァイス団長と相談し、エストの街を空けた。いや、空けたと見せかけた、ということか。

◇◇◇（エスト郊外）

「報告します！　約二百名程度の賊が、どうやら領内中心部に向かって移動しつつあります」

「そうか、我々の動きは気取られていないな？」

「はい、領境に向かった別働隊を本隊と思い込んでいる模様で、奴らは周囲の警戒も不十分です。エストの街は空になったと、安心し切っているのかもしれません」

「そうか、エストの街には最も恐ろしい男が居るとも知らずに……、奴らも哀れだな」

「では我らはいかがいたしますか？」

「このままこの森林で待機！　奴らには決っして気取られるなよ」

この会話をしていた彼らは、再び鬱蒼とした林の茂みの奥へと姿を消した。

◇◇◇　（エストール領東側）

薄汚れた、身なりの良くない五十名ほどの集団が、町や村、街道など、人気のある場所を避け、密かに移動していた。周囲に見張りを立てて、警戒しつつゆっくりと……。

「おい、大分進んだが……、一体俺達はどこまで進んで行くんだ？」

「知るかっ！　そんなことは小頭に聞けよ」

「いや、この辺りはもう、蕪男爵さまの領地じゃねぇのか？　ちょっと気になってな」

「何だとっ！　それは本当か？」

「ああ、陽の位置を見てみろ。街道や村は避けているが、ずっと西に進んでいるからな」

一部の者たちが歩きながら、小声で呟いていた。

「おい！　それは聞き捨てならねぇ話だぞ」

「俺はあのお方の領地に手を出したくはねぇぞ」

「ウチの家は、あの方たちのお陰で今回の冬を乗り切れたんだ」

「ウチの娘もそうだ。あのお方たちに救ってもらったんだ。とてつもない御恩がある」

「……」

「このまま、闇に紛れて逃げるか？」

「いや、それじゃあ恩を返せねぇ」

「なら……、夜を待って、奴らをやるか？」

「ああ、俺は他の村の奴にも声を掛けてくる。あいつらもご恩を受けていたはずだ」

「よし、決まりだな」

「俺たちだけでも……、何とかしねぇとな」

彼らは心に何かを決め、仲間と話を付けるため周りへと散って行った。

◇◇◇（ヒヨリミ領　洪水の後）

先ほどの会話をしていた者たちは、少し前まで、ごく普通の農民だった。

オルグ川の洪水により、住む家も農地も失い、明日の食料もなく途方に暮れていた。

だが、彼らにも救いはあった。隣領からの救援や食料援助で、この冬はなんとか乗り切れたが、本来彼らを救うべき領主、ヒヨリミ子爵は被災者に対し冷酷だった。被災者への救援策や税の軽減などもなく、冬をなんとか乗り切った彼らも、この先の生活は目途が立たず途方に暮れていた。

そんなある日、怪しげな男が村を訪れ彼らに誘いを掛けてきた。人としての道を外す誘いを……。

「なあみんな。俺たちは今、明日の食い物すら困っている状態だ。そんな俺たちの苦しみをよそに、のうのうと暮らしている奴等から、生きる為の糧を奪って何が悪い？」

彼らはその誘惑の言葉に乗ってしまったのだ。家族のため、人として道を踏み外す決断をした。

最初の仕事は驚くほど簡単だった。それは、被災地に駐屯する兵士の食料庫を襲うことだった。

子爵家への不満もあり、言われた通り付いていくと、いとも簡単に大量の食料が手に入った。

二回目も同様だった。彼らの指示通り襲撃すると、その時も兵士たちは出払っており、食料庫を守る兵士は数名しかいなかった。そしてその数名兵たちも、戦わずに算を乱して逃げ出した。

襲撃のあと彼らは、驚くほど気前良く成果を分配され、食料を村に持ち帰ることができた。彼らは歓呼で迎えられ、その食料で彼ら自身やその家族、村人たちまで食い繋ぐことができていた。

そしてある日、彼らの村に大規模な招集がかかった。

「みんな、次は農民から食料を搾り上げ、それで贅沢三昧に暮らしている奴らの根城を襲撃する。そこで得た獲物を困窮した者たちに分配し、今度も多くの村を救うんだ！」

彼らはそんな誘いに再び乗ってしまった。

盗賊に我が身を落としていても、家族のため、困窮する者のためなら仕方ない。多くの人の役に立てるのならば、進んで汚れても構わない。参加した者たちはそう思っていた。

彼らが盗賊団の本隊に合流すると、そこには百名を超える盗賊たち、そして百名弱の同胞たち、彼らと同じように複数の村から集められた、行き場を失った農民たちが集まっていた。

彼らを率いる盗賊の頭目は、集まった者たちに向かって大きな声で叫んだ。

「お前たち！　今度の獲物は大きいぞ！　近隣の富を独占している悪党共の本拠地を襲うからな。兵士共は遠くに出払っていて留守だし、とても楽な仕事だぜ。これまでとは比べ物にならんようなお宝や、食料、女たちがたくさんいるぞ！　今までにない、しかも勝ちの決まった大勝負になる。もたもたして、乗り遅れるんじゃねぇぞ！」

生粋の盗賊達は頭目の言葉に、野卑な笑い声とともに歓声を上げた。

「おおっ！　久しぶりの大仕事か、腕が鳴るぜ！」

「へへへっ、女も選り取り見取りってか？　久しぶりに襲い甲斐がある仕事じゃねぇか！」

「おいおい！　お前はいつもそっちにしか目が行かねぇのか？　先ずはお宝だぞ！」

「ははははっ、違ぇねぇ。こいつはいつもそうだからな」

だがそこには、盛り上がる彼らを軽蔑し、冷たく眺める男たちもいた。

「おい、どうする？　今回は食料庫を襲う話とは、訳が違うようだぜ？」

「あの下種ども！　俺たちは仲間が生きていくために必要な、食料だけしか望んでいない……」

「そうだな、俺たちはもう、身は汚れちまったが、心まで下種の仲間入りはしていない」

「今回は……、逃げ出すか？」

「いや、恐らく今回は領主の館か、その取り巻きの館を襲うんだろうよ？　それならば……、恨みもあるし、食料だけ奪ってさっさとずらかっちまおう」

そう、彼らは大きな思い違いをしていた。

今回は酷薄な圧政を敷き、自分たちを苦しめてきた領主、ヒヨリミ子爵の屋敷かその取り巻き、そこを襲うと思っていた。それなら、これまで散々味わった、苦渋の思いを晴らす機会にもなる。

彼らはそう考えていた。

その後、頭目と呼ばれた男は、襲撃部隊を四つに分け、それぞれを小頭に預けると、彼らに対し目立たぬように潜伏しながら、目的地までの移動を命じていた。

第三十四話　改変後の世界　幻の初陣②（カイル歴五〇四年　十一歳）

野盗たちの集団は、一部の者たちの思いをよそに、既に目的地の近くまで足を進めていた。

「よし、全員揃ったようだな？　間もなく夜も更ける。ここで時間を潰して、夜明け前に街を襲う。街には警備の者が居たとしても、たかが三十人前後、奴らを殺せば後は暴れ放題だ」

「しゃぁっ！　血がたぎるってモンよ」

「大きな街を襲えば、金も女もたんまりってか？」

「これでしばらくは、良い暮らしができるってな」

盗賊達は口々に己の欲望を言葉に出す。

だが、中にはそれを苦々しく見ている一団も居た。

「どうする？　ずっと小頭も倒せず仕舞いで、結局ここまで来ちまったけど……」

「奴ら、夜は交代で見張りを立てていやがるから、全く隙がねぇんだ」

「昨日知らせに走った奴は、無事に辿り着いたんだろうか？」

そう、元農民の彼等は、彼等なりに男爵領を守ろうと懸命だった。小頭を密かに暗殺したうえで逃亡し、ことの顛末《てんまつ》を知らせに行こうとしたが、それも叶わなかった。

結局彼らができたことといえば、獣に襲われたことにして、深夜密かに脚自慢の仲間をひとり、エストに向かって知らせに走らせることだけだった。

「こうなったら……、俺たちの命で詫びるしかないな」

進退窮《きわ》まった彼等は悲壮な決断をしていた。


まだ夜が明ける前の、エストの街。人々は深い眠りにつき、街は静かで深い闇に包まれていた。

やがて、正門から少し離れた街の外に、ごく小さな灯りが灯った。

しばらくして、それに呼応するように、城門の上にも小さな灯りが二つ灯った。

「よし、灯りは二つだ！　昼間に侵入した奴ら、上手くやったようですぜ」

「間もなく城門が開く、そしたら中に入って暴れまくれ。起きてくる奴らは手当たり次第殺せっ」

彼らは城門の前まで、身を隠し這いながら忍び寄っていった。

程なくして、低い音を立てながら城門がゆっくりと開き始めた。

「行けっ！」

盗賊達は門に向かって疾走を始めた。彼等にとってこれから始まる狩猟に血をたぎらせて。

先頭を走る者が、城門のすぐ手前まで差し掛かったとき、突然異変が起こった。

不意を突いて襲撃したはずの盗賊たちは、逆に予想外の襲撃を、背後から受けることになった。

「今こそ蕪男爵さまのご恩に報いる時！」

「俺たちはケダモノじゃねぇ！」

「命を捨ててお詫びしますっ！」

最後尾に居た元農民たちが、叫び声を上げながら仲間に向かって斬りかかって来た。

「ちっ、あの屑どもめ。いざという時に矢除けに使うつもりで連れて来たが……、馬鹿な奴らだ。しょうがねぇ！　彼奴らも一緒に血祭りにあげろっ！」

頭目の指示に、盗賊たちの一部は踵を返し、裏切り者の農民たちに向かって斬りかかり始めた。

裏切ったのは最初に動き出した三十名程度と、遅れて続いた二十名程度。

素人《のうみん》相手なら、彼らの半数で相手をしたとしても、盗賊団は余裕で対処できる。


その時だった。

夜明けの前のまだ暗闇のなか、突然の閃光が盗賊団の真上に広がった。

「不逞な賊共っ！　エストの街を襲った対価、その命で償えっ！」

「いいか！　くれぐれも農民たちには当てるなよ」

城門側と側方の茂みの中、二箇所から同時に発した二人の声と共に、矢が降り注いだ。

特に城門に向かって疾走していた盗賊たちは、至近距離から矢を浴びて次々と倒れていった。

突然降り注いだ矢の雨に、盗賊たちが算を乱して狼狽する中、先ほどとは打って変わって優しい光が、断続的に辺りを照らし始めた。

「騎馬隊、突撃せよ！」

再び同時に、全く同じ命令が、城門と側方の茂み、その二箇所から飛んだ。

「賊の集団を食い破り中央を突破、然るのちに背面に展開、包み込んで奴らを一人も逃すなっ」

林から突如として現れた、統率された騎馬の集団が、盗賊達の側方から突撃し、彼らの中央部を蹂躙していく。騎馬の突進に、盗賊たちはまず弾き飛ばされ、そして後続の馬蹄に踏み躙られる。

怯んだ者たちは、馬上からの槍や剣戟の餌食となり、逃げ惑う者は、中央を突破して背面に展開した騎馬と、城門から突入してきた騎馬に包囲され、為す術もなく次々と討ち取られていく。

「ほう、見事な突貫、そしてすぐさま背面に展開して包囲網を形成、さすが私の一番弟子ですな」

ヴァイスは感心しながら、自らも騎乗して戦っていた。

ダレクの率いる騎馬達は、寡兵にも拘らず、見事に統率され、盗賊達を蹴散らしていく。

それに呼応し、傭兵団の騎馬隊が臨機応変に動き、盗賊たちを死地へと追い込んでいった。

これらの動きはまるで、事前に打合せた演習でも行っているかのようだった。

盗賊たちは自分たちより少ない敵軍に翻弄され、襲撃側と迎撃側の人数の比率は、急速に逆転しつつあった。こうしてこの戦いの帰趨《きすう》は決していった。

◇◇◇（エストの街外れ）

「何故奴がここに居る！」

「我らの計略により、領境に居るはずではないのか？」

「兵は出払っており、街はガラ空きのはずではないのか？」

少し離れた所から、今起こっている戦いを眺めて、狼狽の声を上げる者達が居た。

「これでは……、あのお方の深謀に添えんではないかっ！」

「止むを得んな、我らだけでも撤退しよう」

「次こそ奴らの鼻を明かしてやる、必ず、な」

「覚えておれ！　いつか、きっと足をすくってやる」

悪態を吐きながら、彼らは何処かへと消えていった。

彼らがその思いを晴らす機会は、時を移し場所を変え訪れることになるが、今はまだ先の話。

歴史の修正力という波に乗って、彼らの目論む機会は再び訪れることになる……。

◇◇◇　（エストの街　守護者たち）

「ダレクさま、機を見た、惚れ惚れするほどお見事な用兵ですな」

「師匠に教えられた通りですよ。師匠こそ、此方の作戦に呼応いただく合わせ方が抜群ですね」

いつの間にかこの二人は、馬首を並べて戦っている。最近、剣豪まで腕を上げたダレクと、更に上位の剣鬼と呼ばれる階位にある傭兵団の団長。この二人をまともに相手にできる者など居ない。

盗賊たちは、これまで悪行を重ねた重犯罪者だけに、降伏しても許されない可能性が高い。そのため、死に物狂いで抵抗するが、所詮は素人剣術でしかない。無謀な斬撃は、彼らによって軽くいなされ、或いははね上げられ、間髪入れず致命傷となる反撃を喰らっていく。そうして盗賊たちは二人によって次々と屍を積み上げていった。

「に、に、逃げろっ！」

「逃げるって、どっちにだ？」

「知るかっ！　あいつらのいない方にだ」

盗賊たちは二人の剣戟から必死に逃げ惑い、夜が明け始めた大地を潰走していった。

周囲を取り囲んだ騎兵たちも、容赦なく彼らを追い立て、討ち取っていく。

エストの街に向かって逃げ出した者たちも、矢の雨を浴びて次々と倒れていった。降伏して地に伏せる以外、彼らが命をながらえる術はひとつも無かった。


「戦いは綺麗ごとではありません。まずはそれをしっかりと目に焼き付けてください」

そう言われてこの二人の活躍を、傭兵団やダレク配下の騎兵たちの戦いぶりを、エストの街の城門の上から眺める者たちがいた。彼らは、ヴァイスの指示でそこに待機していた。

ヴァイスはタクヒールから、魔法士たちの戦闘訓練を依頼されたとき一抹の不安を感じていた。

戦いとは生半可な気持ちで臨むものではない。もしそんな気持ちで戦場に出れば、まともに戦力とならないだけでなく、ある者は足がすくみ動けなくなり、ある者は激しく嘔吐し、ある者は泣き叫び、そして結局、敵の手にかかり命を落とすだけだ。彼はそういった姿を何度も見てきた。

戦いを見て覚悟を決めさせ、不適格な者なら初めから落伍してもらえばいい、そう考えていた。その意図の通り、戦いを見守っていた十一人中十名が、言葉もなく蒼白な顔をして震えていた。

唯一、内心は別として、傍観者として平然と振舞っていたのは、タクヒールだけだった。ただそのタクヒール自身も、今回は活躍する場を与えられず、内心忸怩《じくじ》たる思いでいた。

レイモンドは、前日の日中に人足に扮して侵入した賊を見破り、捕縛していた。

ヴァイスは、彼らから襲撃計画を聞き出し、万全の迎撃態勢を整えていた。

ダレクは、別ルートで襲撃計画を知り、敵を欺き、密かに兵を埋伏していた。

これは彼が前日、怪しい村人を街脇で捕縛し、その者から事の経緯を聞き準備していたからだ。

こうして盗賊達はほぼ全滅した。

彼らを裏切り、戦いの火蓋を切った元農民たち、その後彼らに続いた者たちを除いて。

「命の危険も顧みず、よくぞ正道に戻ってくれた。礼を言う」

ダレクのねぎらいの言葉に、彼らは泣きながら平伏した。盗賊たちへ、最初に反旗を翻したのは三十名、少し遅れて続いたのは二十名だった。彼らの後ろに隠れるように平伏していた者たちは、前方で平伏する五十名と同じ、元農民たちではあったが、戦いの趨勢を見てから盗賊たちを裏切った、いわば日和見者たちであった。三十名ほどいた彼らは、一様にバツの悪そうな様子だった。

「我らは厳しい暮らしに食うにも困り、家族を食わせるためとはいえ、人の道を踏み外しました。我らも盗賊の一味、どうぞ誅罰をお与えください。覚悟はできております」

先頭で涙を流す男が叫んだ。

「我らはあのケダモノと同じです。されど、蕪男爵さまたちより受けたご恩は忘れておりません。

このようなことになるとは知らず……」

「どうか、我らの首を、男爵家の手柄としてお取りください。家族を救っていただいた皆様への、せめてもの恩返しとなりましょう」

先頭にいた三十人は泣きながら前に進み出た。遅れてその後ろの二十人も続いた。

「そんなっ、それじゃぁ……」

裏切った意味も、命乞いの意味もないじゃないか。そう言葉をこぼしかけた男たちもいた。

最後方の日和見者たちは、仲間の言葉に驚愕し顔を青くしていた。

ダレクはその様子を、黙って見つめていた。

「立派な覚悟だ。だが……」

そう呟き、ダレクは瞑目した。彼らが盗賊に身を落とした経緯は痛いほど分かる。

本来、罪を受けるべきは、彼らをここまで窮状に追い込んだヒヨリミ子爵とその統治者たちだ。

王国の法に照らせば、盗賊は重罪、街を襲ったとなれば死罪は免れないが、同情の余地もある。

「お前たちが犯した罪は消えない。だが、それを償う機会を与え、お前たちに未来の希望を残す。それを掴めるかどうかはお前たち次第だ。罪を償い真面目に勤めを果たせば、遠くない日に、故郷に、そして家族の元に帰れる日もあろう」

「度重なるご厚意、ご恩は一生忘れませんっ」

彼らは再び嗚咽を漏らし泣き崩れた。

だが、ダレクの言葉は現実にはならなかった。

彼らをヒヨリミ子爵に引き渡せば、口封じや蜥蜴《とかげ》の尻尾切りで、即刻処刑されるだけだろう。全員死亡ということにして、後日、彼らは一定期間、鉱山での強制労働に就いた。形こそ強制労働ではあるが、一般の鉱山作業員と同じく、労働の対価として賃金が支払われ、特に最初に呼応した五十名の元農民たちには、ある程度の行動の自由まで許されていた。

この事件のしばらくのち、ヒヨリミ領の村で、盗賊の一味として迫害されていた彼らの家族は、ダレクによって密かに手引きされ、エストの街まで誘われて来たのち、彼に匿われることになる。

その後、元盗賊として罪を償っていた彼らは、エストの街で思いがけず家族と再会する機会が、ダレクの計らいで用意された。お互いに新しい故郷、エストール領の民として。

彼らは共に涙を流し、再会を、そして家族の無事を喜び抱き合った。

何年かのち、グリフォニア帝国との戦いで、窮地に陥ったダレクを、自らの命を盾に護った兵士たちがいた。彼らは、圧倒的な敵の攻勢に対し、その身を挺して立ちはだかり、深手を負っても全くたじろぐこともなく勇戦したという。力尽き倒れた仲間に代わり、次々と矢面に立ち、死兵となって鬼気迫る戦いを繰り広げ、ひとり、そしてまたひとりと力尽きていった。

「もういかん、後は……、頼む」
「やっと、ご恩が、返せましたか……」
「これで家族にも、胸を、張って……」
「ありがとう、ございました……」

彼らは一様に、満足げに笑みを浮かべながら散っていった。

それはダレクが匿い、密かに救った元農民の盗賊たち、彼らの未来の姿であった。

第三十五話　未来のための変化（カイル歴五〇四年　十一歳）

野盗の襲撃から一ヶ月ほど経った。

この事件は改めて、防衛体制の強化と、領民の戦力化に向けた取り組みに、拍車をかける機会となった。そして俺自身、更に思いを改める機会となった。


前回の歴史では、盗賊がエストを襲った事実は無かった。辺境の村々を荒らしただけだ。だが、歴史は大きく変わっている。彼らの目論見が成功していれば、俺たちを含むエストの街は、大きな被害を受け、自分自身の命の保証もなかっただろう。

「これが歴史の逆襲か……、本当に悪辣だな」

予想していたこととはいえ、俺はその悪意に震えた。

更に、今回俺は為す術もなく、兄やヴァイス団長の活躍を見守るだけだったことが悔しかった。

自分自身が、歴史の逆襲に抗する力を、まだ何も持っていないことを再認識し焦った。

だが、俺と似たような思いをする者が他にもいた。

「俺は何を甘えていたのだ。自分が怖い？　そんなこと……、まさに滑稽だな」

「私には……、守る力があるにも拘らず、おかしな話ですよね。何もせずただ逃げてばかり……。

それじゃあ何も解決しないとよく分かりました。力を与えられた者の義務を果たすべきです」

「見ているだけで怖かったです。でも、殺されるかもしれないのに、盗賊を裏切ったひとたち……。

彼らがソリス男爵家に感じている恩と、私の思い、何も違いません」

最も消極的だった、クリストフ、カーリーン、サシャが真逆に振れてしまった。

そして、他の魔法士たちの心にも、火を付けた。

「自分たちもエストール領を守りたい」

「不条理な暴力に立ち向かう力がほしい」

そんな思いを口々にしながら、以前に増して積極的に、ヴァイス団長の訓練に参加した。

俺と団長は、予想外の結果に閉口してしまったのは言うまでもない。


週に二日ある彼らの訓練は、午前は剣術などの護身術、午後は各自の魔法属性に合わせた、魔法戦闘の訓練が行われた。それらは、実戦を想定した訓練であり、非常に厳しい内容だった。

特に魔法戦闘の訓練は、人目につかないよう配慮し、騎馬にてエストの街から遠く離れた郊外、そこに移動してから行われている。そのため、先ずは全員が馬に乗れるように、乗馬の練習から始まり、既に今では、彼ら全員が一人前に馬を乗りこなすまでになっている。

「では、これより各属性に合わせた訓練を始めるっ！　決っして、気を抜くなよ！　死ぬぞ……」

毎回緊張した面持ちで、ヴァイス団長を見つめる面々の表情は、若干怯え気味だ。

訓練中の団長は鬼だ。俺と兄はよく知っている。正しくは、今までに散々思い知らされている。

兄と俺の二人が受けていた団長の指導を、魔法士たちも受けるようになって半月、現在は交易で国外に出ているバルトを除き、十四名の魔法士全員が参加している。

この魔法戦闘訓練を始める前、兄と俺、団長の三人で慎重に方向性を決めた。

まだ幼い者も多く、女性の割合も高い彼らに、殺傷目的の攻撃魔法は厳しいのではないか？

そんな懸念もあり議論を重ねた結果、守備を主眼とした魔法訓練のメニューが用意された。

風魔法士　敵の矢から味方を守る風壁の展開と、味方の矢を風で加速したり、誘導する訓練
火魔法士　敵の陣地侵入を阻害する火炎障壁の展開と、その展開距離や高さ、威力の調整訓練
水魔法士　敵の陣地侵入を阻害する水壁の展開と、水攻めなどで大量の水を操る調整訓練
地魔法士　敵に対し塹壕や罠を展開し、その展開速度や強靭性、展開する距離を延伸する訓練
光魔法士　敵軍めがけ自在に閃光を操り展開し、その展開範囲と距離を強化する訓練
聖魔法士　治癒の実践を積み重ね、戦場で自在に治療を行えるよう、経験を積み上げる訓練

全ての発動をより早く、より正確により威力を持たせ、できるよう、強化する訓練が行われる。

訓練は先ず、防御系統から始め、適性のある者のみ攻撃的な内容も追加していく方針だ。

なお聖魔法士については、怪我人や病人が居ないと、そもそも魔法の使用機会もないことが課題だったが、それは全くの杞憂だった。公の施設である施療院でそれを行うと、魔法士の存在を秘匿することができない。なので、日頃から激しい訓練を行う傭兵団の訓練に同行し、回復役、治療役として活躍してもらうことになった。

余談ではあるが、そもそも激しい訓練を行っていた傭兵団の訓練が、治療役が常時待機していることで、より激しくなったのは言うまでもない。因みに、団長の鬼レベルが更に上がってしまっていた。

「これで遠慮なく団員たちを、思いっきりしごけます。ご厚意、感謝します」

「ははは……、お手柔らかにお願いします。因みに、俺の厚意ではなく行為でもないデスヨ」

団長、皆の前でそれを言うから、ほら……。

傭兵団の皆さんの恨めしそうな視線が俺に……、彼らの視線が心に刺さり、とても、痛い……。

ってか、団員だけでなく俺たちにも来るよね？　パワーアップした団長《おに》のしごき……。

因みに魔法属性に合わせた訓練の間、唯一魔法が使えない俺は何もすることがなかった……。

そんな訳になるはずもなく、ヴァイス団長配下の傭兵団に交じり、しっかり剣術、騎馬剣術などを、むしろ嫌と言うほど叩き込まれていた。そういう訳で、毎回俺も生傷が絶えず、一番治癒魔法の被験者になっているのって……、もしかしたら、いや、確実に俺だろうと思えるぐらいだった。

そのお陰か、やっとの事で俺の剣の技量が、修行中から剣士になった。

体格的にまだ子供だから……、そういう事情もあるだろうが、ここまで来るのに三年も掛かってしまったことに、俺は自身の才能のなさを感じ、改めて落ち込んだ。

「そこっ、そんなへなちょこな風で、矢が防げるとでも思っているのか？　展開が早過ぎるんだ！　自分が矢を怖がってどうする！　そこの三人！　特別訓練追加！」

「くっ……、また、あれか……」

「そんな程度のたき火、騎馬なら簡単に跳び越えられるぞ！　しかも展開する時間が短か過ぎる！　防壁にすらならんぞ！　そこの二人！　特別訓練追加！」

「くそっ！　思うようにいかん……」

「そんな低い土壁、子供でも越えられてしまうぞ！　しかもそのへなちょこな壁は何のためだ？　構築も遅過ぎて話にならん！　陣地構築まで敵は待ってくれんぞ！　二人とも特別訓練追加！」

「はぁはぁ……、む、難し過ぎる……」

「なんだこの薄い水壁は！　壁にもならんわ。お前たちは涼むための噴水でも作っているのか？　そんなもので矢を防げるとでも思っているのか？　二人とも特別訓練追加！」

「ひっ！　また……、悔しい！」

「そんな弱い光で、偽物だと知らせるつもりか？　お荷物になりたいのか！　それでダレクさまの代わりが務まるとでも思っているのか？　あの先に届くまで、今日は光を放ち続けろ！」

「く、悔しいです、つ、次こそ……」

鬼となったヴァイス団長は容赦がない。日頃の紳士的な彼しか見ていない者たちは、最初はドン引きだったが、歯を食いしばって団長の指示に食らいつく。

今回も、団長特製の特別訓練を免れたのは、カーリーンとクレアだけだった。

「団長、今日もまたアレをやるのですか？」

「はい、もちろん魔法士たちは魔力や適性には個人差があります。でも、根本は本人の覚悟、そして思いの強さ、これに尽きます。クレアはそこが突出しており、カーリーンには才能があります」

「しかし団長は、本当にいろんなことをご存じなのですね？」

「ははは、私の力ではありませんよ。我が傭兵団には代々伝わる、魔法士の戦闘力強化に関する秘伝がありますからね。もっとも、この平和な数百年の間に魔法士は減り、こんなことを行う必要すらなく、ずっと廃れていたものですから……、私の代でそれが活用できて嬉しい限りですよ！

ちなみに特別訓練は、本人たちをより必死にさせ、覚悟を固めさせるためのものに過ぎません」

この人は色んな意味でチート過ぎる。しかも俺との会話中も、横目で訓練状況を確認している。

「そこ！　何をへばっている？　そんなことでタクヒール様を護れると思っているのか！」

なんか……、彼らにとって俺はお荷物みたいな、そんな気がするのは、気のせいか……？

毎回、訓練が終わると全員がフラフラになる。もちろん、俺も含めて。元気なのは兄だけだ。

「団長、彼らの魔法、実戦ではどうですか？」

「正直言って、今はまだ集団戦力としては未熟過ぎて、戦場では全く使い物になりません」

「そっかぁ、だから戦に魔法士が出ることが少ない、そう言われている訳ですかね？」

「それもあります。ただ、貴重な魔法士を戦闘で失いたくない。それも大きな理由だと思います。

ですがご安心ください。半年しごけば一人前、一年もしごけば十分使える戦力にしてみせます」

「ははは、それは心強いなぁ。でも、優しくね……」

爽やかに笑う団長《おに》の口元に、大きな牙が見えた気がした。


魔法戦闘の訓練を含め、従軍者とバルトを除いた彼らの一週間スケジュールはこんな感じだ。

◇スケジュール
午前のみ　二日間　領主館にて読み書き計算等の基礎学力講座を受講
午前のみ　二日間　領主館にて各自の望む専門教育講座を受講
午後のみ　四日間　受付所や定期大会等の運営業務を遂行
終日　　　三日間　郊外にて魔法演習を二日間実施、休日として一日

◇専門教育
用兵全般、軍略等　　クリストフ、クラン、兄のダレク
内政全般、商取引等　クレア、カーリーン、俺
都市計画、建設知識　エラン、メアリー、サシャ
医療知識、薬草学　　ローザ、ミア、妹のクリシア

ちなみに教師は、基礎学力講座については、行政府やメイドの中から、教師を派遣してもらって

おり、専門講座については、各方面から個別に講師を派遣してもらっている。

専門教育講座は、原則魔法適性に応じて、一部は希望に応じて配置している。これも将来の布石であり、ちゃんと理由がある。


「タクヒールさまは、将来の文官育成も視野に入れていらっしゃるのですか？」

最初こそレイモンドさんにも驚かれたが、彼は基礎・専門講座開設について力を貸してくれた。

魔法士たちは働きながら無料で学べるとあって、兄や俺を遥かに凌ぐ熱意で勉強し始めた。

この世界では、一般の領民で読み書きができる者はむしろ少数派だ。クレアやエラン、バルトも俺と一緒に働くようになってから、陰で必死に読み書きを覚え、使いこなせるようになっていた。

同じ熱意で、他の者も基礎学力は早々に身に付けてしまい、その時間も専門教育に当てられ始めた。

えっと……、休日は休んでいいのだよ？　だって週二日は、魔法の猛訓練で疲れているでしょ？

俺や兄と比べ、引いてしまうくらい頑張り過ぎる彼らに、俺たち二人はかなりバツが悪かった。

彼らが学んだ知識は、今後必ず必要となってくる。これまで放った全ての矢が実を結ぶときに。

彼らはそんな俺の思いを知っているかの如く、専門教育もどんどん知識を吸収していき、僅か一年もしないうちに、領内では教える講師の手配に困るまでの事態になっていった。

内政はレイモンドさん、商取引は父や出入りの商人たちが務め、都市計画や土木に関しては、隣のコーネル男爵家から、特別に講師を招聘することもあった。講師のあてに困らなかったのは、ヴァイスさんが担当の用兵と、施療院から医師を派遣していた医療知識、この二講座だけだった。

もう少し、あともう少し。俺は祈るように彼らが成長し、月日が過ぎるのを見守っていた。

最後の一手、いや、新しいステージに移るための最後の矢、それを放てる時をずっと待った。

そして、この一年後には、彼らの知識は実践の機会を得ることになる。

俺たちにとって希望の大地、この先、歴史と戦うため、俺自身の拠点となるテイグーンで。

第三十六話　第一回　最上位大会《チャンピオン》（カイル歴五〇四年　十一歳）

第一回の定期大会開催から、驚くべき速さで月日が流れた。

それだけ俺たちは多忙を極め、大きな目的のため日々動いていた。

「これより栄えある第一回、最上位大会を開催する。今回は、ハストブルグ辺境伯を始めとする、多くの来賓のご列席も賜ることができた。記念大会に相応しい大会となったこと、誠に喜ばしく光栄に思う。参加する者たちは、定期大会に上位入賞した強者ばかりだ。皆は、日ごろの鍛錬の成果を十分に発揮し、この大会を盛り上げてほしい」

父は張り切って、開会の挨拶を行った。


遂に、年に一度のクロスボウ大会、これまでの定期大会で上位三名の入賞者しか参加できない、最上位大会がエストの街で開催されることになった。

今回の大会は、来賓でハストブルグ辺境伯、キリアス子爵、何故かゴーマン子爵、コーネル男爵などが出席している。予想外の、そして突然決まった来賓の参加に、開催まで両親とレイモンドさんは対応に掛かりきりとなった。因みに俺も、来賓の参観が決まってからというもの、大会開催準備どころではなくなってしまっていた。

「そもそも会場の広さ、このままじゃ無理じゃね？」

「貴賓席や警護の兵、それだけでも全然足りません！」

あまりにも予想外で、クレアも悲鳴のような声をあげていた。

「だよね……。エラン、メアリーごめん。申し訳ないけどこの会場、土台からやりなおそうか？」

「はい、僕にも考えがあります。全体を掘り下げ、階段状に観客席を用意しようと思っています」

「はい、私も先日習った建築の基礎工事、これを会場建設に反映できればと思います」

「アンはゲルド親方の所に使いとして走ってほしい。貴賓席に見合う椅子の発注を頼めるかな？

クリストフとカーリーンは、会場の中で安全な位置を確認してほしい。万が一のことが無いように、絶対に弓で狙われない作りに変更しなきゃだめだ。他の皆は、大会運営の準備をお願いっ！」

「はいっ！」

「あ、クレアは運営面の指揮を全部任せてもいいかな？」

「はい、承知いたしました。大丈夫です、お任せください」

ここ一年で魔法士たちだけでなく、実行委員や補佐、受付所の職員として囲ってきた面々は、既に十分頼もしく成長しており、安心して任せることができた。魔法士である仲間たちの成長も著しく、一年前とは大違いだったお陰で、俺は会場の改築に専念することができた。

そして、それらを含め全てが、何とかギリギリ間に合わせることができた。


今回、選手として参加するのは三十名。

洪水や災害派遣などがあったため、この一年で実施できた定期大会は十回だったからだ。

そして、それぞれの大会の上位三名がこの大会に集っている。

定期大会で一度上位三枠に入ると、次の最上位大会が終わるまで、定期大会の参加資格を失う。

あと風魔法士たちはもちろん、全ての大会で、射的に魔法を使用することは禁止している。

エストの街は、この大会を目指して多くの商人たちが集まり、至る所に露店市や臨時飲食店等が設けられており、これまでにない活気を見せていた。

更にこの大会を見学するため、多くの領民が領内各地から集まっており、彼らを収容するため、街外れには難民キャンプを再利用した、簡易宿泊施設も用意されていた。


「投票券及び投票所となる受付所の準備、対応要員の教育も、全て完了しています」

「クレア、ありがとう。オッズ作成の予行演習も大丈夫かな?」

「はい、そちらを含めて完了しております」

「では予定通り五日前から受付を開始するので、それを告知するための看板をお願いね」

「はい、事前に協議した、街の各所に掲示しておきます」

そう、今回の大会の目玉は、『勝者投票券』だ。

まぁ競馬の勝馬投票券を真似したネーミングだけど、誰でも応援する（勝つと思う）選手に投票（投資）し、的中すれば配当が受けられる仕組みだ。電算機や自動計算プログラム、電卓などが無い世界なので、できる限り単純に、参加しやすいよう工夫するため、俺たちは頭を悩ましていた。

その結果投票は二種類のものを用意した。

一つ目は優勝組投票だ。

参加する三十人の選手を五つの組（赤、青、黄、緑、白）に分け、それぞれの組に所属する者の個人成績を合計した点数でグループ優勝を競う（投票する）ものだ。

一位（五十点）
二位（四十点）
三位（三十点）
四位（二十点）
五位（十点）

個人成績の上位五名だけに配点があり、組内での合計点が最も高い組が優勝となる。

優勝した組に投票した者は、外れた者が投じた賭け金から配当がもらえ、その確率は五分の一。組分けは、各組定期大会優勝経験者二名、準優勝二名、三位二名と、全て均等に割り振った。

二つ目の投票は順位組投票だ。

個人成績が一位と二位の者が所属する組の、組み合わせを当てる投票で、仮に赤に所属した者が一位だった場合、

赤－赤（赤組が一位と二位を独占した場合）

赤－青

赤－黄

赤－緑

赤－白

このような組み合わせとなり、都合二十五通りの中から予想するものなので、的中確率は単純計算なら二十五分の一。賭け金から端数と二割の胴元取り分をしっかり残し、残った金額は全て配当金に当てていた。

また、賭け金もそれぞれ、一回の投票で最大金貨一枚、銀貨は一枚と十枚の三パターンに簡略化した。これも人力で細かい計算を行うには限界があるからだ。

投票券は二枚一セットで割印を押し、一枚を運営控えにして、通し番号も入れた。投票券のチェックボックスに金額をチェックし、控えはそれぞれ投票先別に用意した箱に入れ、集計を進めた。

事前告知通り五日前から投票を受付開始し、毎日、集計した前日までの投票状況をオッズにして張り出した。実行委員や事務方の人間は、毎晩の集計作業、毎朝のオッズ表示板交換、投票受付対応、そしてまた、期間中は日々その繰り返しでかなり負担をかけた。

終わったら皆に臨時手当出さないといけないな……、そうしみじみと思った。

それぐらい、どの部署も目が回るほど忙しかった。

投票は大会実施日の午前中、早い時間に締め切られ、午後の大会開始に合わせ、なんとか全てのオッズも出そろった。

俺の執り行う一般向け投票とは別に、父も来賓や商人、エストの商業団体相手に、なんと独自で胴元となり、投票を受け付けているようだった……。

ちゃんと計算しているのかな？　こっちのオッズだけ見てやっているのなら大怪我するよ？

ちょっと心配になったが、正直そんな面倒を見る余裕は全くなかった。

「クレア、投票券の売上はどれぐらい集まった？」

「おおよそ金貨三千枚ですっ！　凄いですね」

「へっ？」

思わず変な声を出してしまった。

「オッズを張り出してから、後半に凄く伸びました」

いやいや、絶対一人で何回も投票している人、オッズに振り回されている人、沢山いるよね……。

賭け事で身を滅ぼさないようにだけ注意してほしい。俺が言えた義理ではないが……。

窓口担当者からの情報によると、どうやら領外の商人達が、相当な額を賭けているみたいだった。

胴元が二割取ったとしても……。

金貨六百枚の収益だ。結構な収入になるが、改築でかなり費用も掛かったし……。

定期大会の各大会優勝者を、それぞれの組に均等に割り振ったので、オッズは極端に振れることもなかったが、順位投票では大穴も何件かあった。


そんな経緯で始まった最上位大会は、順調に進行し、流石は定期大会の上位入賞者たちと、集まった観客を魅了する射的が続いた。観客も自分達が賭けている選手の射的には、それぞれ大歓声が上がり、素晴らしい射的を披露した者には、分け隔てなく大きな拍手が起こった。

貴賓席のハストブルグ辺境伯は、終始上機嫌で、だが時折鋭い視線を向けながら見入っていた。

キリアス子爵は楽しむというより、常に自領から連れてきた武官と言葉を交わしている。どうやら自領でも取り入れるべきものがあるかどうか、検討しているようだった。

ゴーマン子爵は……、終始不機嫌な顔つきで試合を眺めている。これまでも色々あったし、彼の側には絶対に近寄りたくないな……。

◇第一部

固定目標の射的では、恐らく投票でも一番人気だったであろう赤組のゲイルが、下馬評通り一位で折り返した。赤組は優勝組投票、順位組投票でも一番人気だ。

そして二位は……、なんと白組のカーリーンだった。個人的には凄く応援したい。

三位は黄組で、ヴァイスさんの傭兵団から出場している選手だった。

何やら団長から発破をかけられ、逆にもの凄く緊張している様子が、少し可哀そうだった。

ただ今のところ、四位以下についても大きな差はなく、第二部で逆転の可能性も十分ある。

優勝組投票オッズ
赤　二倍
青　八倍
黄　三倍
緑　十六倍
白　四倍

順位組投票オッズ（人気順抜粋）
赤-黄　三倍
黄-赤　五倍
赤-白　八倍
白-赤　十倍
赤-青　十一倍

◇第二部

第一部が終わり、第二部は移動目標、いわゆる意地悪目標の射的となる。

だが定期大会を勝ち進んだ強者だけあって、各自冷静に対処していた。

そして、プレッシャーからなのか、ゲイルが的をひとつ外した！

観客からは悲鳴に近いため息がこぼれる。

唯一、女性で出場したカーリーンには、常に多大な歓声が起こっているが、それすらどこ吹く風とばかりに、彼女は冷静に競技に集中していた。

それはそれで、まだ十五歳、少女と言って差し支えない彼女が、凛としてクロスボウを構え、しかも見事な妙技を見せる姿に、観衆からは大きな拍手と応援の声が飛ぶ。

彼女は第一回定期大会では、移動目標に苦戦し九位となっていた。だが、よほど悔しかったのだろう。暇を見つけては射的場に通い研鑽を積み、第六回大会で見事優勝し、参加資格を得ていた。

俺自身、彼女の目を見張る成長には驚かされていた。

◇最終結果
総合優勝はなんとカーリーン！

並みいる男たち、そして年上の者たちをはね除け、最年少で見事優勝してしまった。

正直俺も一番驚いたなかのひとりだった。彼女はプレッシャーにも強く、観衆の誰もがこの異彩を放っていた幼さの残る射手、愛くるしい彼女を応援していた。

二位は、最後にカーリーンに逆転されたゲイルだった。

三位にはクリストフが入った！

白組はカーリーンとクリストフの貢献（一位と三位）で、八十点を獲得し総合優勝となった。

優勝組投票　白組　　オッズ　四倍

順位組投票　白－赤　オッズ　十倍

見事予想を的中させた者たちは、大声を上げて歓喜した。

優勝組投票は比較的確率も高い二番人気だったので、単純換算では全体の二割が的中させていることになる。順位組投票は十倍、四番人気だったためそれなりの配当で、的中者は周囲から羨望の眼差しで見られることとなった。

また、全ての順位が確定し、上位入賞者は特別にハストブルグ辺境伯からも賞金が授与された。

一位　金貨五十枚と特別賞金貨五十枚
二位　金貨三十枚と特別賞金貨三十枚
三位　金貨二十枚と特別賞金貨二十枚
四位　金貨十枚と特別賞金貨十枚
五位　金貨五枚と特別賞金貨五枚

今回は来賓である辺境伯から、特別賞の追加報酬があったことで、賞金が倍になり、入賞者にとっては非常に幸運だった。来年は……、多分特別賞がないからね。

事前発表の賞金だけだよ。恐らくそのはずだからね。俺はひとり、何度も同じことを呟いた。

こうして第一回最上位大会は、盛り上りつつ無事に幕を閉じた。

歓呼の嵐で終幕を迎え、父は非常に嬉しそうだった。後で知ったことだが、裏で個別の胴元をしていた父は、こちらのオッズをそのまま利用していたらしく、前半戦で赤組が優勢しそうになり、大損しかけていたみたいだった。父は青い顔して、かなり焦っていたようだが、カーリーンの逆転優勝で救われ、結果的にかなりの金額を儲けたらしい。


おいおい！　最後の、満面の笑みでの満足顔はそっちかいっ！

カーリーンに対し、ちゃんとお礼を言ってほしいものだ。

ってか、父からも彼女に特別賞を出すべきじゃね？　この話を聞いて俺はそう思った。


幾つかの目論見を形にした、第一回最上位大会は予想以上の成果を出した。

回を重ねる毎にこの大会は、規模を大きくし、近領だけでなく王都まで波及していく。

そして、それぞれの領主たちが、自身の面目を背負い競い合う大会となり、ソリス家が主催する名物行事として、カイル王国全土に知れ渡ることになるのだが……。

このことを、参加した者たちを含め、俺たちもまだ、この時点では何も気付いていなかった。

第三十七話　それぞれの思惑（カイル歴五〇四年　十一歳）

最上位大会が終了した夜、館では華やかなレセプションが催されていた。そこで父は、ハストブルグ辺境伯とキリアス子爵に挟まれ、質問攻めにあっていた。

「ソリス男爵、今回の興行、非常に楽しませてもらった。男爵家の武威が窺えるというものだな。前回の戦いでの活躍も頷けるというものよ」

「それにしても男爵の取り組み、領民たち全ての戦力化は、侮れませんね。このクロスボウ大会、いったいどれぐらいの領民が参加されているのですかな」

「領民からの参加者は、全体では千五百名程度ですが、中には女子供の娯楽も含まれております。それもあって、領民の戦力化や、技量のある者の確保には、まだ遠いのが現状でして……」

キリアス子爵の質問に答えた、父の数字は偽りだった。ソリス男爵家でも、ごく限られた者しか知らない数字ではあるが、登録者だけで言えば老人、女性や子供を含めると、現時点でその数は四千人以上いる。その中でも、一通りの射的ができる者なら、既に軽く二千名を超えている。

もちろん、単に射的ができる、というレベルでの話だが。

「なるほど、男爵は既に千名を超える弓箭兵を、手駒として確保していると。侮れませんな」

キリアス子爵が再び鋭い指摘を入れてきた。やっぱこの人、優秀だけどちょっと怖いなぁ……。

「クロスボウが扱えても、戦力としてまだ数に入れられない者が殆どです。とてもとても……」

そう、まだ今の段階では過大な期待をされ、次の戦で動員兵力を上積みされても困ってしまう。

「ソリス男爵、そろそろ子爵への昇爵の件、真剣に検討する時期かと考えているがどうじゃな？
こちらとしても王都への推薦を含め、子爵としての体裁を整えるため、支援は行うつもりでいる。
領民募集など、できる限り便宜を図るつもりなので、この機会に考えてみてはどうじゃ？」

「ハストブルグ辺境伯のお言葉、誠にありがたく思っております。しかしながら領民の数、生産力など、まだまだ子爵として足らぬ部分も多く、戸惑っております。名に実が追い付かず、御奉公に差し障りが出てしまってはと……」

「そんなもの、後からついてくるものよ。それに……、財力だけで見れば、ソリス男爵家はもう、子爵といっても差し支えなかろうに」

あーあ、キリアス子爵に痛いところ突かれているし。

「新規の領民募集であれば、辺境の男爵領より子爵領の方が体裁も良く、人も集めやすかろう？
従軍数については、向こう五年は男爵以上、子爵未満の五百名を目指す形なら問題ないじゃろう。
それ以降はヒヨリミ子爵と同じく六百名とする。先ずはそれで進めてみてはどうじゃな？」

辺境伯も父の懸念が分かっているようだ。子爵となればこの従軍数が一番のネックとなるが、俺から見てもその数字なら妥当な線だと思う。父も同じように思ったのか、恭しく一礼していた。

父たちのやり取りを盗み聞きし、ほっと一安心したとき、思わぬ人物が隣にいたのに気付いた。

『げっ！』

思わずその言葉を出してしまいそうになった。俺の右手、父たちがいる方角とは反対の位置に、天敵ゴーマン子爵が立っていたからだ。俺は慌てて貴族作法に則った礼を行った。

「其方が男爵家自慢の智のタクヒールか」

「初めて閣下の御意を得ます。ソリス・フォン・ダレンが次男、タクヒールと申します。この度は遠路エストール領へのお運び、そして大会のご観戦、誠にありがとうございます」

「ふん、噂通り……、年に似合わず如才ない挨拶デアルことよ」

傲然と胸を反らし、立ち振る舞いは名前の通り傲慢そのものだが、口元には、少しだけ笑み？のようなものが浮かんでいる。いや、気のせいかもしれないが、そんな気がした。

「この度の水害の件、其方が危機を予見し、儂らを含め近隣に対し事前に警告を放ったと聞いた。改めて、礼を……、うむ、褒めて遣わす」

あ、いや……、今、『礼を言う』って言いかけたよね？

そこは敢えて言いなおさなくても良いのでは？　噂通り、傲慢な故のプライドなのかな？

俺は意外な人物から、更に意外な言葉を貰い、かなりびっくりして固まった。

「ゴーマン子爵自ら私めにいただくお褒めの言葉など、身に余る光栄です」

「商売上手だけが取り柄の蕪男爵、そうこれまでは見ておったが……、儂もまだまだデアルな。ここ数年で、明らかに変わった立ち回りの上手さ、先見の明は、儂自身も目を見張るものがアル。調べてみると、どうやら全て裏で糸を引いているのが、まだ子供のお主だという噂も耳にしたが、詮無い噂話、儂もそう聞き流しておった。しかし、今回の件も含め、考えを改めねばならんわ」

ってか、気のせいじゃなかった。笑っている。あのゴーマン子爵が！　俺は自分の目を疑った。

常に傲然とし、笑わず、媚びず、へつらわず、仏頂面しか見たことがない、そう父も言っていた。

「と、とんでもございません！　いずれも、世を知らない若輩者が考えた浅慮とお笑いください。私の策など皆様のご深謀には及ぶべくもなく……、お恥ずかしいばかりです」

「ふふっ、気付いておらぬか？　そうやって無難に返せる所が、そこら辺の小僧とは違うのだよ。偽るときは、もう少し子供っぽく振舞った方が良いぞ」

ゴーマン子爵はまた笑った。裏表のない優しげな、かつ楽しそうな笑いだった。

え？　俺、今、アドバイスを貰っているのか？　それも、あのゴーマン子爵に？

そもそも彼から話し掛けてくるって、普通は絶対に有り得ないことだよね……？

正直俺は、どう対処してよいか分からなくなった。ただ……、この空気、なんとかしてくれ！

俺はもう、この場所から逃げ出したい気持ちでいっぱいだったが、少なくともゴーマン子爵は、俺に注目し、俺のことを調べていることは理解できた。良い意味でか、悪い意味でか、それは不明だが、様子から見て明らかに前者だろうな。認めたくないし、ありがたい話だとも思わないが。

「閣下、ご歓談中失礼いたします。ハストブルグ辺境伯さまがタクヒールをお召しでして……、誠に失礼ではございますが、お話を中座させても宜しいでしょうか？」

兄が窮地に割って入ってくれた。

俺は少し残念そうな？　顔をしているゴーマン子爵の前から、一礼してその場を離れた。

なんとか危機は脱したけれど、一難去ってまた一難か。今度は辺境伯かぁ。俺自身、余計な政治には巻き込まれたくないのだけどなぁ……。そんな思いで今度は辺境伯に挨拶した。

「おおっ！　其方が男爵自慢の息子のひとりか。一度ぜひ、話してみたいと思っておったわ」

俺は以前、お話ししたことがあります。前回の歴史での話ですけどね。

「初めて御意を得ます。ソリス・フォン・ダレンが次男、タクヒールと申します。遠路エストール領へお越しいただき、大会にも華を添えていただきましたこと、誠にありがとうございます。辺境伯閣下にお目にかかれたこと、身に余る光栄でございます」

まぁ挨拶だけなら、同じ台詞を使い回すだけで済む。

「ヒヨリミへの災害援助、誠に大儀であった。領民たちが其方に並々ならぬ感謝をしていたこと、配下の者よりしかと聞いておるぞ。たったいま男爵からも、今回の興行を始めクロスボウの発案、それら一切が其方の知恵だと聞き、感心しておったところよ」

「まだ何事にも不慣れな若輩者でございます。行き届かない点など無ければ良いのですが……」

「ははっ、そう固くなって警戒せずともよい。そう畏まると却って不自然だからの」

「ご指摘ありがとうございます。先ほどゴーマン子爵さまからも同様にご指摘をいただきました。やっぱり、不自然だったでしょうか？　一生懸命取り繕ったつもりだったのですが……」

「ははは、それで良い。時には子供らしく真っすぐであってほしい、そう感じる時もあるでの。

だが、あのゴーマンがそのようなことを話すとは珍しいな」

そっか、好意的に受け取って良いのかなぁ……。

「それはさておき、儂からお主にちょっとした頼み事があってな。今回の射撃大会を通じた領民の戦力化には、見るべき点が多いと感心させられたわ。儂らもクロスボウを自領内で生産し、配備を進めたいと思っておるのだが、どうかな？　百台を其方から直接購入するとして、製造技術を開示してもらうことは可能かの？」

「……」

辺境伯の余りにも意外な申し出に、俺は即答を避けた。

「其方の父からは既に了承を得たが、男爵はあくまでもクロスボウは其方が考案、開発した物ゆえ諸々の権利と決定権は其方にあると申しておるわ。なので父への遠慮は無用じゃぞ」

父さん！　面倒事を俺に振ったな！

確かに原型となったクロスボウはこの世界にもあるし、独自の改良点は複合弓部分だけだろう。発案は俺だし、俺が言えばゲルド親方も、問題なく技術開示を了承してくれるだろう。ただ……。面倒なのはエストールボウの話を秘匿しつつ、工房でクロスボウだけ技術開示することだ。制作作業の段取りとか、秘密保持とか、いろいろ面倒くさいことも出てくる。

俺がそんなことを考え、思案しているのを知ってか、辺境伯は言葉を重ねた。

「なーに、戦場で活躍した兵器、男爵が秘匿している方の、クロスボウまでは望んではおらんよ。

そこは安心するがよい。切り札というものは、この先も残しておかんとな」

辺境伯は、俺だけに聞こえるように、小声でそう言うとウインクした。

父さん……、バレてますよ、しっかり。この先、どうすんの？　しかも俺に丸投げして……。

俺は少し離れた所で、楽しそうに談笑している父を睨みつけた。

コンパウンドボウと複合弓の要素を取り入れて作ったクロスボウ、エストールボウについては、とりあえず辺境伯は目をつぶってくれると言っている。

「お話、ありがたく受けさせていただきます。日程については念のため工房に確認が必要ですが、生産自体はすぐ入れると思いますので、年明けには納品できるのではないかと思います」


辺境伯の依頼は、工房と辺境伯側の人員の都合で、翌月から作業に取り掛かることになった。

これに加え、災害派遣やクロスボウ大会開催の褒美として、金貨五百枚、クロスボウ百台と技術開示の料金として金貨五百枚。合計で一千枚もの金貨を、俺は辺境伯からいただくことになった。

俺が既に持っていた千枚以上の金貨に加え、投票券の収益もある。これらに新たな資金を加えることで、製作費などの経費を除いても、二千枚以上の金貨が手元に残ることになった。


今回の最上位大会は、これらの資金以外にも、俺たちに幾つもの収穫をもたらしていた。
・娯楽として、領民の戦力化として、戦力補充の手段として、三つの目的が機能し始めたこと
・カーリーンの活躍を知り、女性の参加者を含め、射的場利用者の裾野が一気に広がったこと

・領民に一攫千金や立身出世の夢を与え、それを目指す大人や子供たちが数多く出てきたこと
これらの成果は後日、エストール領、いやテイグーンの開拓地で形となって現れることになる。

「俺を手伝ってくれる仲間は集まった！　そしてこの先、彼らが活躍すべき場所も用意している。この先必要となる金貨も手に入れた。今後はこれを元手にして、更に多くの資金を集めてやる！それにより、これから先の戦いに必要な、全ての準備が整うことになる。歴史よ、見ていろ！俺はこれから、町を作るための、そこで歴史を迎え撃つための、家族を守るための矢を放つ！そして俺たちはやっと災厄と戦うための、新しいステージに立つことができるんだ」


そう呟き不敵に笑った俺は、この時点ではまだ何も知らなかった。

歴史自体もこの先、改変された流れを修正するため、反撃の狼煙《のろし》を上げて、更に大きな波となり逆襲を開始し始めていたことを……。何もそれは戦場に限ったことだけではなかった。

新しく紡がれ始めた運命の糸は、より大きな災厄に結び付き、新たな不和や張り巡らされた策謀の数々は、運命の分岐点となる新しい結び目を作りながら、俺たちを絡め取り始めていた。

ここから俺の、未知なる戦い、前回の歴史にはなかった出来事との戦いが始まることになる。

閑話一　一番の崇拝者　その一

私は当初、あまりにも無慈悲で、意外な命令に戸惑っていた。

私たちのようなメイド全てを取り仕切る、家宰のレイモンドさまから言い渡されたのは、想像もしていなかった指示だった。

「アン、今日より貴方は正式にソリス男爵家のメイドとなります。同時に、タクヒールさまの専属メイド兼護衛役として、以後、誠心誠意お仕えなさい」

てっきり私は、いずれ男爵家を継ぐ長男のダレクさまにお仕えするものと思っていた。それを目標に、これまでずっと厳しい訓練にも耐え抜いてきた。母からは将来は筆頭メイドとなるべく厳しく躾けられ、父からは主人の護衛として、また戦陣にもお供できるよう、毎日厳しい戦闘訓練も受けてきた。その甲斐あって、私は十五歳で達人と呼ばれる階位まで、剣の腕をあげることができた。

いずれ剣豪と呼ばれる父をも凌ぐ、そんなことを目標にしていた。

ところが、レイモンドさまの指示は、今まで私が目標にしてきたこと、それら全てが覆ってしまい、無駄となってしまう、そう思えてならない内容だった。何か私に、ご不興を買うような落ち度でもあったのだろうか？　絶望から立ち直ったあとも、日々そんなことばかり考えていた。

正直、私は今お仕えしているタクヒールさまが好きではない。

その最大の理由は、あの方の言動やお振舞いには、貴族の一員としての自覚が全くないことだ。

ソリス家の神童と呼ばれているが、子供とは思えない、不気味なあざとささえ感じることもある。

最初は何度も、子供だから仕方ないことだと自分に言い聞かせていた。

だが、あの子供に……、いやこれは失言だ、あのお方の傍に仕えて、日々の様子を見ていると、明らかに子供らしくない、十分に大人といって差し支えない、そんな振舞いが多々見られた。

見た目は五歳の子供。それは間違いない。でも行動や思考は明らかに五歳の子供ではない、十分に大人のするそれだと分かる。時折わざと、口調や態度を子供っぽく偽っている様子も、私から見れば見え透いた行動であり、逆に嫌悪感さえ覚えたくらいだった。


あの人は子供ではない、少なくとも中身は。そう考えを改めると、今度は嫌というほど貴族として自覚に欠けた行動が目に付く。それが表に出ない私の苛立ちとなり、いつも距離を置いて、慇懃《いんぎん》無礼に対応していたように思える。このまま放置すれば、私の評価まで下がってしまう。

これ以上、レイモンドさまからの評価を下げる訳にもいかなかった私は、方針を変えた。

私はこのお方、問題児の教育を任されているのだ。

「もう少し貴族としての立ち振る舞いを、どうかお考えください」

お仕えして早々に、この言葉を言うのは諦めた。その代わりに私は、いつの間にか淡々と冷たく諫言を言い放つようになっていった。

「このように気安く、まるで庶民の子供が接するように対されるとは、思ってもいないでしょう。なのであちらも、男爵家のご令息と畏まることもなく、気安くお相手してくれるのでしょうね」

　もちろんこれも、私流の諫言だった。こういった意地悪な、そして無礼とも言える言い回ししかできなかったのは、目標を失った自分自身への苛立ちと、不気味な子供に対し、意図的に距離を取りたかったのだと思う。


だが、ふとある時、タクヒールさまに対する私の気持ちが微妙に変化した。彼は彼なりに、必死にエストール領の未来を考えているのではないだろうか？　男爵家の誰よりも……。

多くの本を読み、蓄えた叡智を、ソリス男爵家の未来に活用しようとしているのではないか？ふと、そんなことを思うようになった。

そう考えると、彼の突飛な行動も、その目的のための努力の一端だと理解できるようになった。

それからの私は、タクヒールさまを見る目に、偏見や卑屈な自己の思い込みは一切なくなった。


　彼がよく訪れていた工房は、職人気質、言ってみれば仕事に対するプライドがとても高く、たとえ貴族、領主の子弟が相手だろうと、微塵も媚びることがない。私は最初、彼らの無礼な振る舞いに対し憤慨した。一瞬、この手にした剣で刺し、無礼な口を縫い付けてやろうと思ったぐらいだ。

　その彼らが、タクヒールさまの貴族らしくない行動で、いつの間にか仲良く打ち解けて積極的に協力し始め、今ではタクヒールさまに最大の敬意を以て接している。

かたや私は個人的なことで拗ね、矮小な考えで、何の罪もない子供に当たっていたのだ。そんな私に対し、タクヒールさまは変わらず接してくれていた。本当に恥ずかしい。子供だったのは私だと気づかされた。そして、タクヒールさまの考える未来、その叡智に触れる機会が増えていった。

・今まで見たことのない、水車という物の開発で耕作地を増やし、小麦粉を大量生産する提案
・乾麺という、新しい携行保存食の開発や、大豊作を逆手に取った、義倉制度の提案
・天候の変化を先取りした提案で、男爵家は豊かになり、商人に対し常に優位に立っていること
・蕪という、誰も見向きもしなかった食材を事前に準備し、領地の窮地を救ったこと

試作段階では乾麺も蕪も全く美味しくなかった。ただその食材を廃棄することなく、文句ひとつ仰らず、毎日毎日、飽きることもなく我慢して食べ続けられていた。この地の未来を考えた上で。

これこそ、君主となられる方の器ではないか？　私はそう思い始めていた。ひとたびそう思うと私は、むしろ積極的に、あの方の奇行のお手伝いをしていたかもしれない。館の庭すべて、蕪畑にしてしまった時は、ご当主のダレンさまよりお叱りを受けたが、私は全く気にしなかった。誰にもタクヒールさまの邪魔はさせない。むしろ私にとってそれは、決して許せないことだった。

そして、タクヒールさまの予言通り訪れた大凶作。だが、エストール領はタクヒールさまのこれ

までの対策で、びくともしなかった。いや、むしろ更に力を付けていったと言えるだろう。

一連の流れを知っている者がいれば、きっと震えが止まらなくなるだろう。全てが最初の一手から連動しているのだ。そして困窮した民には、分け隔てなく救いの手を差し伸べる難民施策、ただ施しを与えるだけではなく、自立の道もちゃんと考えられておられる。

この人こそこの地の領主、いやもっと大きな立場に立つべき器の方だと、私は確信した。

そして次は、誰もが思いも寄らなかった、敵国の脅威を予想したうえで、強力無比な新兵器の開発まで行われた。この方のお考えは、いつも私の想像の遥か上をいっている。どうやってこの脅威を察知し、どこからこの発想を得られたのだろうか？

そして私は気付いたのだ。十歳も年下で、まだ年端もいかない子供に対し、私は尊敬の念をいだき忠誠を誓っていることを。

「わが命にかけても、全身全霊を懸けてお護りいたします」

無意識に出た言葉であった。任務として与えられ、復唱するかの如く言う軽い言葉ではない。

私は誓った。タクヒールさまの一番の理解者となろう。この方が成そうとすることの助けになるよう、積極的に手を差し伸べようと。以前は目くじらを立てていた、貴族らしくない行動なんて、もうどうでもよくなっていた。それがあるからこそ、この領地は救われているのだ。

そんなことを理解せず、あの方の行動に目くじら立てる愚か者は、私が排除する。私はむしろ、この役割を期待されて家宰から抜擢されたのでは？　そう思うようにすらなっていた。

タクヒールさまの専属になるに当たって、私には重要な任務がひとつ与えられていた。

『今日のタクヒールさまの行動』、についてレイモンドさまに報告することだ。

毎回、できる限り客観的な報告をと心掛けているが、最近は無意識に思いを込めて、熱く語ってしまうこともあるかもしれない。だがそれは、事実だから仕方のないことだ。

どれだけ忙しくても、毎日欠かさず報告を楽しみに聞く彼なら、きっと分かってくれるはずだ。

ある日、報告が終わったあと、レイモンドさまが意外なことを私に言ってこられた。

「アンはすっかり、タクヒールさまの二番目の崇拝者になりましたね」

何か咎められるのだろうか？　もちろんそんなことは気にしないが、譲れない部分もあった。

「二番目ですか？」

彼は優しい笑顔を浮かべ、私の不満に答えてくれた。

「私は一番の座を、君に譲るつもりはありませんよ」

そう言ってレイモンドさまは胸を張り、優しい目で私を見つめた。

この時になって確信した。私が敢えて長男のダレクさまではなく、タクヒールさまの専属になった意図が、そして家宰のタクヒールさまへの思いが、今はっきりと。私は、この任務を与えてくださった、レイモンドさまにも改めて感謝し、深くお辞儀した。そして最後に、感謝の気持ちを込めて、私の気持ちをお伝えすることにした。

「私も一番である自信があります。そして、それをお譲りする気もございません。重大な任務をお任せいただいた、レイモンドさまには大変恐縮ではありますが……」

閑話二　一番の崇拝者　その二

私が彼と初めて相対し、『大人として』言葉を交わしたとき、私は驚愕させられた。

『不気味な子供だ』、賞賛を通り越し、頭に浮かんだのは、ただその言葉だった。初めて、まだ少女ともいえたクリスさまに会った時も驚いたが、今回はその比ではなかった。正式に言葉を交わす前は、たかが三歳の子供、ソリス家の神童と呼ばれていても、優秀な若者なら私も王都で散々見てきた。最初はその程度にしか思っていなかった。だが、話をしてみるとどう考えてもおかしい。

私は意地悪をして、敢えて大人として彼に質問した。だが返ってくる返答の内容や考察力、それらの端々に、溢れんばかりの知性が垣間見えた。わざとたどたどしく喋っている姿に、私は悪い意味での、あざとささえ感じた。そして、彼が私を見る目は、何かおびえるような、異様なまでに気を遣っている素振りもあった。そんな三歳の子供など、今まで見たことがない。これが私とタクヒールさま、私が持てる最大限の敬意を払い、そして崇拝するお方であり、ソリス家の将来を担う方との出会いだった。

私は今、新興のソリス男爵家で、身に余るほどの待遇と領主一家からの信頼を得ている。

元はコーネル男爵領の下級官吏の息子として生まれ、父と同じ道を進むべく、いや、王都の官僚となる野心を抱き、王都の学園に入学し、そして大きな夢を実現すべく一歩を踏み出した。

学園には才気あふれる若者も多く、その中でも私は必死に学び、それなりの成績も残した。

だが、そこではじめて知った。私のような平民の身分では、どれだけ優秀な成績を納めても中央の官僚にはなれないこと、大貴族の官僚すらなれず、下っ端役人か、せいぜい下級貴族の官僚どまりであることを……。この王国では決して打ち破れない、身分の壁があることを思い知った。


卒業後はコーネル男爵領に戻り、ただ生活のためだけに、執事見習いとして仕え始めた。この時の私には、将来への興味も希望もなかった。だが男爵領では思いもよらぬ幸運に恵まれた。

「お前は実に愉快な、そして優秀な男だな」

少女といって差し支えない年の、長女クリス様の目に止まり、彼女の意向で半ば強引に専属従者となっていた。男勝りなだけでなく、内政面でも非常に優秀なクリス様は、『男に生まれていたら……』と周囲がため息を漏らすほど、男爵領の統治にはなくてはならない存在として、子供ながらに幅広く活躍していた。

クリスさまはその優秀さ故に欠点もあった。優秀であるために、仕える者に対してもつい、同等の感覚で仕事の成果を求めてしまうことだ。これまでも従者たちは、彼女に付いていけず、早々に音を上げてしまっていたらしい。そのため、彼女の専属従者となった私にも、普通の文官なら三日で音を上げてしまうほどの激務が舞い降りてきたが、元々、中央官僚志望だったことも幸いしたのか、私は与えられた任務を黙々とこなし、クリス様の期待を裏切ることは一度としてなかった。

「やはり私の目に狂いはなかったわ！」

上機嫌のクリス様からは、仕事面での信頼も高くなり、彼女の、打てば響くような明快で聡明な応答は、私にとっても非常に居心地が良いものだった。このままコーネル男爵領で内政に従事するのも悪くない、私はそう思い始めていた。


そんなある日、クリス様がソリス男爵家へ嫁ぐことが決まった。

相手は新興の弱小男爵、領境を接する隣領とはいえ、魔境に接した未開の地が多く辺鄙な領地であり、ハストブルグ辺境伯の強い意向がなければ、彼女が嫁ぐことすらなかったであろう。もちろんそんな場所に、従者として付いていく希望者も少ない中、私は真っ先に手を挙げた。

「もう、レイモンド、貴方も物好きね。損な性格しているわよ」

そうため息を吐いたクリスさまは、とても嬉しそうだった。

「ご一緒できるなら、私にとっては最大の喜びです。辺境に手を入れ、豊かにしましょう」

それは、私の本心の言葉だった。ソリス男爵がどんな方かは分からない。でもクリスさまなら、どんな男でもしっかり手綱を握り、御しえるはずだ。騎手がしっかりしていれば、たいていの暴れ馬ですら大人しく従う。そして彼女の才覚を以てすれば、たとえ新興の辺境地域、未開の領地開発すら刺激に溢れ、きっと楽しいだろう、そう思った。

実は私には誰にも話していない秘密がある。この国では非常に希少で、聞くところによると五千人に一人ともいわれる、魔法士の適性が私にはあるのだ。

私が王都でまだ学生のころ、とある貴族の息子と賭け事をして私は勝った。相手は身分を笠に着た嫌いな奴だった。勝ちの代償に、本来は彼が受ける予定だった、魔法士としての適性確認儀式を受けた。もちろん彼の支払いで。

その時私が受けたのは、出身地に縁のある地魔法士、気紛れで選んだ時空魔法士の確認だった。残念ながら、地魔法士の適性は無かった。無くて当然と思っていたので、残念とも思わなかったが、驚いたことに、時空魔法士として私には適性があった！　それはあり得ない確率のものだ。

その偶然に驚愕した私だったが、手を尽くしてその事実を秘匿した。

私が使えた時空魔法は非常に特殊なものだったからだ。通常、時空魔法士は、空間収納と呼ばれる魔法を使い、自由に物を収納、取り出しできる能力を持つ。だが、時空魔法士に限らず、通常とは別の魔法が使える代わりに、本来あるべき能力が使えない者がいる。それが私だった。

私の魔法は、空間探査と呼ばれるもので、一定エリア内の、どこに誰がいるか、その相手が私にとって敵《あか》か味方《あお》か無関心《しろ》かが、他人には見えない図面に表示される。

この王国では魔法士は優遇されており、これで望む仕官も夢ではないかも知れない。

だがきっと、こんなスキルがあれば、従軍させられ斥候として最前線で使い潰されるか、貴族に囲われ政争の具にされるか、魔境にて魔物狩りを生業とする者の一員となるか、そんな未来しかないように思えた。どれも殺伐として、私が希望する内政とは全く縁がない仕事ばかりだ。

なので私は、魔法が使えることを秘匿し、この先、誰にも一切口外しない、そう心に誓った。

もちろん、コーネル男爵家に仕える時も、この事実を伏せたままお仕えした。この力が、将来の私に大きな転機をもたらすとは、この時は思ってもみなかった。

新興のソリス男爵家に移ると、色んな所で人手が足らなかった。私はクリスさまの推薦もあり、比較的重要な地位、内政官のひとりとしてエストの街で働くこととなった。活気ある新しい街は、多くの商人、移住してきた者、仕事を探しにやってきた者で溢れていた。私は自身の魔法スキルを活用し、信用の置ける者だけを選び、彼らを積極的に登用、配下として仕事に就かせていった。

彼らはみな、私の期待通り働いてくれたおかげで、私が担当した部門は、行政府の中でも突出した結果を残し始め、数年後になると、男爵からも私の働きぶりが高く評価されるようになった。

その結果、二十代にして家宰という大任までいただくことになり、男爵家の序列第三位として、領内の内政全般を統括するようになっていった。そのころになって二つの不思議なことに気付いた。

一つ目は私の時空魔法、空間探査能力の変化だった。

これまでは、私個人にとって、敵《あか》、味方《あお》、無関心《しろ》の表示だったが、家宰である私は、もはやソリス男爵家と一心同体になっていた。その言葉を表すかのように、表示はソリス男爵家にとって、敵《あか》、味方《あお》、無関心《しろ》へと表示されるように変化していった。私にとってはむしろ、仕事をする上でそちらの方がより便利だった。

二つ目はソリス男爵家の次男についてだ。

不気味な子供と思っていたタクヒールさまについて、あるとき驚くべきことに気が付いたのだ。タクヒールさまは、幼児と言っても差し支えない年齢にも拘らず、その知識と発想力には驚くべきものがあった。それは彼が三歳の時に気が付いていた。そのため私は、日々彼を注意深く観察していた。驚いたのは、タクヒールさまと関わった人間たちの色が、どんどん変わっていくのだ。

当初は男爵家に無関心《しろ》だった人間が、次から次へと味方《あお》に変わっていく。交渉上手《にまいじた》の商人達、街の領民達、彼に関わる者たちが、次々とソリス男爵家に好意を持つように変わっていく姿は、まさに驚愕だった。

私の中で、『不気味な子供』はもういない。非常に興味深い、そして、ソリス男爵家の今後を左右する存在になるかもしれない子供。私の中でごく自然に、その認識へと変化していた。


次に私は新たなる手を打った。

家宰として、日々発展する男爵領の内政全般を統括する立場は多忙を極めた。これではタクヒールさまを見守ることも、その動向を追うこともできない。そこで私は、本来なら長男のダレクさま付きとして確保していた、優秀なメイド見習いを、私の権限で、タクヒールさま付きに変えた。

そして彼女、アンには毎日、その日のタクヒールさまの様子を報告するよう義務付けた。

当初アンは、私の決定を恨めしく思ったかもしれない。跡継ぎとなる長男と、将来を閉ざされた次男では雲泥の差がある。だが私は、意気消沈する彼女を敢えて慰めなかった。これは彼女に対しても、私が与えた重要な試練、いや試験となっていたからだ。

彼女が私の目論見、本当の意図に気付けば合格だ。だが、気付かなければ別の者に代える。

「アン、誠心誠意努めれば、報われるときもあります。頑張りなさい」

ただそれだけを、私はアンに伝えた。

アンを専属に配してからは、まさに驚愕の毎日だった。タクヒールさまは、私も見たこともない道具を考案し、製作しようとしている。珍しいだけではない、それらがこの領地を救うかもしれない物なのだ。私はこの発表会があるとアンから聞き、急ぎダレンさまとクリスさまに面会し、参加したい旨を申し入れた。そして、その結果は予想通りのものだった。

私はクリスさまと協議し、彼の提案を実現すべく、行政府の権限を最大限に発揮して対応した。

その後もタクヒールさまの行動は、驚きに満ちていた。まるで何らかの危難を知り、それを必死で回避しようとしているかのようだった。そんな鬼気迫る様子が、アンの報告を通して見て取れた。

事実、ここ数年間の彼の提案は、客観的に後から見れば、起こるべき危機に対して、事前に対策を行い、それを見事に回避している。

もしかして、彼は私と同じく、隠された何らかの魔法スキル、未来予知のようなスキルがあるのではないだろうか？　いつのまにか私は、そんなことを思うに至っていた。たとえ今後、彼が未来の危険を予知できたとしても、周りの大人たちから見れば、たかが子供の発言、真剣に取り合ってもらえないこともあるだろう。そして私の空間探査と同様に、他人に見えないものを、根拠として示すことは難しいだろう。

その時から私は、自分の権限の及ぶ限り、最大の理解者として、タクヒールさまを陰日向に支えていこうと誓った。私が想像もできない新しい世界、輝かしいソリス男爵家の未来を、目の当たりにできるかもしれない。それが私の楽しみになった。


アンから受ける『今日のタクヒールさま』、と題した報告は私が毎日楽しみにしている日課だ。

当初は興味なさげに、淡々と報告してきたアンも、いつの間にか言葉に熱がこもり出した。

きっと彼女も私と同様に、彼の価値に気付いたようだ。これで彼女も晴れて合格だ。


ところがある日、彼女が予想外のことを言い出した。

私を超え、『タクヒールさまの一番の崇拝者になる』、そう言い切った時には少し面食らったが、私の人選は間違ってなかった、そう確信し嬉しかった。彼女は合格どころか、満点だといえよう。

私は彼女に、メイドや護衛に留まらず、筆頭従者としての任務を与え、その権限と予算を与え、タクヒールさまのために、自由に使うよう指示した。アンは大喜びで、私の抜擢に感謝し、以後も変わらない、タクヒールさまへの忠誠を誓ってくれた。

ちなみにだが、もちろん今後も、私は一番の崇拝者の座を、彼女に譲る気は全くない。

今も、そして、この先もずっと。

書き下ろし番外編　クレアの崇拝者

それは天の底が抜けたような大雨と、大地を轟かす轟音とともに迫る洪水が、エールの村を襲ってから数日たった日のことだった。村のいたるところが泥濘に沈み、畑は全て洪水で押し流されてしまった。村の人たちが住む家の多くは、洪水に飲み込まれて倒壊し、無事な家でもまともに住める状態ではなかった。そして村の皆が途方に暮れていた。

もう明日の食事もない、これからどうやって生きていけばいいのだろう？　私たちはひもじさとこの先の不安に、幼い妹たちと肩を寄せ合って泣いていた。そんな時だった。

「皆さん、もう大丈夫です！　食料はたっぷり用意してきています。先ずは温かい食事を、そして綺麗な水を飲んで力を付けてください。後片付けや建物の再建を行い、畑も元通りにします！」

そういって救援部隊を率いて現れたのは、クレアさんという名前の女性だった。私より少し年上に見える彼女は、兵士や救援部隊の人をてきぱきと指揮して働いている。正直凄い！　と思った。泣いてばかりいた私はとても恥ずかしかった。そこで私は、何かお手伝いできることがあるのでは？　いや、何でも良いからお手伝いしたい、そう考えて、ある日思い切って彼女に声を掛けた。

「あの……、助けに来てくれてありがとうございます。私にもぜひ何か、お手伝いさせてください」

「あら？　ありがとう。あなたのお家や、家族の方のお世話は大丈夫なのかしら？」

「はい、家は全て流されちゃったので、何もすることがありません。私は力仕事もできないし……。せめてできることがあればと思って」

「そうね、なら炊き出し所を手伝ってくれるかしら？　私はソリス男爵家のタクヒールさまから、エールのお手伝いを任されたクレアと言います。あなたのお名前も教えてくださいな」

「あっ、すいません。クローラといいます。十五歳ですっ！」

「ふふっ、クローラさん、よろしくね。救援部隊には同じ年頃の子たちもいるわよ。仲良くしてあげてね。あ！　あと、食事の分配とか案内とか、そんなことができる人がいれば、集めてくれると助かるわ。お願いできるかしら？」


クレアさんからもらった最初の仕事を、私は懸命に取り組んだ。

村で仲良くしていた一歳上で幼馴染のアイラと二人で、村で手の空いている子供たちを集めた。子供たちを一か所に集めれば、それだけ面倒を見る者の手も空く。そして炊き出し所の近くにいれば、食事の心配もないし、分配や案内なら子供でもできる。そう思ったからだ。

何より、皆がさっきまでの私たちみたいに、隅っこで泣いているだけなのが嫌だった。私の周りには、同世代の娘たちと、村の子供たち、三十人を超える者たちが集まり、交代で子供たちの面倒を見る傍ら、炊き出し所を手伝った。

「わあっ！　いい匂い！　もうすぐ食べられるの？」

恐ろしい災害で意気消沈し、沈んでいた子供たちも元気な、明るい声を上げ始めた。

それにしても、不思議な食料だった。救援部隊の人たちが『おみくじ乾麺』と呼ぶそれは、竹筒に水を入れ焚火の横に置くだけ。しばらくすると美味しそうな匂いが漂い、食べることができた。

器も必要なく、蓋を取って直接竹のフォークで食べることができた。炊き出し所で一緒に働いていた人たちは、出来上がった物をまずは子供たちにと、一番に食べさせてくれた。

「ちゃんと皆の分も沢山あるから、慌てずゆっくり食べなよ。順番に渡すからここに並んで待つんだよ。小さい子には、熱いから少しずつ、冷ましてから食べさせてあげてね」

そう言いながら、優しくそれらを配ってくれた。子供たちのあと、私たちも食べたが、凄く美味しかった！　なんとも言えない食感と、ジーンと温まる美味しいスープ。こんなの初めて食べた。

「たべものができたよ！　たきだししょにきてください」

「たくさんあります。じゅんばんにならんでくださいな」

お腹が満たされた子供たちは、次々と手伝いを始め、作業をしている人たちに声を掛けている。

私たちの言葉を真似て一生懸命な姿に、みんなは思わず笑ってしまった。

「あら？　凄いわね。子供たちまで……。これはあなたが？」

その時私は、炊き出し所の様子を見に来たクレアさんから声を掛けられた。

「はい、あの……、もしかして、いけなかったでしょうか？」

私は何か怒られてしまうかと思い、思わず身をすくめてしまった。

「あ、そういう意味じゃないの。ふふっ、手の空いている子たちを組織して、子供たちをまとめ、しかも自主的にお手伝い……。きっとタクヒールさまのお役に立つわ。クローラさん、ここの手が空いたら、私の手伝いをお願いできないかしら？　まだお願いしたいことがたくさんあって」

「はい！　もちろんです！　喜んで！」

これが私とクレアさんの関係の始まりだった。

その後私は、指揮系統という部署に配属され、臨時採用というものになり、正式にお仕事と賃金まで貰えるようになった！　これで少しでも家の役に立てる！　それがとても嬉しかった。

その後、クレアさんに従っていろんな仕事をこなした。幸いなことに私は母のおかげで、多少だが読み書きができたので、それも凄く役に立った。勉強は嫌だったが、この時ばかりは母に心から感謝した。更に、クレアさんの手の空いた時や、他の指揮系統と呼ばれる部署の人たちからも、空いた時間には計算も教えてもらうことができた。私はアイラと二人で一生懸命それも覚えた。

その後私たちは、クレアさんが担当する受付所のお仕事についても、アイラと二人で教えてもらえる機会にも恵まれた。これができるようになれば、臨時採用から正式採用になって、いろんな町でお仕事ができるようになるらしく、私たちにはそれが目標となり、凄く楽しみだった。

そしてある日、ついにその機会がやってきた！

「クローラさん、アイラさん、もうすぐ私たち救援部隊はここを去らなければならないの。そこで二人にお願いがあるのだけど、明日から受付所の正規採用としてここで働いてくれないかしら？」

「もちろんです！　喜んで！」

私とアイラは迷うことなく答えた。

「私たちが去っても、当分の間エールには臨時受付所を残します。こちらからも人員を一人残していくけど、今後は三人でこの村の臨時受付所を担当してほしいの。ここは農地も洪水で流されているし、当分の間は支援が必要だし、お仕事の紹介や蕪の種の分配、仮設住宅の管理や割り振りなどを継続して行ってほしいの。そしていずれ二人は、エストに来て私と一緒に働いてほしいと思っているのだけど……、どうかしら？」

「はいっ！　もちろんです！　私たちどこへでも行きます。これからもよろしくお願いしますっ」

私たち二人にとっては、夢のような話だった。クレアさんの下で働くようになってから、アイラと二人で、いつもそんな夢の話をしていた。その夢の一つが叶うのだから何もいうことがない。

実は私たち二人にはもう一つ夢がある。いや、正しくは新しく夢が追加されていた。私たちは、受付所のクレアさんの下で働くようになってから、ある秘密を知ってしまった。復旧工事を担当しているメアリーさんは、地魔法士であり、クレアさんも実は魔法が使えるらしいことを。

偶然知ったその事実に、私たちは驚かずにはいられなかった。もっとも、その事実は伏せられているらしく、メアリーさんも救援部隊の人たち以外の前では、決して魔法を使うことはなかった。更にクレアさんが自ら、魔法のことを私たちに話すこともなかった。

私とアイラは密かに誓い合った。いつかお金をためて、魔法士の適性確認を受けるのだと。

その後クレアさんが去ったあとも、私たちは毎日臨時受付所で働いている。

「村の西側で農地の整備が終わったから、蕪の種を都合してくれないか？」

「手が空いているのだけど、何か人足の仕事はないかい？」

「今度エストから、堤防工事で人足が来るのだけど、空いている仮設住宅ってあるかい？」

「エストの射的大会に出たいのだけど、登録ってここでもできるのかい？」

「隣の婆さん、暇をもてあましているのだけど、できる仕事を紹介してやってくれねぇか？」

「ずっと南の開拓地、入植者を希望しているって聞いたのだけど、詳細を教えてくれないか？」

毎日多くの人がエール村の臨時受付所を訪れ、私たちは対応に走り回った。

◇◇◇

「受付所はここでいいのか？　堤防工事で来たのだが、住む場所と食事の場所を教えてくれるか？あと、力自慢の男手があれば、こっちでも賃金を払うから探したいのだが……」

「はい、こちらでご案内します。宿泊場所は準備していますのでご案内します。お食事の場所も。あと、力自慢で工事が得意な男手なら心当たりがありますよ。アイラ、アストールさんならうってつけじゃないかしら？　こないだ仕事を探していたし」

「そうね！　これから連れてくるから、クローラは先にご案内をお願いできる？」

彼女たちは生き生きとして働いていた。お互いの夢のために。そして憧れたクレアのために。

数年後、彼女たちは新しい土地でタクヒールの知己を得ることになる。

もちろん、二つ目の夢をも叶えた形で……。

あとがき

この度は本作をお買い上げいただき、誠にありがとうございました。

もともとは読み専だった私が、何気ない妻の一言で、その後が大きく変わったと思っています。

『異世界系のお話って結構、現実とはかけ離れた形で、とんとん拍子に成長したり出世したり、有力者と仲間になったりするよね？』確かにそうだな……、なら自分自身が好きな世界観で、色んな苦労をしつつも、努力を重ね頑張る話を書いてみよう。思えば最初は、そんなことが始まりでした。

そして仕事の合間に話を書き始めると、自分自身がその世界観に夢中になり、いつの間にか話のストックは八十話分まで達し、ある日、当時の私には一大決心のうえ、初めて【小説家になろう】にユーザー登録を行い、恐々といった感じで、二〇二一年一〇月一日より投稿を開始しました。

まさかそれが書籍化されることなど、当時は遥か遠くの届かない夢のまた夢、そんな世界でした。

今回、出版まで至った今こそ、先ずは多くの方々に感謝し、お礼を言わせてください。

第一に、小説家になろうで、連載を読み応援していただいた皆さま、書き方やルールさえ知らない私に、温かい応援コメントや、時には厳しいご指摘をいただいた皆さま、評価で応援いただいた皆さま、この作品は皆さまあってこそできた改善、継続する力を頂けたものであり、皆さまなしにここまで至れることはありませんでした。皆さまには深く感謝し、改めて心より御礼申し上げます。

第二に、本作を拾い上げていただいた、TOブックス社及びご担当者さま、そして、思い描いていた以上の、素晴らしいイラストを提供いただいた桧野ひなこさまにも、深く感謝しております。

第三に、書籍化作業や投稿継続を支えてくれ、それ以外でもこれまでも散々苦労をかけてきた、妻にも改めて感謝したいです。本作のなかでニシダが持つ妻への思いは、そのまま私の思いでもあります。転職して個人事業主となった後、以前より豊かな暮らしを送れる時もあれば、全く収入がなく、ただただ貯金を減らす日々もありました。ですが、こんな不安定な暮らしの中、信じて支え続けてくれたこと、言葉には表せないほどの感謝の気持ちを、ここに記したいと思います。

また、本作を綴っていくなかで、タクヒールの施策を支える鍵となった存在、それは彼の仲間と受付所で働く女性たちだと思っています。彼女たちの懸命さや働きぶりは、私が本業で知己を得た、とある女性たちの働く姿が、ヒントとなったと言っても過言ではありません。

東日本大震災時は、まだ小学生だった彼女たちが成長し、まだ十代後半の頃から福島の風評被害払拭、産地復興のため、全国を飛び回って紹介し、生産者を応援する姿には感銘を受けました。時には私たちおじさん世代のサラリーマンが、裸足で逃げ出してしまうのではと思われる激務も、地域のため、夢のために頑張る姿は、タクヒールの無茶振りにも、領内発展のため、主君のために日々めげずに頑張る、年若い受付所のスタッフたちを、まさに彷彿とさせるかのようなものでした。

彼女たちの姿勢には敬意を払いつつ、作中の受付所で働く女性たち、タクヒールの仲間たちも、これからも負けないように頑張り続けます。時には？　いつも？　これからますます？　彼女たちは、タクヒールが家族と仲間、そして領地を守るため行う、歴史との戦いに巻き込まれていきます。

今後も仲間たちや彼女たちの奮闘に、どうか変わらぬ応援を賜りますよう、お願いいたします。

最後に改めて、本作を応援いただいた皆さま、本当にありがとうございました。

許しませんよ？
take4 illust. 桧野ひなこ
2度目の人生、と思ったら、実は3度目だった。 2
～歴史知識と内政努力で不幸な歴史の改変に挑みます～

頼りにしてるぜ、タクヒール
兄さんの戦死なんて――
運命を覆す秘策は辺境の山にあり!?
前代未聞の反逆劇、第二弾!
2024年発売予定!
コミカライズ企画進行中!

漫画配信サイト
CORONA EX
コロナEX
TObooks
OPEN!!
詳しくはこちら!
https://to-corona-ex.com/

TOブックス
コミカライズ
連載最新話が
読める!
月額400円(税込)で
全作品が読み放題!

ティアムーン帝国物語
小説
第16巻
2024年 春
発売！
シリーズ累計
200万部
突破！
（紙＋電子）
絶賛配信中！
帝国物語
餅月望——著
Gilse——イラスト
式HPへ！

ティアムーン帝国物語
漫画：杜乃ミズ
コミックス
第8巻
2024年 春
発売!
各配信サイトにて
TVアニメ
ティアムーン
断頭台から始まる、
姫の転生逆転ストーリー
詳しくは公

シリーズ累計160万部突破！（紙＋電子）

TO JUNIOR-BUNKO

イラスト：kaworu

TOジュニア文庫第5巻
2024年3月1日発売！

NOVELS

イラスト：珠梨やすゆき

原作小説第26巻
2024年発売予定！

COMICS

漫画：飯田せりこ

コミックス第11巻
2024年春発売予定！

SPIN-OFF

漫画：桐井

スピンオフ漫画第1巻
「おかしな転生～リコリス・ダイアリー～」
好評発売中！

※2024年1月現在

２度目の人生、と思ったら、実は３度目だった。
～歴史知識と内政努力で不幸な歴史の改変に挑みます～

2024年２月１日　第1刷発行

著　者　take4

発行者　本田武市

発行所　TOブックス
〒150-0002
東京都渋谷区渋谷三丁目1番1号　PMO渋谷Ⅱ　11階
TEL 0120-933-772（営業フリーダイヤル）
FAX 050-3156-0508

印刷・製本　中央精版印刷株式会社

ISBN978-4-86794-068-6